btb

EMILIE PINE

ZWEI FRAUEN IN DUBLIN

Roman

Aus dem Englischen
von Cornelia Röser

btb

Für Ronan

6:19 Uhr

Sie ist hier.

Mit voller Blase erwacht Ruth aus einem Traum, in dem sie irgendwo anders war. Wo war das gewesen? Nein, sie muss herausfinden, wo das *Jetzt* ist. Montagmorgen. Zu Hause. Neben einer leeren Betthälfte.

Im Bad knipst sie das Licht an, setzt sich hin, um zu pinkeln, und überprüft automatisch ihre Unterwäsche. Kein Blut. Ein stummer Dank. Das wird sie später im Krankenhaus angeben. Alles ist gut. Nur eine Nachkontrolle. Doch die Angst lässt sich nicht so leicht abschütteln. Vielleicht noch mal hinlegen, nur ein paar Augenblicke, früh genug ist es noch. Aber sie fühlt sich klebrig, wie nach einer durchfieberten Nacht. Warum nicht gleich duschen.

Als sie sich nach dem Stöpsel bückt, wird ihr plötzlich schwindelig, ihr Sichtfeld trübt sich.

»Ist es das, was du willst?«, hatte er gestern Abend kurz vor dem Auflegen gefragt. Und Ruth hatte gedacht: Was wäre, wenn ich die Wahrheit sage? Aber vielleicht war es eigentlich gar keine Frage gewesen. Vielleicht wollte er die Antwort überhaupt nicht wissen. Jetzt kann sie sich nicht einmal mehr an seinen Tonfall erinnern. »Ist es das, was du willst?« War es eine Frage oder ein Vorwurf?

Bevor das Wasser kommt, ist ein leises Ächzen aus

den Rohren zu hören, ein anklagendes Zögern: Sie hätte sich um die Wartung der Therme kümmern sollen. Lieber Gott, lass sie nicht kaputtgehen. Ruth stellt sich unter den Strahl, das heiße Wasser trifft auf ihre Haut. Doch die Frage lässt sie nicht los. Vielleicht sollte sie das Wasser abstellen, aus der Dusche steigen, Aidan zurückrufen und alles ungeschehen machen. Sie stellt sich vor, wie sie ihn fragt: »Was hast du damit gemeint, mit diesem *ob ich das will?*« Aber wahrscheinlich schläft er noch, er kann immer schlafen. Egal, ob Lärm, emotionaler Aufruhr oder was auch immer, Aidan verschläft es. Ein weiteres Argument, das sie gegen ihn vorbringen kann: dass er gut schläft.

Zweimal Shampoo, so macht sie das jetzt, einmal das billige, einmal das mit Zitronengrasduft. Manchmal braust sie sich zum Schluss noch kräftig kalt ab. Doch an diesem Morgen dreht sie das Wasser auf heiß, weil sie hofft, damit die aufgestaute Angst und Nervosität in ihrer Brust zum Schmelzen zu bringen.

Wasser aus, die Lüftung läuft noch, vielleicht kann der Nachbar sie hinter der Wand, einer wirklich sehr dünnen Wand, hören: die Lüftung und Ruth. Die Intimsphäre, der Lebensrhythmus eines anderen Menschen, der sich im Klicken von Schaltern offenbart. »Wir sind Tiere, die sich selbst domestizieren«, hatte Aidan am Anfang ihrer Beziehung einmal gesagt, und sie hatte sich dagegen gesträubt. Sie wünschte sich mehr, nicht bloß das Bild von einer Kuhherde, die sich selbst in den Stall treibt. Verliebtheit sollte schönere Metaphern hervorbringen. Aber nun: Nun entdomestizieren sie sich. Das Handtuch will sich nicht vom Haken nehmen lassen, Schlaufe hoch, Handtuch runter, einwickeln, was hatte er vor dem Teil mit dem Wollen gesagt? Irgendetwas wie »Du hast überhaupt nicht bedacht …«. Doch bevor es richtig losging, hatte sie innerlich abgeschaltet (ein Schutzinstinkt), deshalb weiß sie jetzt nicht, was sie überhaupt nicht bedacht hatte, obwohl sie natürlich eine begründete Vermutung hat. Allerdings bedenkt sie eine ganze Menge. Zu viel sogar. Wieder im Schlafzimmer, Blick auf die Uhr, nicht mal sieben, kurz auf die Bettkante setzen, nur einen Augenblick. Im Grunde war es kein Wunder, dass seine Worte nicht zu ihr durchgedrungen waren.

Er war nicht nach Hause gekommen. Er war nicht nach Hause gekommen, das war der Punkt. Der Sonntagvormittag kam und ging, und gegen Mittag erhielt sie eine SMS, in der nichts weiter stand als VERSPÄTE MICH. Es konnte alles Mögliche passiert sein.

Ruth sollte sich anziehen, die Haare föhnen, sich zusammenreißen. Aber hier auf der Bettkante fühlt sie sich wie auf dem offenen Meer ausgesetzt. Das Ehebett. Ihr Bett. Um halb neun die erste Klientin. Wenn man es in den Kalender einträgt, sieht es immer aus wie eine gute Idee: Montagmorgen 8:30 Uhr Sitzung. Nach dem Motto: Ja, so fängt die Woche gut an. Jetzt kommt es ihr eher wie ein Sabotageakt vor. Aus dem Handtuch (einem Hochzeitsgeschenk) hängen lose Fäden. Sie zieht an einem davon. Ihre Füße sind eiskalt, doch sie rührt sich nicht. *Sirena* hatte er sie immer genannt, wenn er frisch geduscht aus dem Bad kam und sie noch im Bett lag, in die Bettdecke gekuschelt oder in vom Sex zerwühlten Laken. »Aufstehen, meine *Sirena*.« Die Radionachrichten. »Guten Morgen, es ist Montag, der siebte Oktober, sieben Uhr …«

Vielleicht war das die Strafe dafür, dass sie sich selbst mochte. Das war einer der Lieblingssätze ihrer Mutter gewesen. »Oh, da mag sich aber jemand«, die Diagnose eines moralischen Fehltritts. War es das? Hatte sie sich selbst zu sehr gemocht und Aidan damit vertrieben?

Ruth sollte ihre Kleidung für heute raussuchen, aber sie hat nichts zum Anziehen für die Person, die sie heute sein soll. Psychologin, Patientin, Ehefrau. Ehefrau? Aufstehen, eine heroische Leistung. Ihre rechte Hüfte ist steif, sie massiert sich den vorstehenden Hüftknochen – stimmt damit etwas nicht? Mit dem Knochen, dem Gelenk? Oder macht ein Körper so etwas mit dreiundvierzig eben? Die Schranktür öffnen, eine Entscheidung treffen. Bleiben odcr weglaufen. Oder einfach nur, welche Jacke du anziehst, Ruth, *mach nicht aus allem ein Drama.*

Als er gestern Abend endlich anrief, hatte er gesagt, die Vertriebskonferenz sei seit Samstag vorbei. Doch er habe bemerkt – das hatte er gesagt, als hätte er gar nichts dagegen tun können –, dass er urplötzlich seinen Aufenthalt verlängert habe. Also nicht direkt eine Verspätung. »Das Zimmer war noch frei«, sagte er. Ruth blickt in den Spiegel, sieht ihr Gesicht mit den Kissenabdrücken, sieht sich in dem marineblauen Kostüm und denkt: Ja, das bin ich. Doch die Erkenntnis geht im Tosen des Föhns unter.

Unten sagt ein Blick auf die Uhr, dass sie keine Zeit mehr fürs Frühstück hat, der Gedanke daran stößt sie ohnehin ab, als würde die Milch in ihrem Körper sauer werden. »Du bist nicht einfach«, hatte Aidan gesagt, und sie war so voller Wut gewesen, dass sie nichts hatte antworten können. Oder war es Traurigkeit? »Ich weiß nicht, was ich fühle«, hatte sie irgendwie herausgebracht. »Ist das nicht dein Job?«, hatte er gefragt.

Ruths Tasche ist gepackt, sie schlüpft in den Mantel, tastet nach Schlüssel und Portemonnaie und zieht die Haustür hinter sich zu. Feucht und kalt schlägt ihr die

Oktoberluft entgegen. Blick zum Himmel. Von jetzt bis Dezember jeden Tag zwei Minuten weniger Licht. Hat sie die Tür abgeschlossen? Sie geht zurück und sieht nach. Abgeschlossen. Natürlich. Das Gartentor geht schwer, sie sollte es schmieren oder mit etwas einsprühen, was man in solchen Fällen eben so macht. Auf dem Brighton Square ist es noch ruhig. Sie machen sich darüber lustig, warum er Square, also Viereck, heißt, wo er doch dreieckig ist. »Brighton Triangle« – wie oft hat Ruth diesen Witz gemacht? Hatte sie wirklich so selbstgefällig geklungen? Sich selbst zu mögen: ihr Sündenfall.

Andererseits, Ruth biegt um die Ecke, warum soll man sich nicht selbst mögen, wo man doch der einzige Mensch ist, mit dem man sein ganzes Leben verbringt? Auch wenn man geheiratet hat, wenn man vor einem Raum voller Menschen (zwar ohne ihre Mutter, die sich nicht hatte erweichen lassen), wenn man dort gestanden und gesagt hat – sich versprochen hat – für immer zusammenzubleiben, selbst dann sieht die Wirklichkeit anders aus. Man hat sich selbst, und das war's. Die leere Betthälfte erbringt den Beweis.

Jetzt geht sie die Hauptstraße entlang, Verkehrsgeräusche, Passanten, Kaffeeduft aus dem neuen Laden neben dem Schreibwarengeschäft. Als würden all ihre Sinne angeknipst. Es ist noch nicht acht, und die Autos stauen sich bereits. Drei Leute warten an der Bushaltestelle. Ruth überquert die Straße an der Ampel und stellt sich dazu.

Es ist ja nicht so, dass sie sich die Frage nicht selbst schon gestellt hätte: Ist es das, was ich will?

Die Wahrheit ist: Nein.

Die Wahrheit ist: Ja.

7:10 Uhr

Auf Instagram küssen sich zwei Mädchen. *Duae puellae osculantur.* Was hat es zu bedeuten (nährt es, oder zehrt es?), wenn sich etwas warm anfühlt, einen aber auch verunsichert? Wenn man jemanden liebt, heißt das dann zwangsläufig auch, dass man sich küsst? Und wenn die eine küssen will und die andere das lieber nur in Gedanken tun möchte? Oder wenn beide es wollen, aber Angst haben, was passiert, wenn jemand ihr Gesicht berührt?

Pen sollte nicht schon vor dem Aufstehen aufs Handy schauen. Davon kriegt sie immer dieses morbide Gefühl, und das will sie heute nicht. Heute wird der beste Tag! Die Mädchen auf dem Bild sind gar nicht zusammen, das ist alles fake, nur Werbung für irgendwas, vielleicht für Jeans, und man soll denken, so sieht Glück aus, und dann soll man die Sachen kaufen. Bei allem muss sie immer an so vieles andere denken (jeder Insta-Post verbraucht vier Gramm CO_2, kostet also Energie, also zehrend. Aber auf der anderen Seite gibt ihr das Internet Kraft, ist also nährend, weil sie online besser klarkommt als im echten Leben). Allerdings ist es weniger schlimm als Fliegen. Ein Flug, selbst wenn er nur nach England geht, setzt schon unvorstellbar viel CO_2 frei. Und wie oft fliegt man im Leben? Zehrend. Außer, der Kraftstoff wird aus CO_2 und

Wasser hergestellt, dann ist es weniger, aber einen Preis hätte es trotzdem. Für alles, was man tut, muss etwas sterben. Sie tippt das Herz auf dem Display an, um den Beitrag zu liken (eines der Mädchen hat rote Haare), und das kostet wieder 0,2 g CO_2, also hat sie etwas getötet. Entschuldige bitte.

Pen liegt unter ihrer Gewichtsdecke, betrachtet das Verdunklungsrollo und überlegt, einen Fuß hinauszustrecken, vielleicht aufzustehen, aber dafür bräuchte sie mehr Energie, eine andere Art von Energie. Vielleicht findet sie eine Möglichkeit, nichts zu töten. Wenn sie hier liegt und die Luft anhält, ist sie dann neutral? (Man sagt ja, man solle nicht die Luft anhalten, wenn man sich etwas wünscht, als ob die Angst vor dem Ersticken automatisch das Bedürfnis nach Hoffnung aufhöbe.) Pens Brust fühlt sich wie zugeschnürt an, bis ihr wieder einfällt, dass heute ein guter Tag wird, und die Luft in einem Stoß entweicht.

Heute wird sie Alice' Hand halten, und vielleicht muss sie nicht mal etwas sagen, vielleicht wird die Geste genügen. Sie haben schon einmal Händchen gehalten, doch das kommt ihr jetzt so unschuldig vor. Damals, bevor sie … (Was sind sie eigentlich?) Aber Pen ist so dankbar, ja, das ist das richtige Wort, wenn sie einfach nur neben ihr stehen kann, so dankbar, dass sie gefragt wurde, so dankbar, weil Alice sie ausgewählt hat. Heute wird alles gut gehen. Sie werden sich wie verabredet treffen, und dann haben sie den ganzen Tag zusammen. Für heute Abend hat Pen Tickets gekauft (ein Konzert!), aber Alice weiß nur, dass Pen eine Überraschung für sie hat, und das ist ein unbeschreibliches Gefühl, es kribbelt überall in Pens Körper, und sie wird Alice' Hand halten und ihr außerdem sagen, was sie sagen will, ganz egal, was andere denken, heute werden die Worte kommen, aus Liebe und Luft, oder Aspiration, worin sowohl Atem (spiritus) als auch hoffen (sperare) steckt.

Nebenan ist alles still. Soraya ist auch noch nicht aufgestanden. Pen riskiert erneut einen Blick auf ihr Handy. 7:30 Uhr, gleich wird ihre Mutter mit dem Besenstiel an die Decke klopfen, es ist immer besser, wenn sie vorher schon aufgestanden ist. Da ist ein Foto von dieser Sängerin, sie könnte Schlabbersachen tragen, ihre Klamotten sind hässlich (das weiß sogar Pen), aber das Mädchen darin ist so strahlend, sie leuchtet regelrecht und kann es sich leisten, auf hässlich zu machen. Frustrierend, wie solche Fotos in Pen den Wunsch wecken, jemand anderes zu sein. »Wahrscheinlich braucht sie tonnenweise Makeup, um die Pickel und Augenringe zu überdecken, und du bist du selbst, Pen, du bist wunderschön, so, wie du bist. Sieh doch nur, wie stark du bist.« Solche Sachen sagt ihre Mum ständig. »Das ist hier kein Hotel«, gehört auch zu ihren Lieblingssätzen, dabei ist das ja wohl klar. Wie cool wäre es, in einem Hotel zu wohnen, sich Filme anzusehen und Essen beim Zimmerservice zu bestellen. Vielleicht zusammen mit Alice. Oder nur sie allein.

Pen liegt auf der Seite, hat die Knie an die Brust gezogen und die Arme darumgeschlungen, ihr Kopf rutscht auf die Matratze, und sie denkt daran, wie sie an jenem Abend genauso dalag und Alice, die unglaublich schöne Alice, sich dazulegte und Pen von hinten umarmte, aber ganz behutsam, sie streichelte ihren Arm und drückte das Gesicht an ihren Rücken und flüsterte so leise, dass Pen nicht sicher war, ob es wirklich Worte waren oder bloß Gedanken im Raum zwischen ihnen. Nach einem Moment bewegte sich Alice' Hand ein Stück, ein ganz kleines nur, nach vorn, bis drei Fingerspitzen, nur die Spitzen, auf Pens rechter Brust lagen. Alice flüsterte, sie könnten sich vorstellen, sie beide wären ganz allein auf der Welt, und Pen lag regungslos da und hielt den Atem an (doch den Atem anhalten). In diesem Moment hätte sie sich zu Alice umdrehen sollen. Alice war so mutig, aber Pen hatte nichts gesagt und nichts getan, und dann war es wieder nur eine Umarmung gewesen. Aber für einen Moment war da etwas gewesen, da ist sie sicher, das ist eine Tatsache: Sie war im Arm gehalten worden.

Pen setzt sich auf, die Decke rutscht herunter. Heute ist es so weit. Sie haben einen ganzen Tag zusammen, das längste, perfekteste Date der Welt. Sie zieht das Rollo hoch, kein Regen, das ist ein gutes Zeichen. Schnell ins Bad, bevor Soraya es besetzt. Unter der Dusche seift sie sich überall ein, ihre Hand streicht über die glatte, weiche Haut, vorsichtiger an den Stellen, wo sie noch die Erhebungen spürt. Sie heilen ab, hat der Arzt gesagt, und wenn Pen sie mit Vitamin-E-Öl einreibt, wird es schon bald niemandem mehr auffallen. Pen glaubt, wenn sie wirklich heilt, dann durch die Berührung eines anderen Menschen: wenn eine andere Person die Linien berührt, die sich in säuberlichen Reihen über die weiche, rosige Haut ihrer Oberschenkel ziehen.

Pen stellt das heiße Wasser ab. Wie soll man die drei Minuten einhalten? Pflichtgemäß zieht sie die Wände ab (das ist hier kein Hotel). Ob sie die teure Gesichtscreme ihrer Mutter benutzen soll? Auf dem Tiegel steht *strahlender Teint*, und vielleicht sieht Alice sie dann so, wie sie Alice sieht: als ein Strahlen, ein Leuchten. Pen wischt mit der Hand den Spiegel frei. Es ist eigenartig: Wenn man hineinschaut, sieht man sein eigenes Gesicht so, wie es sonst niemand sieht, man schaut sich selbst in die Augen. Pen fragt sich, ob man sein Aussehen dadurch besser kennt als andere, und mit besser meint sie hier genauer, aber vielleicht auch besser? Oder schlechter? Sie meint beides. Pen hat eine Keine-Selfies-Regel, weil ihre Augen auf Fotos nie da sind, wo sie sein sollten, ihr ganzes Gesicht ist irgendwie schief, so sehe ich nicht aus, will sie dann sagen. Ihre Mutter meint, sie soll sich nicht so viele Gedanken machen, »niemand sieht dich an, Pen«. Insgeheim, ins-sehr-geheim, hat Pen die Befürchtung, sie könnte eitel sein (und außerdem sehen sie *doch* alle an). *Ecce. In pictura est puella.* So beginnt jede Geschichte.

»Es kommt nur auf das Innere an«, wiederholt ihre Mutter immer wieder und benutzt Wörter wie *Spiegelsteuer*, weil die jungen-Frauen-von-heute ihren ganzen Ehrgeiz dafür einsetzen, sich gegen-die-ganzen-Negativbotschaften-zu-wehren. Manchmal spricht Pens Mutter so: wie bei einem Vortrag. Weil sie nämlich Dozentin ist. Und sie hat auch Regeln dafür, was man sich im Internet ansieht und ob man jemandem textet, während man mit anderen zusammen ist, Mahlzeiten seien wertvolle Zeit, als ob es Zeit mit verschiedenem Wert gäbe, besser und schlechter, dabei vergeht sie doch immer genau gleich schnell. Obwohl, das stimmt nicht. In größerer Höhe vergeht die Zeit schneller, wenn Pen also im ersten Stock ist und ihre Mutter unten im Wohnzimmer, dann ist Pens Zeit schneller oder komprimierter, oder so was in der Art, als die ihrer Mutter, aber wer könnte festlegen, welche wertvoller oder besser ist? Vom Inneren zu sprechen, ist im Übrigen auch nicht hilfreich, denn was ist, wenn man im Inneren erst recht anders ist? Noch etwas, das Pen nur denken und nicht aussprechen darf, denn wenn sie es laut sagt, bekommt sie den langen Jeder-Mensch-ist-anders-Vortrag zu hören. Ja, sicher, denkt Pen augenrollend, wenn sie diesen speziellen Vortrag zu hören kriegt.

Anders ist so ein Wort, genau wie *besonders*, das Menschen auf eine Art und Weise betonen, die sie für taktvoll halten. »Sagt doch, was ihr wirklich meint«, möchte Pen dann rufen, aber dann hieße es wieder, sie sei überreizt. Wenigstens die Therapiefrau teilt ihre Ansicht. Und wenigstens sie versteht, dass Pen keine Schublade braucht, sondern Strategien, um das Chaos der Welt zu bändigen. Also gut, Pen. Spür die Trigger, Pen. Fühle sie. Benenne sie, erkenne sie. Schau auf deine Hände, das vermittelt dir ein Gefühl von Kontrolle. Sieh den Leuten nicht ins Gesicht, wenn sie mit dir reden, das sind zu viele Reize. Wenn in deinem Kopf zu viel los ist, finde heraus, was es ist: Denken oder Fühlen. Was für ein Gefühl ist es? Positiv, negativ oder neutral? Das Beobachten ist Pens Verbündeter geworden. Früher nannte Pen sie nur *die Frau*, denn zu einer Therapeutin gehen zu müssen, war ja praktisch der Beweis, dass sie nicht so war wie die anderen Mädchen, aber dann hat ihre Mutter gesagt: »Ach, komm, Pen, fall nicht auf den alten Trick mit der Scham rein.« Ihre Mutter hat nämlich auch eine Therapeutin. Also überlegte Pen sich eine eigene Bezeichnung.

Pens Zimmer ist schwierig, das erkennt man ohne viel Beobachtung. Es ist entweder total aufgeräumt oder total chaotisch, und heute ist es chaotisch, was den Weg zur Tür erschwert, weil Pen über einiges hinwegsteigen und um anderes herumgehen muss, und das ist kompliziert. Sie sollte es ordentlich halten, aber nur weil man etwas tun sollte, heißt das noch lange nicht, dass man es auch tut, und manchmal will Pen schreien, dass alle Regeln der Welt, selbst wenn sie jede einzelne befolgt, nicht verhindern können, dass sie durcheinanderkommt oder erstarrt oder sich an etwas stößt. Das hatte Pen genau so in einer Sitzung erzählt, und die Therapiefrau hatte gestutzt, und es klang, als würde sie lachen, aber natürlich tat sie das nicht, das war ja gegen die Regeln, und dann sagte sie: »Ach, Pen, das ist völlig normal, du bist ein Teenager«, und da hatte Pen sich besser gefühlt und sich später zu Hause erlaubt, eine Tür zuzuknallen, woraufhin ihre Mutter beim Abendessen fragte: »Was war da los?«, aber kein Drama machte. Das alles hilft Pen jetzt allerdings nicht weiter, denn jetzt fliegt alles überall herum, also nimmt sie nur ihr Cooles-Date-Outfit vom Stuhl und spürt den weichen, glatten Stoff auf ihrer Haut, und davon geht es ihr sofort besser. Da ist das Wummern am Boden, der für ihre Mutter die Decke ist, und wie schnell oder langsam die Zeit auch vergehen mag, *jetzt* ist es Zeit, nach unten zu gehen.

Der Teller knallt, der Toast kracht, die Wasserpumpe knirscht und lässt Pen zusammenfahren. Der Lärm von anderen ist immer so viel schlimmer. »Pass heute auf dich auf«, sagt Claire. Claire ist Pens Mutter, und sie meint es gut und will nur, dass Pen nichts passiert, aber sie will nicht, dass Pen dorthin geht, das weiß Pen. Was ihre Mutter nicht versteht: Pen tut es aus Liebe.

»Da könnten ein paar … na ja, es werden nicht unbedingt alle aus denselben Gründen dort sein wie du. Und es ist laut.«

Pen konzentriert sich auf die kleinen Tabletten, die in einer Reihe auf dem Tisch liegen, auf das Gefühl der aufweichenden gelben Cornflakes in ihrem Mund. »Du kannst jederzeit wieder gehen«, fügt Claire hinzu, weil ihre Tochter Lärm hasst und Menschenmengen hasst und lieber für sich ist. Allein ist sie vollkommen glücklich, deshalb wird eine Demo mit Hunderten von Menschen schwierig für sie werden. Claire würde sich sofort mit jedem duellieren, der behauptet, ihre Tochter dürfe bestimmte Dinge nicht tun, aber gleichzeitig wünscht sie sich manchmal, sie könnte sie zu Hause behalten. »Sicher, das Klima ist wichtig, aber mir wäre lieber, du würdest zur Schu…«

»CLAIRE!«

Immerhin eine Reaktion. Pen hatte den schulfreien Tag als Sozialkundelektion verkauft, und Claire weiß von den Streiks, sie selbst entschuldigt ihre Studierenden an Freitagen, aber heute ist Montag, und Pen geht in die elfte Klasse, und der Punkt ist nicht, dass Pen in Englisch praktisch besser ist als ihre Lehrerin, sondern dass sie zum Unterricht erscheint, und Claire weiß, man kann auf verschiedene Arten lernen, bezweifelt allerdings, dass die Erdkundeprüfung einen Abschnitt über Extinction Rebellion enthalten wird.

Wenn sie innehält und darüber nachdenkt, überkommt auch Pen wegen der bevorstehenden Prüfungen ein bedrohliches Gefühl: eine Art Angst ganz unten in ihrer Magengrube. Aber eigentlich fühlt sich jeder Tag so an.

Rumms! Die kleinste Person macht den meisten Krach. Soraya verlangt nach Aufmerksamkeit. Pen sieht sie nicht an, sondern betrachtet eingehend die Milch in ihrer Schale und die wenigen darin treibenden Cornflakes (angeblich enthält eine Schale von diesem Zeug mehr Salz als

Meerwasser), aber sie hört Sorayas zu laute Schritte und ihr Quengeln und ihren Atem. Jetzt will sie sogar einen Apfel, »für die Schule«. Sie mag gar keine Äpfel, denkt Pen, doch als Claire dann die Kühlschranktür öffnet und sie den Apfel aus den raschelnden Tüten holt und Pen sich vorstellt, ihre Schwester wegzustoßen, um sie nicht sehen zu müssen, da beugt Soraya sich dicht zu ihr und flüstert: »Hab einen schönen Tag heute.« Überrascht hebt Pen den Blick und sieht Sorayas seliges Lächeln. Das hat Sandy den *O'Neil'schen-Jojo-Effekt* getauft: Immer wenn man denkt, diese Menschen können nicht mit mir verwandt sein, die machen mich wahnsinnig, sagt oder tut einer von ihnen etwas, das einen glücklich macht.

Und plötzlich wird es wieder ein guter Tag. Pen spürt es bis tief in die Knochen. Ihre Mutter legt ihr einen Apfel auf den Tisch.

»Räum die Spülmaschine ein, stell das trockene Geschirr von gestern Abend weg, und mach *irgendwas* mit deinem Zimmer, Pen, das ist nämlich ein Saustall, und das ist hier kein Hotel.« Claire ist entschlossen, ihrer Tochter wenigstens ein bisschen Hausarbeit abzuringen. Den Mantel in der Hand, kramt sie in ihrer Tasche. »Hier, das ist für heute.« Das Geld auf den Tisch. »Vergiss nicht, etwas zu essen, trag deinen Regenmantel, ist mir egal, ob das uncool ist, du sollst dich nicht erkälten.« Pen nickt. »Ab und zu könntest du auch mal was sagen.« Claire klingt genervt, ist es aber nicht – sie hatte witzig sein wollen.

Pen blickt auf und sieht ihre Mutter an, dann hebt sie die Hände und wackelt mit den Fingern in der Luft. Auch

Soraya hat die Hände erhoben, Claire ebenfalls, ein undurchtrennbarer Kreis. Die O'Neil-Frauen. »Habt einen schönen Tag. Wir sehen uns nachher zur Montagabendpizza.« Die Haustür schlägt zu, die Wände zittern leicht.

Pen wird heute nicht zittern. Heute wird sie die Worte finden. Heute wird sie Alice' Hand halten.

7:23 Uhr »Guten Morgen!«, sagt eine Stimme. Ruth blickt auf und denkt, was denn jetzt / oh nein / wo bleibt der Bus? Sie will sich nicht unterhalten, fühlt sich nicht dazu in der Lage, aber es ist Stephen, das muss Jahre her sein, sie sind zusammen zur Schule gegangen. Ganz schön groß ist er, und plötzlich wird Ruth bewusst, dass sie ungeschminkt ist.

»Du löst die Probleme des ganzen Landes«, sagt Stephen, und das irritiert Ruth, wovon redet er da? Und dann begreift sie, dass er die Anrufsendung im Radio meint, woher weiß er überhaupt davon, arbeitet er nicht im Ausland?

»Mhm, sehr gut, reichlich Probleme.« Sie klingt wie eine Idiotin. »Es ist schon anspruchsvoll«, sagt sie, um Boden zu gewinnen, den sie jedoch direkt wieder an einen verirrten Gedanken verliert. »Bist du nicht in Australien?«

»Bin vorübergehend hier, um meine Wohnung zu verkaufen.« Stephen deutet Richtung Terenure Cross. »Ich will mir da unten ein Haus kaufen … und kann hier in unserem Dubliner Büro arbeiten, wobei es durch die Zeitverschiebung ein bisschen kompliziert ist.«

Ruth nickt nur.

»Eigentlich bin ich gerade auf dem Weg ins Fitnessstudio.« Er hebt die Sporttasche zum Beweis. »Ich warte gar nicht auf den Bus, ich kam nur hier vorbei.«

Vom Nachobenschauen tut Ruth der Nacken weh, sie versucht, einen unauffälligen Blick auf die Anzeigetafel zu werfen. Da steht immer noch 1 MIN / 1 NÓM. Jetzt komm schon, komm schon, wünscht sie den Bus herbei.

»Macht übrigens Spaß, dir zu folgen«, und dann merkwürdigerweise: »Ich habe deine Stimme im Ohr.« Stephen lächelt, und als sie immer noch verständnislos guckt, tippt er sich seitlich an den Kopf, als hätte sie das Konzept Ohr nicht begriffen. »Podcast«, sagt er schließlich.

»Oh. Ha. Verrückt«, sagt Ruth, denn, ehrlich, was soll sie darauf antworten?

»Ist …« Stephan sieht besorgt aus. »Ist alles in Ordnung, Ruth?«

»Montagmorgen«, sagt sie mit einem Anflug von Panik. Sie sagt nicht: *und mein Mann ist nicht nach Hause gekommen.*

»*Manic Monday*, na klar!« Stephen lächelt breit, ein Kopfschütteln über den Beginn der neuen Woche. Lautere Motorengeräusche, der Bus kommt. »Dann viel Glück heute. Vielleicht können wir uns ja mal abends treffen, bevor ich wieder abreise?«

»Super!« Ruth reagiert mit einem unbeholfenen Halbwinken, sie steigt schon ein, und als sie sich umsieht und nickt (beide wissen, dass sie sich nicht treffen werden), hat sie den Eindruck, dass sein Lächeln ein bisschen gezwungen wirkt.

Sie hält ihre Karte vor das Gerät, und auf der Treppe nach oben denkt sie an den Abend damals zurück, der einundzwanzigste Geburtstag von irgendwem. Stephen und sie sahen sich, und als Nächstes lagen sie sich betrunken in den Armen und gestanden sich gegenseitig, wie toll sie einander in der Schule gefunden hätten, aber zu schüchtern gewesen seien, und in dieser Nacht war alles anders, es gab keine Hemmungen, es lag alles vor ihnen, ihre aufregende Zukunft, und sie redeten und knutschten im Park, er half ihr über den Zaun, und plötzlich dämmerte der Morgen, und sie lagen in seinem Bett. Gott, der Tag danach. Ruth hasste es, verkatert zu sein. Stephen hatte ihr geschrieben, und zuerst war alles ganz romantisch mit Küsschen hinter seinem Namen, aber dann stellte sich heraus, dass er eine On-off-Beziehung hatte, die jetzt definitiv wieder *on* war. Ruth hatte ohnehin auf Reisen gehen wollen. Bei der Erinnerung daran, wie real ihr das alles damals erschienen war, verzieht sie das Gesicht.

Der Bus kriecht durch Harold's Cross, und Ruth kann richtig spüren, wie sie altert. War das damals die freieste Zeit ihres Lebens gewesen? Oh ja, die vertrödelten Stunden und Tage waren ihr wie ein Luxus erschienen. Aber war damals wirklich alles so wunderbar? Hat sie es als Freiheit empfunden? Fast verzieht sie das Gesicht. »Alles ist möglich«, hatte man ihr gesagt. »Dir steht alles offen.« Die Leute meinten es gut, doch wenn alles möglich war, hieß das nicht auch, dass nichts davon real war?

Ruth klappt ihre Minipuderdose auf. Betrachtet skeptisch ihr Spiegelbild. Wie soll sie es hinkriegen, wie ein normaler Mensch auszusehen? Also gut. Das Gesicht mit einem Stift bemalen, der Strahlen verspricht, darüber eine Schicht Puder. Puderdose und Wimperntuscheröhrchen in der einen Hand, mit der Bürste in der anderen die Wimpern traktieren. Fast heruntergefallen, Mist. Wieder den Spiegel vorhalten, um die Wirkung zu beurteilen. Ruth tupft sich Rouge auf die Wangen. Sinnlos, das alles kommt ihr so sinnlos vor. Ist es nicht absurd, die Röte in einem Teil des Gesichts abzudecken, nur um sie in einem anderen hinzuzufügen?

Der Bus ruckelt auf die Clanbrassil Street. Sie ist eleganter geworden – den Schlachthof gibt es nicht mehr, die alten Häuser wurden bereits in Ruths Kindheit abgerissen, um Platz für die neuen Busspuren zu schaffen, und tatsächlich kommt man jetzt schneller in die Stadt. Ruth spürt die Anziehungskraft, die das Haus ihrer Mutter auf sie ausübt, wenn sie den Hals reckt, könnte sie es sehen, Lombard Street. Inzwischen ist es das Haus von jemand anderem, immer noch mit den Glyzinien über der Tür. Sie wird nicht hinsehen, es ist doch nur ein Haus.

Vorbei an St. Patrick's, und endlich kommt Christ Church in Sicht. Ein letzter prüfender Blick in den Spiegel, bevor sie alles wieder in der Tasche verstaut und die Treppe hinuntergeht. Der Bus passiert die Kathedrale, in der ihre Freunde an Weihnachten singen, beim alljährlichen Kniefall mit Liedern und Kerzen. Vorbei am Lord Edward Pub an der Ecke. Liegt da immer noch Sägemehl auf dem Boden? Oder hatte sie sich das nur eingebildet? Stockend hält der Bus an.

Raus aus dem Bus, sie spürt den Regen noch in der Luft, auch wenn sich der Himmel aufgehellt hat. Nach links in die Cow's Lane, normalerweise mag sie diese erfundene Straße, in der es Yoga und Tattoos, Pflanzen und Bücher gibt. Wann hat sie zuletzt ein Buch gelesen? Das war wirkliche Freiheit: nicht Zeit zum Vertrödeln, sondern Zeit, das zu tun, was man will. Die Rückseite des Theaters, die Straßen und Gassen hier sind in Vergessenheit geraten. Merkwürdige Vorstellung, dass dies früher einmal das Stadtzentrum gewesen war, direkt vor dem Schloss, dem Herzen von allem. Ein paar Jahrhunderte besaßen die Macht, Grenzen zu verschieben. Der kleine Laden, in dem Ruth ihrer Mutter zu Weihnachten Kaschmirhandschuhe gekauft hatte, *Made in Ireland* hatte auf dem Etikett gestanden, aber auf die Anerkennung dieser Frau hatte sie vergeblich gehofft. An der Ecke das Denkmal für die Magdalenen-Wäschereien, an anderen Tagen, Tagen, die nicht heute waren, überkam sie bei dem Gedanken daran ein schlechtes Gewissen, weil ihr eigenes Leben in Wahrheit aus einer langen Abfolge von Freiheit bestand. Heute jedoch geht sie achtlos daran vorbei. Als sie auf die breitere Parliament Street tritt, sieht sie sich kurz nach dem Pub um, in dem sie während ihrer Studienzeit gearbeitet hat, damals gab es nur wenige Orte, an denen Männer Händchen halten konnten. Grattan Bridge. Während sie an der Ampel wartet, denkt sie an Aidan und verflucht sich, sie hatte sich doch so gut geschlagen. »Sieh mal«, hatte er einmal gesagt, war mitten auf der Brücke stehen geblieben und hatte auf die Verzierungen am Geländer gedeutet. »Das sind Seepferdchen.« Er hatte ihr erklärt, sie seien ein Symbol für Treue, weil sie sich fürs ganze Leben paarten. Sie hat das anschließend recherchiert und würde ihm jetzt gerne sagen, dass sie außerdem einzigartig sind, weil bei ihnen das Männchen die Jungen austrägt.

Capel Street, benannt nach wem, einem Earl vielleicht? Das scheint in weiter Ferne zu liegen, jetzt gibt es hier Suppen und Sushi und Bibimbap. Seltsam, denkt

Ruth, als sie vor einem Schaufenster stehen bleibt, wenn man den Duft von Oliven oder Gewürzen riecht, kann die Aussicht auf Essen fast vollständig den Umstand verdrängen, dass einen der eigene Mann eventuell/vielleicht/wahrscheinlich hasst. Ruth betritt den Laden und nickt der Frau an der Kasse zu. (Griechisch? Türkisch? Ist es schlimm, das nicht zu wissen?) »Ja, von diesen bitte.« Der Mann vor ihr zeigt auf ein Tablett Baklava mit Pistazien. Die Frau reicht es ihm und lächelt Ruth an, die abermals nickt, um zu signalisieren, dass sie warten kann.

Das Gebäck in ihrer Hand ist warm, das Öl sickert bereits durch die Papiertüte. Ruth schlägt eine Ecke zurück und beißt hinein. Sie geht die Straße hinauf (sie nennt sie *ihre* Straße) und nimmt sich einen Augenblick Zeit, um das blättrige, knusprige, salzige, mit Käse gefüllte Börek zu genießen. Sie spürt ihre Füße auf dem Pflaster und die Wärme unter dem Papier und den öligen Film auf ihren Lippen, und das alles zusammen bedeutet, dass sie den heutigen Tag vielleicht irgendwie überstehen wird.

Ruth schließt die Tür auf und tritt in den schmalen Flur. Es ist dunkel und still, offenbar ist sie die Erste. Sie hebt die Werbeflyer für Pizza und Massagen auf und legt sie aufs Sims, dann steigt sie die Treppe hinauf, höher, immer höher. Ganz im Effizienzmodus schaltet sie überall das Licht an und dreht die Heizung voll auf, nach dem Wochenende ist es immer kälter, knipst die Schreibtischlampe an. Eine Art Zuhause. Sie geht in die Küche, setzt Wasser auf, nimmt einen Becher aus dem Schrank, ganz schön durcheinander, sie sollten mal ausmisten, gibt abgemessenes Kaffeepulver in die French Press, hört auf das anschwellende Kochgeräusch und wartet, bis das

Licht mit einem Klacken erlischt. Teelöffel in die Spüle, abwaschen kann sie ihn später. Um alles kann sie sich später kümmern. Ruth nimmt den Becher mit nach nebenan, steht vor ihrem Schreibtisch, nimmt den Ordner mit ihren Notizen zur Hand und wirft einen Blick hinein. Ihre handschriftlichen Notizen auf dem Papier, die getippten Anmerkungen, alles hat seine Ordnung. Ja, sie weiß, wer diese Person ist. Kissen aufschütteln, die Schachtel Taschentücher näher an den Stuhl rücken. Innehalten. Es ist noch Zeit.

»Da kriegst du ja bestimmt interessante Geschichten zu hören?« Es war ihr erstes Date gewesen. Aidan wirkte ehrlich interessiert, war das der Grund, warum sie es ihm hatte beichten wollen? Dass sie sich unzulänglich fühlte angesichts des Leids, das die Menschen ihr anvertrauen? Stattdessen hatte sie gesagt, wie sehr es sie (damals wie heute) verblüffe, wie viel Energie wir auf ein schlechtes Gewissen verwenden. Ohne ins Detail zu gehen, hatte sie ihm erzählt, dass der Schmerz, den die Menschen erleben, bei fast allen derselbe sei. Dann hatte sie innegehalten, weil ihr die Kluft zwischen dem, was sie empfand, und dem, was sie sagte, bewusst wurde. Später hatte Aidan ihr erzählt, er habe diese Zurückhaltung – er hatte es Schüchternheit genannt – charmant gefunden, und auch da hatte sie den falschen Eindruck nicht korrigiert. Aidan. Sie waren keine Seepferdchen.

Die Türklingel. Vom Fenster abwenden, zur Tür gehen, den Knopf drücken. Ruth hört das Echo einer Stimme, sagt etwas, betätigt den Summer und lässt Anthony herein. Jetzt hat sie noch eine Minute, denn Anthony steigt die

Treppe langsam hinauf, er möchte nicht außer Puste oben ankommen, und Ruth atmet aus, um ihre Gedanken zu klären, zur Ruhe zu kommen, sie macht sich bereit, um zuzuhören und eine Grenze zwischen ihrem Leben und dem des anderen zu ziehen.

8:01 Uhr

Beim Besteck die Spitzen und Zinken nach oben. Pen ordnet es nach Kategorien, die Messer zusammen, die Gabeln zusammen, die Löffel auf die andere Seite. Da ist so ein Gefühl im Kopf, wenn Dinge geordnet sind. Nichts im Kopf zu haben, heißt unintelligent sein, aber wie schön müsste es sein, wirklich gar nichts im Kopf zu haben, keine wild flatternden Echos von dummen Menschen, die behaupten, man wäre kaputt. In der allerersten Sitzung hatte Pen die Therapiefrau gefragt, ob Reden die einzige Möglichkeit wäre, etwas aus dem Kopf zu bekommen. Die Therapiefrau hatte gesagt, dass Pen a) recht habe und nicht kaputt sei und deshalb auch nicht repariert werden müsse, ob es b) nicht fantastisch wäre, wenn man die Welt so machen könnte, dass sie für jeden passe, und dass c) niemand reden müsse, wenn er oder sie das nicht wolle. Deshalb sitzen sie manchmal nur da und schweigen, und das ist dann ein bisschen so, als hätte sie nichts im Kopf.

»Wie fühlt es sich an, wenn dein Kopf voll ist?« Das hatte die Therapiefrau sie gefragt. Als Pen nur den Kopf schüttelte, bat die Therapiefrau sie, für die folgende Woche ein paar Zeilen aufzuschreiben, dann würden sie sich dem langsam annähern. Wenn Pen die richtigen

Worte findet, ist das, als könnte sie die Welt scharf stellen, doch wenn sie nach Worten dafür sucht, wie es sich im Inneren ihres Kopfes anfühlt, dann ist das, als stünde sie vor einer Wand aus Worten. Deshalb war Pen am Morgen ihres nächsten Termins immer noch nichts eingefallen, was sie hätte sagen, geschweige denn aufschreiben können. Stattdessen hatte sie einen Gedichtband ihrer Mutter aus dem Regal genommen, Emily Dickinson, ein Buch mit goldenen Buchstaben auf dem Rücken. Als sie dann ins Sprechzimmer kam, schlug sie die Seite auf und zeigte sie vor:

Begräbnis fühlt' ich im Gehirn

Und die Therapiefrau sagte: »Beschreibt das ganze Gedicht, wie du dich fühlst?«, und Pen nickte, und die Therapiefrau fragte, welche Zeilen ihr Gefühl am stärksten wiedergäben. Pen zeigte auf die erste Zeile, und dann, als sie spürte, dass sie noch etwas sagen sollte, las sie langsam vor:

»Und als sie Platz genommen,
tönt dumpfer Trommelklang:
es schlug und schlug bis es mir schien,
es raubt mir den Verstand.«

Die Therapiefrau nickte wieder, und da erkannte Pen, dass sie endlich jemanden gefunden hatte, der richtig zuhörte. Dann erklärte die Therapiefrau, dass beim Denken – wenn sie daran dachte, dass sie etwas tun sollte oder was andere von ihr hielten oder ob es ihrer Mum gut ging – für jeden dieser Gedanken eine Datei im Gehirn geöffnet werde. Und je mehr Gedanken man habe, desto voller werde der Kopf mit offenen Dateien, die blinken und klicken, um den Kopf auf sich aufmerksam zu machen. Wenn Pen also viele »aktive Gedanken« habe, sagte die Therapiefrau, dann wirke das, als wäre ihr Gehirn voller Blinklichter und Klickgeräusche. Und davon würde wohl jeder Panik bekommen.

Pen spült die Müslischalen ab. Das Wasser auf der Haut fühlt sich beruhigend an, deshalb hat sie sich diese Hausarbeit ausgesucht. Die Schalen ins obere Regal und ganz nach hinten, damit die Scharniere weniger belastet werden. Das Therapiezimmer ist ruhig und leise und ziemlich leer, was Pen gefällt, nachdem sie oft genug hier gewesen ist und sich entspannen und ihre Umgebung wahrnehmen kann. Sie sitzt der Therapiefrau gegenüber, und dort ist auch ein Fenster, und sie kann den Himmel sehen, und weil sie hoch oben sind, auch die Dächer der Häuser auf der anderen Straßenseite, eine Dachlandschaft (wenn Pen jemals ein Gedicht schreibt, soll es das Wort *Landschaft* enthalten). Wenn sie in diesem Zimmer ist und die Therapiefrau ihr erklärt, dass man die blinkenden Lichter im Kopf mit bestimmten Strategien ausschalten kann, um wieder zur Ruhe zu finden, dann klingt das alles logisch, und Pen nickt und bedankt sich am Ende der Sitzung und geht nach Hause. Letzte Woche hat sie der Therapiefrau von der Demonstration und dem Date mit Alice erzählt und gesagt, bei der Vorstellung empfinde sie Ruhe. Aber heute ist es komplizierter. Was ist, wenn man ihr dort nicht genug Raum lässt oder wenn zu viel geschrien wird? Denn oft warten andere nicht, bis Pen zu Atem gekommen ist und sich orientiert hat, oft wollen sie nicht warten. Als Pen mal eine schlechte Woche hatte, sagte die Therapiefrau zu ihr, Pen käme schon zurecht, weil sie zwei Dinge auf ihrer Seite hätte: Sie sei erfinderisch, und sie sei handlungsfähig. Dann sagte sie noch, neurodiverse Menschen seien oft sehr erfolgreich oder kreativ, weil sie diesen Einfallsreichtum und die ganzen Strategien für den Alltag besäßen und Aufgaben methodischer oder anders als die anderen angingen. Weil sie ihren Scheiß auf die Reihe kriegen. Sie hatte tatsächlich »Scheiß« gesagt, und Pen hatte gelächelt, weil das auch Alice hätte sagen können.

Manche Gläser, wie dieses hier, muss man von Hand spülen, es ist aus grünem Glas und schwer und hat eine Blase im Boden. Pen nimmt es vorsichtig von der Abtropffläche und dreht es im Küchentuch, um die letzten Wassertropfen zu erwischen. Dann stellt sie es behutsam aufs obere Regalbrett. Es war ein Hochzeitsgeschenk für ihre Eltern, ursprünglich gab es sechs davon. Jetzt ist nur noch dieses eine übrig, deshalb muss man extravorsichtig damit umgehen.

Pen nennt ihren Dad Sandy, aber er mag es nicht, wenn sie ihn mit dem Vornamen anspricht – er stutzt dann und fragt: »Entschuldigung?« Manchmal nennt er sie Penelope, und dann reagiert sie nicht oder nennt ihn beim nächsten Mal Mr O'Neill, was er noch mehr hasst, weshalb Claire sagt, es gehören immer zwei dazu. Sandy ist Straßenbauingenieur. Er wäre gern Architekt geworden, aber man kriegt nicht immer, was man sich wünscht, was Sandy-ich-meine-Dad für eine wichtige Lektion des Lebens hält, Claire-oder-Mum allerdings eher für »ein bisschen resignativ«. »Wie auch immer«, sagt Pen achselzuckend, wenn sie an diesen Punkt kommen. Sandy interessiert sich für Häuser, dafür, wie sie aussehen oder nicht aussehen. »Uninspirierend«, sagt er jeden Samstag, wenn er Pen und Soraya abholt, und betrachtet das Haus dabei mit zusammengekniffenen Augen, als hätte er diese unscheinbare Straße verlassen und nicht sie. Pen weiß, dass die Aussagen anderer nicht zwingend etwas mit ihr zu tun haben, sondern ihr vielmehr etwas über das Innenleben des anderen verraten. Sie denkt darüber nach, wie Worte mit Dingen in Kontakt stehen, wie sie über die Welt und die Zunge gleiten. Manche Worte machen, dass man sich geliebt und gut fühlt, andere verletzen und fügen einem Beulen zu.

Fanden die Menschen, die dieses Haus entworfen und gebaut haben, es auch uninspirierend? Pen überlegt, ob die vielen Menschen, die für den Bau eines einzigen Hauses nötig waren, überhaupt etwas Inspirierendes hatten erschaffen wollen und nun enttäuscht waren. Oder wollten sie nur, dass sich die Bewohner geborgen fühlen? Aber Pen findet es nicht so schlimm wie Claire, wenn Sandy solche Sachen sagt – oder sich über *dieses Land* äußert. Pen sagt dann auch nicht: »Was ist so toll daran, aus England zu kommen?« Meistens hört sie nur zu, weil auch sie sich gern Häuser ansieht und sich gern ausmalt, wie die Menschen darin leben, und, na ja, weil sie es einfach schön findet, wenn Sandy überhaupt mit ihr spricht.

Nach der Trennung ihrer Eltern war das mit dem Lärm und den Ängsten richtig schlimm geworden, und obwohl Pen die Schule nicht mochte, hatte sie ihre Lehrerin gefragt, ob sie nicht länger bleiben und im Klassenzimmer lesen könne, doch das ging nicht, wegen der Versicherung oder so. Sie musste nach Hause, und dort war der Lärm, selbst wenn nur ihre Mutter und Soraya dort waren, und dann wollte Pen nicht mehr aus ihrem Zimmer kommen (das auch Sorayas Zimmer war, weshalb Soraya dann herumschrie, von wegen »Pen kriegt immer ihren Willen, das ist auch mein Zimmer«). Dann zogen sie um, und der Lärm wurde weniger. Und dann fing sie mit der Therapie an. »Es ist nur eine halbe Stunde«, sagte ihre Mutter, als Pen zuerst nicht hingehen wollte. Aber dann wurde es die beste halbe Stunde der Woche, schon komisch, dass so etwas möglich ist (seltsam-komisch). Die Stühle im Therapiezimmer stehen weit genug auseinander, dass man sich nicht berühren muss, und wenn sie an der anderen Person vorbeischaut, wirkt es nicht unhöflich, sondern nur, als wäre sie in Gedanken. Und dann stellt ihr die Therapiefrau Fragen, und wenn Pen sie beantwortet, ist es, als würde ein Gewicht von ihrer Brust genommen (das ist eine Metapher, aber es fühlt sich genau so an). Es ist gut, dass Pen ist, wie sie ist, sagt die Therapiefrau meistens, manchmal schwierig, aber gut.

Pen denkt an den Plan für heute. Anfahrt, klar. Treffen, klar. Kundgebung, klar. Bei allem danach ist sich Pen nicht sicher, aber wahrscheinlich werden Alice und sie die Zeit bis zum Konzert zusammen verbringen. Auf der Karte in ihrem Handy hat Pen reichlich Orte markiert, wo sie etwas essen oder spazieren gehen können. Sie wollte Claire fragen, was man Cooles in der Stadt unternehmen kann, fand es dann aber uncool, mit sechzehn Jahren ihre Mutter nach so etwas zu fragen, deshalb hatte sie selbst recherchiert, und dabei war ihr eingefallen, dass sie sich die Moorleichen und das Wikingergold im Museum ansehen wollte. Vielleicht würde Alice mitkommen. Wobei sie nicht sicher ist, ob Alice sich Leichen von vierhundert vor Christus ansehen möchte, die eigentlich bloß aus den Midlands stammen. Als Pen die Moorleichen zum ersten Mal sah, mit ihrer Haut wie tiefdunkles Leder und ihren Fingernägeln und Fingerabdrücken und Haaren, da dachte sie: Wir sind eins, wir haben dieselben Gefühle, und das sogar über Tausende von Jahren hinweg. Wird Alice auch so denken? Aber wahrscheinlich gehen Museen weder als cool noch als romantisch durch. (»Zehrend oder nährend, Pen?«, fragt die Therapiefrau, weil Pen immer aktiv entscheiden soll, was am besten ist.) Aber vielleicht braucht Alice, auch wenn sie Pen-so-mag-wie-sie-ist, gar nicht zu wissen, dass Pen lieber in einem Museum wäre als auf der Straße? Vielleicht schreibt sie ihr eine Nachricht und fragt sie? Pen bewegt sich heute ohnehin auf dünnem Eis, das hat sie Alice gestern noch mal geschrieben. Pen liebt Textnachrichten, das ist praktisch wie Reden, nur ohne Gesichter. Manchmal, wenn sie in einem Gespräch nicht weiterweiß, wünscht sie sich, sie könnte Schilder mit Emojis hochhalten.

Pen schaut auf ihr Handy, sie sollte sich darüber informieren, was in der Welt los ist, weil es nämlich nicht ausreicht, nur zu Demos zu gehen. Man muss die Fakten kennen. Infos über die Brände im Amazonas muss sie in diesen Tagen gezielt suchen – letzten Monat wurde überall darüber berichtet, aber jetzt drehen sich die Schlagzeilen nur um Invasion, Grenzen und Flüchtlinge statt um Brände, wobei das im Grunde alles dieselbe Geschichte ist. Die Welt steht in Flammen, aber in den Medien erfährt man nichts darüber, Pen muss ewig scrollen und findet nichts vom brennenden Amazonasgebiet (dafür viel von Amazon).

Einmal hatte Pen versucht, mit Sandy über die Brände zu reden. Sie war zum Essen in seine (*wirklich* uninspirierende) Wohnung eingeladen, und er hatte sogar daran gedacht, diese gefüllten vegetarischen Burger zu besorgen, die sie so mag, was den Tag zu etwas Besonderem machte. »Was nehmt ihr gerade in der Schule durch?«, fragte er, obwohl August war und die Schule noch gar nicht wieder angefangen hatte. Doch Pen verzieh ihm das, weil Unterhaltungen eben schwierig sind. »Was denkst du über die Brände im Regenwald?«, fragte sie, weil sie aktuelles Zeitgeschehen für ein unverfängliches Thema hielt. »Südamerika, hm?«, erwiderte er achselzuckend. »Weißt du, warum sie das machen?« Als Pen kaum merklich den Kopf schüttelte, fuhr er fort: »Was meinst du, woher das ganze Soja kommt?«, und zeigte auf ihren Burger. Auch sie trug dazu bei (mit wie viel Gramm?), das wollte er damit sagen. Pen hätte gern darauf hingewiesen, dass sein Burger schlimmer war, doch er war mit den Gedanken schon wieder woanders und zog ihre Schwester mit irgendetwas auf. Später am Abend hatte Claire ihr im Internet eine Tabelle mit den Treibhausgasemissionen verschiedener Proteinquellen herausgesucht, und von da an aß Pen mehr Linsen, weil man die auch in Dürrezeiten anbauen konnte.

Brasilien gibt an, die Anzahl neuer Brände sei signifikant gesunken, aber Alice sagt, auf solche Aussagen könne man sich nicht verlassen, weil der dortige Präsident im Prinzip ein Diktator sei. Doch selbst er räumt ein, dass es mehr Brände gibt als früher, weniger neue zwar, aber insgesamt mehr als je zuvor in den historischen Aufzeichnungen, was nicht die gesamte Geschichte ist, sondern nur die Teile, die aufgeschrieben wurden.

Was in keiner Statistik steht, das existiert auch nicht, steht auf einer Website, wobei der Fehler darin sofort ins Auge springt.

Es kommt nur selten vor, dass Pen das Haus für sich hat. Meistens sind Claire und Soraya da oder Catherine, die Soraya von der Schule abholt, oder Claire, die von zu Hause aus arbeitet. »Teilzeit kann ich mir einfach nicht leisten«, hörte Pen sie einmal am Telefon zu ihrer besten Freundin sagen. »Ich bin nur noch erschöpft. Er-sehr-schöpft.« (Wenn man ein Wort so trennt und ein anderes dazwischenschiebt, nennt man das Tmesis. Tmesis ist auch eines von Pens Lieblingswörtern, weil es so ungewöhnlich ist, denn zwischen den Konsonanten T und M sollte eigentlich ein Vokal stehen, aber der fehlt.) Jedenfalls ist Alleinsein für Pen ein seltenes Vergnügen. Und es bedeutet außerdem, dass sie sich überall umsehen kann. Pen geht ins Schlafzimmer ihrer Mutter.

Sie kann Claire in diesem Raum riechen, den vertrauten, tröstlichen Geruch ihres Körpers. Es riecht nach Nacht. Würde ihre Mutter wollen, dass sie lüftet? Pen überlegt, ob ihre Mutter träumt. Vielleicht ist sie dafür zu müde. Sie sagt oft, dass sie müde ist, und dabei seufzt sie lange und streckt den Rücken oder massiert sich die Füße. »Ich bin so müde, mach mir bitte eine Tasse Tee, Liebling.« Dieses Wort, mit der Liebe, das rutscht manchmal heraus, und Pen kann nicht anders, als zurückzuzucken, lass mir mehr RAUM. Aber immerhin kocht sie den Tee. Es grenzt schon an Ironie, dass sie genau dieses Wort jetzt zu Alice sagen will, und hofft, und das wirklich sehr stark, dass Alice dann nicht mehr Raum möchte. Tee kochen und die Tasse vorwärmen, das kann Pen gut. Wenn sie eine Teekanne hätten, könnte sie es ganz korrekt machen, aber was wäre das für eine Verschwendung, wenn man eine ganze Kanne kocht und sie dann nicht austrinkt. Immerhin sind sie auf losen Tee umgestiegen (keine Kunststoff-Teebeutel mehr), aber das auch nur, weil Claire meinte, sie könne das Gequengel nicht mehr ertragen, und Pen hat den Verdacht, dass sie bei der Arbeit heimlich weiter das Zeug von Barry's trinkt.

In der obersten Schublade liegt die Unterwäsche, einige Teile sind säuberlich zusammengerollt, wohl noch aus der Marie-Kondo-Phase ihrer Mutter. Die aufgerollten sind bunter und aus Spitze, die anderen ein wildes Durcheinander. Auch Unterhemden liegen darin. Ihre Mutter sagt, sie trage sie, damit sie beim Unterrichten mit den Armen fuchteln könne, ohne wegen eines Nippelblitzers gefeuert zu werden, aber Pen würde sie einfach wegen des angenehm seidigen, sexy Gefühls auf der Haut tragen. Das Wort *Unterhemd* mag sie nicht, aber das lateinische *camisia* für Nachtkleid oder Hemd, wovon sich das englische *camisole* ableitet, das mag sie. Sie sind zu fünft im Lateinkurs, und Pen hat den Verdacht, dass sie nicht als Einzige extra diesen Kurs in der Mittagspause ausgewählt hat, damit sie dem Andrang in der Mensa entgeht. »Ich lerne jetzt Latein«, hatte sie damals zu Hause verkündet, als sie noch im alten Haus wohnten. »Dann wirst du wohl Ärztin«, sagte Sandy, als ginge es nur um den Beruf. Pen wusste nicht, was sie werden wollte. (»Man ›wird‹ nicht irgendwas«, sagt Claire, »man ›tut‹ etwas.«) Aber sie will etwas mit Schönheit machen und mit Zeit und Raum.

So interessant sind die Schubladen gar nicht. Pen wendet sich dem Kleiderschrank zu. Für ihre Mutter ist das obere Fach zu hoch, sie braucht dafür den Badezimmerhocker, doch Pen reicht mit den Fingerspitzen an die Schachtel, die dort oben liegt, bekommt das Tuch zu fassen, mit dem sie zugebunden ist, und zieht sie zu sich herunter. Es klappert. Merk dir, wie alles war, stell alles genauso zurück, balanciere vorsichtig durchs Leben. Pen friemelt am Knoten. Nur vier Dinge liegen in der Schachtel: zwei Ringe, eine Kette und ein Bündel Geldscheine. Pen streicht über das Metall, erkennt die Fassung und die schlichte Form wieder. Logisch, dass man so etwas nicht wegwirft, man behält sie, wie man auch noch eine Weile die Delle am Finger behält, wo man sie getragen hatte. Für Pens Hände sind sie zu klein. Die Kette hat sie noch nie gesehen. Sie ist aus Gold und sieht altmodisch aus. Pen streift das Gummiband – ein Haargummi – vom Geldbündel ab und streicht die Scheine glatt. Fünfziger, zwölf Stück. Warum liegen da sechshundert Euro im Kleiderschrank? Pen denkt an die Sparsamkeit, das Mantra ihrer Mutter, und an die zwanzig Euro von heute Morgen, in ihrer Tasche, und rollt die Scheine wieder sorgfältig zusammen, damit sich das Gummiband darüberstreifen lässt. Ist es genauso wie vorher? Geld ist wie Schmutz – wenn man mit Geld arbeitet, hat man abends schmutzige Hände. Aber Geld ist auch Freiheit. Das eine kann man abwaschen, aber das andere braucht man.

Pen sitzt eine Weile auf dem Boden und denkt über die Bedeutung dieser Schachtel nach. Claire sagt, die meiste Zeit sei sie vollauf damit beschäftigt, sie alle durch den Tag zu bringen. Hat sie die Sachen mit Absicht in die Schachtel gelegt? Oder eher wie man etwas tut, von dem man gar nicht weiß, dass man es tun wird? So wie Pen

ihre Mutter kennt, war es wahrscheinlich Ersteres. Sie

legt den Deckel auf die Schachtel, knotet das Tuch wieder darum und schiebt es ins oberste Fach. Als sie die Schranktür schließt, steht die Schachtel ziemlich genau an derselben Stelle wie vorher. Pen sieht auf die Uhr. Es ist fast so weit.

8:30 Uhr

»Wollen Sie wirklich diese ganzen Einzelheiten wissen?«

Anthony ist Ende fünfzig und hat ein sanftes Auftreten. Inzwischen kennt Ruth das Gesicht, das sie vor sich hat, kennt die Art, wie seine Lippen bei Nervosität zu verschwinden scheinen und wie er beim Sprechen die Hände ringt.

»Dadurch bekomme ich ein Gefühl für Sie und dafür, wie Ihr Tag aussieht.«

Die großen Themen, natürlich den Tod, haben Ruth und Anthony bereits abgehandelt.

»Früher war ich so eitel mit meiner Kleidung«, sagt Anthony, »aber jetzt bringe ich dafür nicht mehr die Energie auf. Am Wochenende treffe ich ja ohnehin niemanden, wie gesagt. Jeans, Pullover. Das muss für Sie doch unvorstellbar langweilig sein.«

»Erzählen Sie bitte weiter«, sagt Ruth.

»Ich mache mich im Bad fertig, dann gehe ich nach unten. Und diesen Moment hasse ich: Ich muss schnell durch den Flur und an der Tür zum Wohnzimmer vorbei, weil das nach dem Sturz sein Zimmer war. Ich bin nicht ... das sehen Sie ja, ich bin nicht sehr kräftig gebaut. Deshalb schlief er dann unten. Manchmal bin ich über Nacht einfach auf dem Sofa geblieben, damit ich mit ihm im selben

Raum bin. Und ich habe ihm immer einen Kuss gegeben, auf die Stirn oder die Haare, wenn er auf der Seite schlief.«

»Er muss sich sehr geliebt gefühlt haben«, sagt Ruth, als Anthony eine Pause macht. Ein Nicken verrät ihr, dass das angekommen ist.

»Im Krankenhaus hätte ich das nicht so oft machen können, eigentlich gar nicht, da waren sie mit den Besuchszeiten sehr streng, je nachdem, welche Schwester gerade Dienst hatte. Und sie fragten immer wieder, oh, wahrscheinlich haben sie es vergessen, sie fragten mich immer wieder, ob er noch einen anderen Bruder hätte, der mich entlasten könnte. Ich nehme es ihnen nicht übel, aber es war schwer, darauf zu antworten.«

Ruth nickt, und als sie merkt, dass er nicht nur eine Pause macht, sondern zu einem Schlusspunkt gekommen ist, stellt sie die nächste Frage: »Haben Sie mit Michael über seine Familie gesprochen?«

Anthony schüttelt leicht den Kopf. »Ich weiß, dass er lieber zu Hause sein wollte. Er hat das Haus immer geliebt, habe ich Ihnen das erzählt? Ja, sicher. Er liebte das Haus, wir beide mochten es sehr. Es hatte eine schöne Atmosphäre. Aber ich ... na ja, vielleicht hätten wir besser etwas auf der anderen Straßenseite gekauft, die Rückseite geht nach Norden raus, da ist es morgens sehr dunkel. Und dann ...«

Ruth schreibt *Verschiebung?* in ihr Notizbuch und merkt, dass Anthony die Bewegung bemerkt.

»Später haben die Nachbarn – also nicht die alten, die schon seit Jahren da sind –, sondern die, die seit der Finanzkrise zugezogen sind, Gerüste aufgestellt und die Häuser umgebaut, mit – wie es so schön heißt – lichtdurchfluteten Anbauten. Wie kleine Villen.«

Wieder entsteht eine Pause, doch diesmal entscheidet Ruth, sie im Raum stehen zu lassen.

»Mir hat es gefallen, dass es so schlicht war, das sagte ich oft zu ihm, und dann drückte er meine Hand.«

»Es war wichtig, das auszusprechen. Haben Sie noch öfter über Ihre Gefühle geredet?«

Wieder ein winziges Kopfschütteln. »Wir hatten ein gutes Leben. Schreiben Sie das auf.«

»Das habe ich, keine Sorge.« Ruth lächelt. »Gibt es jetzt noch andere Menschen, mit denen Sie über ihn sprechen können? Über Ihr schönes gemeinsames Leben?«

»Letzte Woche bin ich mit Kollegen ausgegangen. Das habe ich vergessen zu erzählen. Es ist ein fester Termin, immer am ersten Donnerstag im Monat.«

»War das wichtig für Sie, eine alte Routine wieder aufzunehmen?«

»Alle waren sehr freundlich. Besorgt. Aber dann haben sie über Dinge geredet, die mich einfach nicht interessieren. Man kann ja auch schlecht alle fünf Minuten sagen ›Ach, mein verstorbener Mann‹, das ist ein ziemlicher Stimmungskiller. Meinen Sie, ich sollte die Leute konfrontieren? Ist es das?«

Ruth lässt eine kleine Pause entstehen. »Was ist mit Ihren Freunden aus dem Hospiz? Treffen Sie die noch?«

Er wendet den Blick ab. Über Tod und Verlust kann Anthony sprechen, ohne dass Tränen drohen, aber Warmherzigkeit bringt ihn aus der Fassung.

»Wir planen für nächstes Wochenende ein Picknick. Wir wandern etappenweise auf dem Wicklow Way. Aber diesmal will das Wetter nicht mitspielen, deshalb laufen wir nur bis Three Rock. Gerard bringt die Thermoskanne mit, und bei Eimear kann man sich auf ausgefallene Sandwiches verlassen. Wobei ich glaube – aber das haben Sie nicht von mir –, dass die in Wirklichkeit aus einem Café bei ihr um die Ecke stammen.« Anthony lächelt liebevoll. »Tut mir leid, Ruth, Sie haben wahrscheinlich selbst so einen großen Anbau an Ihrem Haus, nicht wahr? Ich wollte vorhin nicht unhöflich sein.«

»Haben wir.« Ruth lächelt. »Nicht direkt eine kleine Villa, aber es ist sehr hell, ja. Und überlegen Sie, das jetzt zu tun – Ihr Haus umzubauen?«

Doch sie erntet nur ein heftiges Kopfschütteln.

»Also gut, Anthony, kommen wir noch mal zu Ihrem Wochenende – wenn Sie keine Freunde treffen, fällt es Ihnen jetzt leichter, zu Hause zu sein?«

»Eigentlich bin ich brunchen gegangen.« Er deutet vage hinter sich. »Es gibt da so eine Crêperie am Kanal, Le Petit Breton.«

Ruth nickt.

»Und dann nehme ich mir vor, die ganze Zeitung zu lesen. Das habe ich mir im Krankenhaus angewöhnt, da ist die Zeitung das Einzige, worauf man sich konzentrieren kann, und das hat mir gefehlt. Ich habe gelernt, Sudokus zu lösen, und er hat mich dafür ausgelacht. Immer hat er mit seiner Mathebegabung angegeben. ›Mathe im Hauptfach‹, hat er gesagt, aber wenn es um Restaurantrechnungen und so was ging, da war ich eigentlich besser. Zum Brunch hatte ich also eine Galette und meine Zeitung, und ich schwatzte ein bisschen mit der Frau, die den Laden führt. Und als ich nach Hause kam, zwang ich mich, ins Wohnzimmer zu gehen. Ich hatte den Mantel noch an und stand einfach nur da, und das Licht war so schön. Und ich dachte, vielleicht sollte ich mir einen Vorschlaghammer organisieren und die Trennwand einreißen.«

Ruth nickt.

»Aber dann sah ich wieder Michael vor mir. Er war kein Freund von Veränderungen, wissen Sie? Wenn ich etwas in der Richtung vorschlug, sagte er immer: ›Jetzt mach mal langsam!‹ Und manchmal ist es, als ob ich das Echo dieser Worte noch höre. Komisch, dass man ausgerechnet die Dinge vermisst, die einen in den Wahnsinn getrieben haben.«

»Möchten Sie mehr darüber erzählen?«, fragt Ruth.

9:51 Uhr

Der Zug kommt erst in zweiundvierzig Minuten, zu Fuß zum Bahnhof braucht sie zwölf. Bleiben dreißig Minuten, um sicherzugehen, dass alles perfekt ist. Pen trinkt ein Glas Wasser. Pen geht aufs Klo. Pen sieht sich im stillen Haus um. Pen steht da und lauscht auf die Stille. Und dann sind es nur noch achtzehn Minuten, bis der Zug fährt.

Im Flur schaut Pen in den Ganzkörperspiegel (lateinisch *speculum*). Neulich waren sie Jeans kaufen, und da hatte Alice gesagt, sie hätte gern dünnere Oberschenkel und schmalere Hüften. Pen saß nur auf dem Hocker und hielt Alice' Mantel fest. Alice hatte ihren Oberschenkel an den Seiten nach hinten gezogen, um zu sehen, wie es wirken würde, wenn man ein Stück abschneiden würde. »Siehst du, so. Dann wäre ich dünner und könnte Sachen aus der Jungsabteilung tragen«, erklärte sie, und Pen sagte: »Wenn du die Baggy-Jeans anhast, sieht niemand den Unterschied«, und Alice lächelte, ein echtes Lächeln, nicht das falsche, mit dem sie vor dem Spiegel posierte. Und Pen dachte *Aliciae per speculum transitus* und lächelte ebenfalls, weil sie Alice und sich zusammen im Spiegel sehen konnte. Der Umwelt zuliebe wollen die beiden ohnehin nicht mehr shoppen gehen – also, keine neuen Klamotten. Pen ist mit dieser Vereinbarung happy, sie hasst Shopping: so viele Stangen voller Sachen, die alle verschieden und doch alle gleich sind.

»Du hast zwei Möglichkeiten«, sagt Claire. »Die Welt kann hart sein, und du musst dich entscheiden, wie du damit umgehen willst: hart oder weich.« Wenn Claire solche Sachen sagt, fragt sich Pen, ob ihre Mutter eine Ahnung hat, wie das klingt.

Pen nimmt ihren blau-rosa Regenmantel, der definitiv nicht cool ist (warum hat sie sich keinen gelben gekauft?), aber es kommt ja auf die inneren Werte an, blablabla. Die Alarmanlage gibt die nächsten Schritte vor: Alarm auf Abwesenheit, dreißig Sekunden bis zur vollständigen Aktivierung. Sie zieht die Tür hinter sich zu und schließt zweimal ab. Sie kontrolliert, dass sie Fahrkarte, Geld und Handy dabeihat, und setzt die Ohrstöpsel ein. Dann erst blickt sie auf. Jetzt beginnt ihr perfekter Tag. Ihre Geh-Playlist startet. Normalerweise ist es ein Walgesang, weil das eine Form von rosa Rauschen ist. Wer hätte gedacht, dass Rauschen Farben haben kann, aber anscheinend ist die Natur voll von rosa Rauschen, raschelnde Blätter zum Beispiel oder Herzschläge. Pen mag diese flachen, gleichmäßigen Klänge und dass Wale auf einer einzigartigen Frequenz singen. Aber neulich hat Pen einen Artikel über einen Wal gelesen, der seine Schule verloren hatte, und das war einfach zu viel Einsamkeit. Danach hat Pen die Zufallswiedergabe ausprobiert und Musik mit einem Up-Beat-Rhythmus gefunden, momentan ist das Lizzo. Pen tritt auf die Straße hinaus, auf den Gehweg. Sie ist die einzige Fußgängerin, und alle Häuser stehen am richtigen Platz. Pen geht los, macht sich auf den Weg, überquert die Cross Avenue.

Pens Mutter sagt, wenn Pen aufs College geht, kann sie

zu Hause wohnen bleiben, was cool ist, weil Chloe aus der Schule erzählt hat, ihre Mutter würde schon die Tage bis zu ihrem Auszug zählen, damit sie ihr Zimmer für etwas anderes benutzen kann, ganz egal, was, ein Yogastudio vielleicht. Pen geht sonst nicht zu anderen nach Hause, jedenfalls nicht mehr seit letztem Jahr. Alice wohnt am anderen Ende der Stadt. Sie muss jeden Tag mit der Bahn zur Schule fahren. Im Zug sitzt sie mit anderen zusammen, die Pen nicht kennt. Das ist auch so toll an Alice: Jeder mag sie. Am Anfang, als Alice zu Besuch kam, blieben sie nur in der Küche, aber im Sommer sind sie irgendwann in Pens Zimmer gegangen, und jetzt ist das ganz normal. Alice zieht von selbst die Schuhe aus und sagt nichts, egal, ob das Zimmer superaufgeräumt oder superchaotisch ist. Als würde sie das überhaupt nicht kümmern.

Die Sängerin klingt total selbstbewusst und kein bisschen einsam, aber Pen kapiert nicht ganz, wie man seine eigene Seelenverwandte sein soll. Sie kann sich nicht vorstellen, so entspannt zu sein, dass sie laut singen würde. Claire sagt, das ist okay, man braucht keine Liste der Dinge zu führen, die man nicht tun möchte, es gibt genug anderes, worin man herausragend sein kann. Worin denn zum Beispiel?, möchte Pen dann fragen, aber dann würde ihre Mutter sagen, Pen könne wunderbar zuhören und sei eine tolle große Schwester – aber Pen möchte toll im Küssen sein und darin, laut zu lachen und zu demonstrieren. Sie hofft sehr, dass sie gut ist, in all diesen Dingen. (Ist Alice schon gut darin?) Als sie in die Marine Road einbiegt, überlegt Pen, wie schwierig es wäre, auf mehr als einen Menschen gleichzeitig zu stehen. Es erfordert schon so viel Energie, sich bloß auf eine Person zu konzentrieren. Claire meinte neulich zu ihrer Freundin Jenny (die sich ebenfalls scheiden lässt), dass sie darauf ohnehin für eine Weile keinen Gedanken mehr verschwenden werde. Jenny war zum Essen bei ihnen eingeladen, und sie hatten Wein getrunken und viel und laut gelacht. Ihre Ex-Männer waren schon echte Prachtexemplare.

Vor der Eisdiele ist keine Schlange, die anderen sind ja alle in der Schule. Chloe und Sarah, Lauren und Aoife. Wenn sie an diese Mädchen denkt, fängt Pen wieder an, kurz und stoßweise zu atmen. Das sind blöde Ziegen, sagt Alice, aber wenn man immer von ihnen gemocht werden wollte, ist das nicht so einfach. Ablenken, hat die Therapiefrau gesagt. Also schaut Pen wieder zur Eisdiele und überlegt, woran sie stattdessen denken kann. Vielleicht kauft sie sich ein Eis, wo sie doch den Mund heute ohnehin schon zu voll nimmt, Claire fände das witzig. Pen sammelt Redewendungen, weil sie mehr sind als die Summe ihrer Teile. Früher haben Redewendungen und Metaphern sie verwirrt, aber Naomi, Claires Freundin von der Arbeit, hatte sie Pen an einem Sonntagvormittag in aller Ruhe erklärt: dass sie auf den ersten Blick das eine sind, aber viel interessanter werden, wenn man genauer hinsieht. Obwohl manche trotzdem seltsam bleiben, wenn man zum Beispiel ausdrücken möchte, dass man denselben Fehler nicht zweimal machen will, kann man sagen, ein gebranntes Kind scheut das Feuer. Aber Claire hat Pen gebeten, diese Wendung nicht zu benutzen, weil sie doch ganz schön brutal sei.

Hinter dem Drehkreuz geht es siebzehn Stufen nach unten, und dann ist Pen am Gleis. Sie läuft bis ganz zum Ende, vorbei an den Anzeigetafeln, dem Unterstand und den Sitzbänken bis kurz vor den Signalanlagen. So kann sie in der Stadt direkt an den Drehkreuzen aussteigen und ist der Perfektion damit wieder ein Stück näher.

Letztes Jahr bei Lauren zu Hause. Denk einfach nicht daran, würde Alice sagen. Warum war sie überhaupt hingegangen?, fragte Sandy, als wäre Pen selbst schuld, weil sie dort gewesen war.

Die Anzeige behauptet, der Zug komme in 3 MIN. Pen schaut auf ihre Uhr (10:30), um herauszufinden, ob es echte drei Minuten sind oder die unechten, die in Wahrheit vier oder fünf Minuten dauern, wobei man aber glauben soll, man wäre pünktlich, weil alle pünktlich sein wollen. Sandy hat immer gesagt, unter Mussolini wären die Züge pünktlich gefahren, nicht-so-wie-hierzulande. Darüber verdreht Claire dann die Augen und verweist auf die »katastrophale Privatisierung der British Rail«, woraufhin der nächste Streit über die Unterschiede zwischen Irland und England losgeht. Aber Pen glaubt, dass Sandy eigentlich nur einen Witz machen wollte, der einfach nicht lustig war (nur seltsam-komisch). Wenn man darüber nachdenkt, möchte sie ihrem Vater gern sagen, wenn man darüber nachdenkt, ist es im Grunde nie ein Mensch, sondern die Angst, die einen dazu bringt, etwas schneller zu erledigen – nicht effizienter oder besser, nur schneller –, weil man nicht klar denken kann, wenn man Angst hat. Ist es nicht seltsam-komisch, denkt Pen, wie man Menschen nichts entgegnen kann, wenn man mit ihnen zusammen ist, man ihre Stimme aber im Kopf behält und sie hören und mit ihr reden kann, wenn der dazugehörige Mensch nicht in der Nähe ist?

Die meisten Leute verstehen nicht, wie schlimm Angst ist. Jedenfalls sieht es so aus, denn wenn sie es wüssten, wenn sie wirklich wüssten, was für ein furchtbares Gefühl Angst ist, dann müssten sie doch alles tun, damit sie aufhört? Das denkt Pen jedes Mal, wenn sie in einem Gruppenprojekt mitarbeiten oder vor der Klasse sprechen muss. Obwohl ihre Akte in der Schule mit einem speziellen Aufkleber markiert ist, gibt es immer wieder Lehrerinnen, die es nicht wissen oder nicht nachdenken, oder die nachdenken und dann trotzdem Sachen sagen wie »Sie muss lernen, vor Publikum zu sprechen«. Diese Lehrer, denen Pens Angst egal ist, rufen sie im Unterricht auf. Und dann gibt es die, die in Panik geraten, wenn Pen nichts sagt. »Das Mädchen ist stumm wie ein Fisch.« (Das hat eine Lehrerin zu Claire gesagt, und Pen hätte sich beinahe nach einem Aquarium umgesehen.) Jedenfalls halten alle Lehrerinnen und Lehrer, selbst die netten, Vortragspraxis fürs echte Leben für unheimlich wichtig. Also muss Pen manchmal vor der Klasse sprechen, und dann ist sie von Angst getrieben, und sie hört ihre Stimme, die dann schnell, leise und unsicher klingt und überhaupt nicht wie ihre eigene Stimme, nicht so, wie sie sich in ihrem Kopf anhört oder wenn sie im Lateinkurs ihre Freunde zum Lächeln bringt: nicht besser und nicht effizienter, nur schneller.

Die Anzeige sagt 1 MIN, und es ist zwei Minuten her, dass sie 3 MIN angezeigt hat, also laufen die Dinge heute vielleicht auch ohne Angst so, wie sie sollten. Bei Lauren zu Hause. Sobald Pen das denkt, hat sie das Bild vor Augen, wie sie auf das Haus zuläuft. Es ist, als würde sie sich von außen beobachten, was eigentlich nicht möglich ist, aber ein Teil war gefilmt worden, dadurch hatte sie sich gesehen. Danach. Sandy sagt, die Schule hätte die
 Sache nicht ernst genug genommen. Aber das ist auch

kein guter Gedanke, und Pen hört die Stimme der Therapiefrau: »Lenk dich ab, Pen.«

Hinter der Mauer ragen die Bootsmasten in die Höhe, alle sind schon für den Winter verpackt, auch wenn immer noch jedes Wochenende Leute raussegeln. Die verspiegelte Fassade der Leuchtturmbehörde blickt ihr unverwandt entgegen, die wird Pen die letzte verbleibende Minute lang ansehen. *Irish Lights*. Irische Leuchtfeuer. Der Stadtführer hatte gesagt, die Mitarbeiterinnen und Mitarbeiter dort kümmerten sich darum, dass die Leuchtfeuer bei Nebel, Sturm und Dunkelheit funktionierten. Leuchtturmwärter wie in den Geschichten, die Pen als Kind vorgelesen bekommen hat, gibt es anscheinend nicht mehr. Pens Mutter war damals vom Text abgewichen und hatte sich auch Abenteuer für Frau Leuchtturmwärterin ausgedacht, obwohl davon nichts im Buch stand, und Pen hatte geweint, und als Claire nach dem Grund fragte, hatte Pen gesagt: »Nein, lies, was da steht«, und ihre Mutter hatte gesagt: »Wie bin ich bloß zu einem so wortgetreuen Kind gekommen?«

In einem Leuchtturm hätte sie die ganze Zeit Angst, denkt Pen. Sie trüge die Verantwortung für das Licht, das über die Wellen reist, und das Gewicht all der Schiffe, all der vielen Leben, würde allein auf ihren Schultern lasten. Sie hätte keine Leuchtturmwärterin werden können. Jetzt war alles elektronisch und programmiert, aber trotzdem wäre es noch belastend, die Programme zu bedienen, auch wenn der Körper sich nicht im Leuchtturm befände, sondern an einem Schreibtisch säße und Knöpfe drückte. Der Geist, der Geist müsste die ganze Zeit auf einem Felsen draußen im weiten Meer balancieren.

Bei Lauren zu Hause. Die Mädchen hatten auf Laurens

Bett gesessen, mit dem Rücken zur Wand, und Pen kam sich vor wie bei einem Casting. »Du darfst nur mit uns zusammen sein, wenn du etwas dafür tust.« Pen nickte und wünschte, sie wäre nie hergekommen. Sie konnte hören, dass Laurens Dad im Erdgeschoss fernsah. »Warum hast du das gemacht?«, hatte Claire später gefragt, und dann, zu schnell, hinzugefügt: »Schon gut, es ist nicht deine Schuld.«

Der Zug müsste jetzt kommen, aber die Anzeige ist erloschen, als wäre da gar kein Zug mehr oder vielleicht ein Zug nach Nirgendwo. Das ist das Problem mit Schildern: Man sucht darauf nach Anweisungen, aber wenn sie verschwinden, fühlt man sich verloren. Eigentlich bedeutet das Erlöschen nur, dass der Zug fast da ist, das weiß Pen. Der Fahrplan war eindeutig: 10:33 Uhr. »Denk nicht zu viel nach«, sagen die Leute oft zu ihr und sehen dabei selbstgefällig aus. Aber in Wirklichkeit denken die meisten Menschen zu wenig nach, sie schauen zum Beispiel nicht auf den Fahrplan. Wie die Frau da drüben, die auf ihrem Handy herumtippt, als befürchte sie, die 1 MIN wäre nur eine Erfindung gewesen.

»Als Erstes musst du uns dein Handy geben«, sagte Sarah. »Kommunikation mit Außenstehenden verstößt gegen die Regeln unseres Clubs.« Ihr Gesicht sah ernst aus. Sarah streckte die Hand aus, und Pen wollte es nicht, aber sie nahm ihr Handy aus der Tasche und gab es ihr.

»Okay, Freak, du darfst mit uns zusammen sein, wenn du dich in den Schrank setzt«, sagte Sarah dann, und Chloe meinte: »Sollen wir es nicht vielleicht einfach sein lassen?«, aber die anderen sagten, »Oh nein«, und lachten. Lauren stand auf und hielt die Schranktür auf. Da waren Kleidung und Schuhe und alles mögliche Zeug drin, und die Stange wirkte nicht sehr hoch. Einen Augenblick lang schienen alle zu zögern und nur das Schrankinnere zu betrachten. Es sah klein aus. Pen hätte sagen können: Da passe ich nicht rein. Aber die anderen sollten sie doch mögen.

Sie stieg hinein. Und Lauren schloss die Tür.

Und dann war es still.

Pen sieht die Lichter des Zugs am Ende des Tunnels auftauchen, und in diesem Moment ist er da und gleichzeitig noch nicht da und transportiert sie alle aus der Erfindung in die Wirklichkeit, und irgendwie liegt etwas seltsam Befriedigendes in dieser Gleichzeitigkeit. Vielleicht ist es Einbildung, aber als der Zug an ihr vorbeifährt, sieht es aus, als würde der Fahrer ihr zulächeln. Warum sollte sie das nicht glauben dürfen? Und als der Zug stehen bleibt, zeigt sich, dass Pen genau an der richtigen Stelle steht. Sie drückt auf den Knopf, die Türen des ersten Wagens öffnen sich, sie sucht einen Platz, und da ist einer, am Fenster, und als sie sitzt, noch bevor sich die Türen schließen, holt sie ihr Handy heraus, tippt UNTERWEGS und drückt auf Senden.

9:52 Uhr

Von ihrem Bürofenster aus blickt Ruth auf die grauen Bogengänge auf der anderen Straßenseite. Das Gebäude war früher mal eine Bäckerei, was sie immer noch überrascht, heute lassen die Geschäfte da unten nichts mehr davon erahnen: Jalousien und Musikinstrumente. »Eines zum *Ver*hüllen und eines zum *Ent*hüllen«, hatte Aidan scherzhaft gesagt, als sie die Räume zum ersten Mal besichtigt hatten, und Ruth hatte gelacht. Wobei Musik vielleicht auch eine Maske war. Manche Klientinnen und Klienten fragen Ruth, ob sie diesen oder jenen Song kenne, und bitten sie, ihn sich anzuhören, weil er ihre Gefühle ausdrücke. Die Worte des Sängers oder der Sängerin erfasse besser, was sie empfänden, als sie es selbst könnten. Ruth hört sich die Stücke dann an und bittet ihr Gegenüber, den Text selbst vorzulesen. Dadurch löst sich etwas in ihnen. Wobei Ruth manchmal auch das Gegenteil befürchtet: dass man etwas verliert, wenn man ein Geheimnis preisgibt.

Aber ein Instrument zu spielen gleicht vielleicht eher einem Schutzschild als einer Maske. Eine Violine vor der Brust, eine Gitarre vor dem Bauch, am Flügel wendet man dem Publikum den Rücken zu. Wer ein Instrument beherrschte, war immer beliebt, wurde auf Partys zum

Spielen aufgefordert, bekam Raum und gleichzeitig Nähe, alles auf einmal. Aidan hat recht, Ruth kann sich nie *ungezwungen* unter anderen Menschen bewegen. Vielleicht wirkt ihr Beruf einschüchternd, die Leute fürchten, Ruth könnte ihnen irgendwelche Geständnisse entlocken. »Du bist nicht bei der Arbeit«, ruft Aidan ihr vor Dinnerpartys oft ins Gedächtnis.

Ihr Beruf. Auch damit hat Aidan recht gehabt: Ruth hatte sich in die Arbeit gestürzt. Aber nicht nur wegen der letzten Jahre. Sie hatte schon immer von einer eigenen Praxis geträumt, davon, sich etwas aufzubauen, das musste er doch wissen? Seit ihrem Abschluss hatten Lisa und sie davon geredet, sie waren beste Freundinnen und jetzt Geschäftspartnerinnen. Natürlich hatte Ruth die Führung übernommen – Pläne geschmiedet, Termine organisiert, die Räumlichkeiten gefunden. Sie hatte zu Lisa gesagt: »Komm, lass uns unterschreiben, wir machen das jetzt einfach.« Es war Ruths Idee gewesen, die erste Sitzung kostenlos anzubieten, sie hatte die Praxis zum Erfolg geführt. Man kann ihr nicht vorwerfen, dass sie stolz darauf ist. Seufzend wirft sie noch einen Blick auf das Haus gegenüber. Irgendwo hinter der ehemaligen Bäckerei befand sich früher mal eine Abtei. St. Mary's. Das hatte ihr der Makler erzählt, und es hatte Ruth gefallen, in die Geschichte des Hauses eingeweiht zu werden. Ein Mann verlässt das Musikgeschäft, er trägt einen zusammengeklappten Metallgegenstand, was ist das, vielleicht ein Notenständer? Er weicht einer Frau aus, die telefoniert. Sie geht auf dem Gehweg auf und ab, während sie mit der freien Hand gestikuliert. Wahrscheinlich spricht sie mit ihrem Freund. Wieder betrachtet Ruth das gegenüberliegende Gebäude und fragt sich, warum einem das Verlorene immer interessanter erscheint. Vielleicht ist die Abtei gar nicht schön gewesen, nicht gewollt, nicht nützlich oder was auch immer die Menschen von solch einem Gebäude erwarteten.

Mit Mitte zwanzig hatte sie nicht geahnt, dass sie einem Muster folgte, aber offenbar war es so, und es hielt über zehn Jahre lang an. Jedes Mal wieder, bei jedem neuen Mann war da irgendeine Ex-Freundin oder ein großes berufliches Projekt oder ein »Ich suche gerade einfach keine Beziehung«, bis sie hätte schreien mögen, was suchten die denn alle bitte schön? Aber die Antwort war frustrierend einfach: Sie hatten zu viel Zeit. Also hatte sie aufgehört zu suchen. Und dann war sie, einfach so, Aidan begegnet.

Kennengelernt hatten sie sich schon Jahre zuvor auf dem College. Er hatte auch mit Psychologie angefangen, dann aber im zweiten Semester die Uni gewechselt. Ruth konnte den Mann von damals kaum noch mit dem Mittdreißiger in Verbindung bringen, der bei Lisas Wohnungseinweihungsfeier vor ihr stand.

»Ich bin jetzt in der Werbung«, sagte er.

Ruth lächelte.

Aidan lächelte.

Und irgendwie hatte sie das Gefühl: Das ist es. Ja, das ist der Richtige. Eigentlich albern. Sie hatten geredet und gelacht, und alles lief so gut. Aber dann war ein Schwung neuer Gäste eingetroffen, und Aidan war von ihr fortgedriftet. Ruth wollte raffiniert vorgehen und folgte ihm in die Küche, wo sie ihr leeres Weinglas hob und sich überrascht gab, dass er sich ebenfalls Nachschub holte. Und dann saßen sie auf der Treppe, nur sie beide. Und während Ruth gerade eine Weihnachtsanekdote erzählte, nahm Aidan ihre Hand. Wie gewagt von ihm, einfach so ihre Hand zu nehmen.

Seit dieser Geste waren sie ein Paar gewesen. So sehr Ruth es gehasst hatte, wenn andere Pärchen immer von *wir* sprachen – plötzlich tat sie es selbst. Sie sah Aidan voller Besitzerstolz an. Sie liebte den Geruch seiner Haut. Sie liebte es, dass sie bei ihm nicht darüber nachdachte, wie ihr Gesicht beim Orgasmus aussah. Sie liebte es, dass ihnen ein ähnliches Leben vorschwebte.

Am Fenster ist es kalt. Ruth wünschte, sie könnte sich über den Vermieter hinwegsetzen und eine Doppelverglasung einbauen lassen. Und das ist nicht das Einzige, was sie in den Räumen verändern würde, die Tür zur Küche klemmt ständig. Plötzlich verabscheut sie diesen Ort, der immer ihr Stolz und ihr Rückzugsort gewesen ist. Sieh nur, ich schaffe es allein. Sie hatte in Öffentlichkeitsarbeit investiert, ein paar Artikel, ein paar Anrufsendungen. Aber es ist nicht genug.

Ihr bleiben nur noch wenige Minuten Frieden und Ruhe, sie sollte sich sammeln. Auf der Flucht vor Stephen war sie vorhin eilig in den Bus gesprungen. Was mochte er in ihrem Gesicht gelesen haben? Angst? Sorge? Sie hätte ihn fragen sollen, ob er sie für schwierig hielt. Aber man kann Leute nicht so überfallen. Man kann nicht sagen: »Was stimmt nicht mit mir?« Und vor allem kann man nicht fragen: »Warum wolltest du mich damals nicht?«

»Männer sind nur Zierde«, hatte ihre Mutter immer gesagt, als Ruth ein junges Mädchen war. Sie hatte es aufgesagt wie einen Lehrsatz. Als wäre es eine Niederlage, zuzugeben, dass man einen Mann – oder überhaupt einen anderen Menschen – brauchte. Ruth ist nicht ihre Mutter, oh nein, bei der Vorstellung wird ihr fast schon übel. Aber vielleicht ist sie trotz allem ihr Geschöpf, und vielleicht bringt sie deshalb auch nach all den Jahren etwas so Einfaches nicht fertig, wie jemandem zu sagen, dass sie ihn braucht.

Fast zehn Uhr. Ruth schaut hinunter, ja, unten an den Klingelschildern steht jemand. Sie seufzt, als sie sich vom Fenster abwendet, denn die nächste Stunde könnte lang werden. Mit neuen Klienten ist es immer schwierig, bis man verstanden hat, wie sie ticken. Da sind so viele Erwartungen auszuhandeln.

Es klingelt.

Ruth drückt auf den Summer, hört die Haustür ins Schloss fallen, dann Schritte auf der Treppe. Offenbar eine Zwei-Stufen-auf-einmal-Frau. Also gut. Die ruhige Miene aufsetzen, die leere Leinwand, den freundlichen Gesichtsausdruck, der dieser Frau signalisiert, dass sie willkommen ist, Ruths ganze Aufmerksamkeit hat, die Erste und Einzige ist.

10:18 Uhr

Alice schaut auf die Uhr und bleibt kurz stehen. Sie steckt das Handy wieder ein und berührt die schwarz gestrichene Haustür. Sie möchte den Kopf dagegenlehnen oder vielleicht einfach wieder hineingehen. Vielleicht fährt sie lieber gar nicht erst. Sie könnte behaupten, sie sei dort gewesen, hätte Pen aber nicht gefunden und sei deshalb wieder zurückgefahren. Dann könnte sie einfach den ganzen Tag fernsehen. Sie könnte sich mit der Bettdecke ein Nest auf dem Sofa bauen. Was würde Mom sagen, wenn sie nach Hause käme? Irgendwas mit »Prinzessin auf der Erbse«? Das ist es definitiv nicht wert, den Vortrag und die *Weltuntergangsmiene*. Sie könnte sich in ihrem Zimmer verkriechen. Wäre es nicht perfekt, wenn man dieses Gedankending machen könnte, dass man an einem Ort bleibt, aber *in Gedanken* in die Stadt fährt und dort wäre, ohne dort zu sein. Aber Pen würde auf sie warten. Alice stellt sich vor, wie Pen die Schultern hängen lässt, hm, okay, sie setzt sich in Bewegung. Sie hat schon einen ganzen Haufen Textnachrichten von Pen erhalten. Ping klingel ping. Und Nachrichten von anderen, warum Alice nicht in der Schule ist, die geheuchelten HOFFE, DIR GEHT'S GUT und OHO, WER HAT DENN DA EIN HEISSES DATE und lauter Auberginenemojis. Alle glauben, Alice zu kennen.

Eigentlich ist es nicht weit bis zum Bahnhof. Sie muss nur zum Ende der Straße gehen, an der Ampel über die Kreuzung und ein Stück durch den Fairview Park, und dann ist sie schon da, überhaupt kein weiter Weg. Das jedenfalls sagen ihre Eltern mindestens einmal pro Woche, wenn sie wieder ein schlechtes Gewisse kriegen, weil sie ihre Tochter in eine Schule am anderen Ende der Stadt schicken. »Niemand würde etwas sagen, wenn du nur mit dem Bus fahren würdest«, sagt Alice' Mutter, auch wenn Alice sich nie über den Schulweg beklagt hat, das findet alles nur im Kopf ihrer Eltern statt. Aber solche Dinge soll sie offenbar auch nicht sagen. »Keine Widerrede, junge Dame« oder »Wusste gar nicht, dass ihr in der Schule Philosophie lernt«. Im Prinzip: Halt den Mund.

Am Ende der Straße, hinter dem superguten Gemüsehändler, der wichtig ist, weil man regional kaufen soll, wobei er zum Beispiel auch Bohnen aus Kenia verkauft, gleich hinter diesem Laden hängt ein Poster an einem Laternenpfahl. Es hängt da schon länger, und Alice wartet die ganze Zeit darauf, dass es abgerissen wird oder jemand etwas dazu sagt, aber es ist fast so, als könnte es niemand außer ihr sehen, dabei müsste es massenhaft Leuten auffallen, weil ein großes Logo der katholischen Kirche darauf prangt und es bewusst an einer Stelle platziert wurde, wo es alle Autofahrer sehen müssen, die Richtung Clontarf, Howth oder sonst wohin fahren.

LASST KINDER KINDER SEIN

Ja, klar, wie auch immer, denkt Alice achselzuckend. Nur, dass sie das selbst nicht so empfindet. In ihr drin heißt es nur »Lass mich was sein?« oder einfach nur »Lass mich sein?«. Es ist wie mit der Parabel von den Talenten. »Ist es nicht gemein«, hatte sie Miss Taylor gefragt, »jemanden zu bestrafen, weil er sich um seine Talente kümmert?« – Genau das hatte Gott mit diesem Typen gemacht, der sein Geld in der Erde vergraben hatte. Miss Taylor hatte nur gelächelt und etwas von »Wachstum braucht Pflege« gesagt. Wirklich eine beschissene Antwort. Alice' Handy brummt.

UNTERWEGS. Pens Nachricht vibriert in ihrer Hand. Alice betrachtet sie und hält inne, völlig reglos bleibt sie auf der Straße stehen. Warum fühlt sich ihr Magen an wie vor einer Prüfung? Vielleicht wäre es doch einfacher, wieder umzukehren?

10:19 Uhr

»Ich werde nicht über meine Kindheit reden oder so was.«

Ciara ist wie alt? Vierunddreißig? Eine Zeit lang steht sie da und kann oder will sich nicht auf den angebotenen Stuhl setzen, es wirkt, als suche sie nach einer anderen Möglichkeit. Sie hat Ruths Eingangsfragen vage und einsilbig beantwortet, aber wenigstens setzt sie sich jetzt endlich. Allerdings scheint sie immer noch fest entschlossen zu sein, sich nicht zu öffnen.

»Vielleicht lassen wir das mit dem Einstieg und machen weiter. Können Sie mir genauer sagen, warum Sie hier sind? Was möchten Sie gern erreichen?«, fragt Ruth.

»Wie gesagt, es ist der Stress. So viel Stress, Work-Life-Balance, Sie wissen schon.« Ciaras Ton schwankt zwischen gequält und gelangweilt.

»Sie wollen also den Stress bei der Arbeit bewältigen?«

»Ich möchte nur ein paar Tipps, um damit klarzukommen, ja, weil ich diese wirklich wichtige Deadline habe und …« Sie unterbricht sich, als ihr Handy vibriert. Sie holt es aus der Tasche, schaut darauf und legt es auf den Tisch.

»Ich bitte meine Klienten, die Handys auszuschalten. Das lenkt doch sehr ab.« Ciara lässt das Handy liegen. Ruth probiert es erneut: »Für sich zu sorgen, bedeutet oft,

Grenzen zu setzen.« Zuckt Ciara leicht mit den Schultern? »Wegen der Work-Life-Balance.«

»Ach, ja?« Ciara sieht Ruth an und steckt das Handy in die Tasche.

»Könnten Sie mir etwas mehr über den Stress berichten, den Sie erleben? Arbeiten Sie in Vollzeit?«

»Ja. Ja, ich arbeite bei einer großen Wirtschaftsprüfungskanzlei.«

»Sie sind also Wirtschaftsprüferin?«

»Eher in der Verwaltung. Sehen Sie, meine Chefin ist in Elternzeit, und das ist großartig, denn so kann ich für dieses Jahr ihre Stelle übernehmen, in meiner Firma gibt es nämlich praktisch keine Aufstiegsmöglichkeiten.«

»Dann ist es eine Beförderung?«

»Ja. Aber dass mir immer so schlecht ist, das hatte ich schon davor. Mein Freund war schon ganz Feuer und Flamme und dachte, na ja, Baby und so, aber das ist es nicht, das Gefühl kenne ich. Es liegt an der Arbeit. Ich wache nachts auf, und mich überkommt ein solcher … Selbsthass. Normalerweise bin ich selbstbewusst. Wirklich.«

»Das muss beängstigend sein. Sich nicht wie Sie selbst zu fühlen.«

»Ja.«

»Ist es ein bestimmter Aspekt, der diesen Stress auslöst, oder der neue Job insgesamt?«

»Ich muss die große Jahresabschlusstagung organisieren, und es ist …« Ciara seufzt tief. »Ich habe einfach so überhaupt keine Lust darauf.«

»Können Sie mir etwas mehr dazu sagen, was das für ein Gefühl ist, wenn Ihnen so schlecht wird?«, fragt Ruth.

»Es ist wie Übelkeit und als würde ich am ganzen Körper zittern. Wie Gänsehaut überall, obwohl mir nicht kalt ist. Am liebsten würde ich weinen. Oder ... einfach nicht zur Arbeit gehen. Mich krankmelden. Und die ganze Zeit denke ich, wenn ich das versaue, dann war's das – und das macht es nur schlimmer.«

»Warum glauben Sie, dass Sie es versauen könnten?«

»Hab ich doch gesagt, ich kann nicht schlafen, mir geht's beschissen, mein Freund sagt, ich stehe unter ganz schön großem Druck.«

»Empfinden Sie es selbst auch als großen Druck?«

»Und noch dazu muss ich, na ja, ich muss in allem die Beste sein, besser als die anderen. Als die Jungs, wissen Sie?« Ciara sieht Ruth direkt in die Augen.

»Das klingt wirklich nach großem Druck. Darf ich Sie fragen, wie Sie sich selbst bei der Arbeit sehen, Ciara? Würden Sie beispielsweise sagen, Sie waren in Ihrer vorherigen Position die Beste?«, fragt Ruth.

»Ja.« Ciara sieht überrascht aus. »Ja, ich bin gut in meinem Job.« Eine Spur Selbstvertrauen macht sich bemerkbar, sie wirkt ruhiger.

»Würden Sie mir etwas genauer erzählen, was Sie machen?«

Ciara lehnt sich ein Stück zurück, fängt leicht an zu gestikulieren. Ruth hört ihr zu, während sie das Büro beschreibt, das Team und die verschiedenen Aufgaben, die Jahresvertriebskonferenz und die Machtspiele im Büro. Der Freund taucht immer wieder in diesem Bild auf, das Ciara von ihrem Leben zeichnet, einem Leben, in dem sie die Balance zwischen Arbeit und Zuhause, zwischen verschiedenen Arten von Bedürfnissen sucht. Es ist ein gutes Gespräch, findet Ruth. Eine kurze Verschnaufpause, bevor sie wieder auf die Übelkeit und die Schlafprobleme zurückkommen müssen.

»Ich habe die ganze Zeit das Gefühl, als wollten mich alle scheitern sehen. Und das ist schlimm, denn wenn dieser Gedanke die Oberhand gewinnt, dann passiert es auch. Dann werde ich scheitern.«

»Ich kann verstehen, dass einem davon schlecht werden kann. Können Sie mir erklären, was Sie unter ›scheitern‹ verstehen?«

»Ich weiß nicht.«

»Okay.« Ruth nimmt das Tempo zurück. »Gäbe es eine andere Formulierung für ›scheitern‹?«

»Vielleicht, dass ich nicht gut genug bin?«

»Glauben Sie, dass Sie nicht gut genug sind?«

»Ich weiß es nicht.« Ciara schweigt einen Moment. »Ich markiere meine Mails laufend als ›ungelesen‹, weil mir einfach die Energie fehlt, sie zu beantworten, verstehen Sie?« Wieder macht sie eine Pause und hebt flehentlich die Hände. »Vielleicht wäre es einfacher, alles hinzuschmeißen?«

»Warum glauben Sie, es könnte einfacher sein?« Ruth bemüht sich, sanft zu klingen.

»Manchmal, manchmal kann ich meine Haut spüren, so richtig meine Haut, und es ist, als wäre ich ein Ballon, der mit Wasser gefüllt ist, und wenn mir etwas Spitzes zu nahe kommt, werde ich platzen, und alles strömt heraus.«

»Haben Sie das schon mal jemandem erzählt?«

Ciara nickt.

»Jemandem bei der Arbeit?«

»Nein.« Ein Flüstern. »Ich habe es meinem Freund erzählt.«

»Und was war das für ein Gefühl, ihm das anzuvertrauen?«

»Er meinte, ich solle mich mal untersuchen lassen. Als wäre ich nicht normal.« Ciara starrt auf die Tischplatte.

»Wie fühlte sich das an?«

Ciara zuckt die Schultern.

»Das klingt, als hätten Sie sehr starke Emotionen, die Sie versuchen zurückzuhalten.« Und Ciara nickt. »Gibt es bei der Arbeit jemanden, mit dem Sie reden könnten? Jemanden, der Ihnen helfen könnte?«

»Da war jemand, der es mir angeboten hat.« Ciara lächelt bitter. »Aber ich nur so: ›Ich schaff das schon‹, dabei schaffe ich es offensichtlich ganz und gar nicht.«

»Ich überlege gerade«, wagt Ruth sich vor, »ob es irgendeine Möglichkeit gäbe, an der Konferenz nicht teilzunehmen? Es klingt, als wäre das alles sehr viel. Was wäre es für ein Gefühl, wenn Sie das alles nicht zu tun bräuchten?«

»Einfach fantastisch. Aber das geht nicht.«

»Könnten Sie Ihrem Vorgesetzten sagen, Sie möchten sich lieber auf andere Bereiche Ihrer Arbeit konzentrieren?« Doch das ist die falsche Frage zur falschen Zeit.

»Sie glauben also, ich kriege es wirklich nicht hin?« Und auf einmal ist es vorbei mit der Ruhe der letzten zwanzig Minuten. »Ich will mich nicht lächerlich machen. Ich will nur« – Ciara beugt sich vor – »ich will nur etwas, das mir hilft zu schlafen. Wenn ich schlafen könnte, wenn ich nur schlafen könnte, dann wäre alles in Ordnung. Mein Freund würde Ruhe geben. Die Arbeit. Ich könnte wieder ich selbst sein. Im Ernst, können Sie mir irgendwas verschreiben?«

 Ruth wartet einen Moment, ehe sie sagt: »Wir könnten

über eine Überweisung zum Hausarzt sprechen.« Wieder eine Pause. Ciara starrt sie an. »Und ich will es nicht ausschließen, aber ich glaube nicht, dass Schlaftabletten Ihnen …«

»Ehrlich gesagt glaube ich, das hier funktioniert für mich nicht.« Ciara ist plötzlich aufgestanden, hat die Tasche über der Schulter. »Sind Sie nicht dafür da, mir irgendetwas zu geben? Sollten Sie mir nicht helfen?«

10:33 Uhr Wenn man gegen die Fahrtrichtung sitzt, kommt die Welt nicht auf einen zu. Stattdessen sieht Pen auf der Fahrt durch Blackrock die Bucht, dann hohe Wände und dann wieder das Meer. Schützen die Wände die Bahn oder die Bevölkerung? Ihre Mutter redet davon, die Gezeiten nachzuschlagen, sie hat sich nämlich vorgenommen, zu Fuß von Seapoint nach Sandymount zu laufen, aber irgendjemand meinte, das wäre unmöglich, weil es bei Blackrock eine Strömung gäbe. Claire sagt, sie sei da skeptisch, aber Pen glaubt nicht, dass sie tatsächlich nachgeschlagen oder einen Plan zurechtgelegt hat. Sie stellt sich vor, dass im Kopf ihrer Mutter so eine Datei blinkt und klickt, und manchmal möchte sie ihre Mutter fragen, ob ihr das nicht auch irgendwann zu viel wird.

Ist es besser, unerreichte Ziele zu haben, oder eher weniger Pläne, die man wirklich umsetzt? Womit fühlt man sich kleiner? Ist Pen klein? »Jeder hat Probleme«, hat die Therapiefrau ganz am Anfang gesagt. »Jeder hat sein Päckchen zu tragen.« Dann hat die Therapiefrau gesagt, viele Menschen würden sich bemühen, dieses Päckchen zu verstecken, weshalb es auch Menschen ohne Abweichungen in der Sinnesverarbeitung oft sehr schwerfalle, Emotionen zu deuten. Im Grunde, denkt Pen, ist das gesamte Genre der romantischen Komödien ein einziger Beweis dafür, dass Gefühle schwierig sind.

Pen betrachtet die Passagiere im Zug. Sie blicken starr aus dem Fenster oder auf ihre Handys. Ein Mann schüttelt seine Zeitung. Pen betrachtet das verschwommene Grün der vorbeiziehenden Wiesen, es ist ein eigenartiger Anblick, weil er sich ihr unaufhörlich entzieht, aber immer noch leichter, als Menschen anzusehen. Sie fragt sich, was für ein Päckchen der Mann mit der Zeitung zu tragen hat oder die Frau mit dem Buggy. Was schleppen sie mit sich herum? Pen stellt sich die Traurigkeit und Angst der anderen als graue Rucksäcke vor. Es gibt auch gelbe und orangefarbene Rucksäcke, für glückliche Menschen, aber auch die sind, das liegt nahe, bestimmt über irgendetwas traurig. Vielleicht sogar Lauren. Das ist der Punkt: Man sieht immer nur Ausschnitte von Menschen. Man kann die Gesichter ausblenden und sich auf diese Päckchen konzentrieren, diese Rucksäcke, und vielleicht versteht man dadurch das wirklich Wichtige an den Menschen. Dass sie ungeduldig sind oder traurig oder wütend oder einen ignorieren. Oder dass sie gemein sind.

Die Salzwiesen gehören zu Pens Lieblingsorten, obwohl sie braun und brackig sind und im Sommer stinken. Ihre Schwester sagt immer, sie findet sie hässlich, und rümpft die Nase, aber Pen mag sie genau aus diesem Grund. Drei Fakten über die Salzwiesen: Erstens, sie überleben trotz ihres morastigen Anblicks. Zweitens, sie sind cool, weil Natur nicht immer hübsch sein muss. Drittens, sie sind ein Schutzgebiet (was auf Englisch *sanctuary* heißt, was wiederum vom lateinischen *sanctus* für heilig kommt). Im vergangenen Jahr hat Pen einen Artikel gelesen, in dem stand, dass der Mensch, obwohl er nur 0,001 Prozent des Lebens auf der Erde ausmacht, die meisten anderen Säugetierarten getötet hat. Das nenne sich Spezieseinsamkeit.

Wer verwundbar ist, braucht Schutz. Pen findet das logisch, aber ihr Vater sagt, die Leute sollten sich einfach ein dickeres Fell zulegen, seiner Ansicht nach ist das alles, was sie brauchen. Vielleicht könnte Pen ein Buch über dicke Felle schreiben oder über diese andere Sache, Belastbarkeit, und in diesem Buch würde sie erklären, dass diese Worte nur existieren, damit andere Menschen sich größer fühlen können. Aber das sagt sie ihm nicht ins Gesicht. Sie sagt nicht, dass das, was man Belastbarkeit nennt, in Wirklichkeit nur eine Schale ist, die man sich zulegt, damit niemand in einen hineinsehen kann. Sie sagt nicht, dass Belastbarkeit eine Ausrede ist, die Menschen benutzen, wenn sie nicht das tun wollen, was ihnen wirklich helfen würde, nicht-verwundbar zu sein. Sie sagt nicht, dass Menschen den Begriff *dickes Fell* benutzen, damit sie kein schlechtes Gewissen haben müssen, wenn sie einen in eine Welt schicken, in der man immer wieder verletzt wird. Nichts davon wird ausgesprochen, wenn man es nämlich ausspräche, wäre man nicht belastbar.

Manches wird gerade erst ohne dickes Fell schön. Manchmal bedeutet *dünnhäutig*, dass man das Schöne intensiver empfinden kann. Das Licht der tief stehenden Sonne im Winter. Den Klang von Alice' Stimme. *Papiliones.* Ob Schmetterlinge die Salzwiesen mögen? Berühmt sind sie eher wegen der Vögel, und jedes Mal, wenn Pen mit dem Zug fährt, denkt sie, sie will die Namen all dieser Vögel lernen. Bisher weiß sie gerade genug, um Soraya zu erklären, dass diese Bucht ornithologisch bedeutsam ist, woraufhin Soraya die Augen verdreht, was für Pen im Grunde wie ein Emoji aussieht. Sie wird sich ein Vogelkundebuch aus der Bibliothek ausleihen, null CO_2. Sie fahren so viel wie möglich mit öffentlichen Verkehrsmitteln, damit sind sie einen Schritt voraus, damit sind sie offiziell gute Menschen. Dinge in Gut und Schlecht einzuteilen, gehört nicht zu den Strategien, die Pens Therapiefrau empfiehlt – sie sagt: »Nährend oder zehrend?« und dass Dinge weder gut noch schlecht sind, weil sie in Wahrheit neutral sind, es geht darum, was für ein Gefühl sie einem vermitteln. Aber Pen mag ihre eigene Methode lieber, auch wenn ihr die Entscheidung manchmal schwerfällt.

Hoffentlich kommt sie als Erste am Bahnhof an. Sie mag es, wenn sie vorbereitet ist, wenn sie sich umsehen kann, nicht in Eile ist. Aber zu lange warten will sie auch nicht, da wird sie nervös. Zwei Häkchen, Alice hat ihre Nachricht gelesen. Ist sie auch unterwegs? Für Alice sind es nur drei Haltestellen in die Stadt, also ist sie vielleicht am Bahnhof oder geht gerade dorthin. Die nächste Haltestelle heißt Sydney Parade, aber wer war Sydney? In der Schule (sie müsste in der Schule sein!) lernen sie alles Mögliche, aber Pen glaubt, dass es noch mehr gibt, das sie nicht lernen, wie man *ist*, zum Beispiel, oder was die Welt wirklich bedeutet.

Sandy möchte, dass sie Ärztin oder Architektin wird, aber sie ist nur mittelmäßig in Mathe. An Zahlen mag sie hauptsächlich, dass man damit Dinge messen kann und sie Regeln unterliegen, die Zahl Pi (π) beispielsweise ist interessant, weil die meisten sie nur als 3,14 denken, aber eigentlich lautet sie 3,14159265, und das ist nur der Anfang, man könnte noch weitermachen, weil es eine irrationale reale Zahl ist. Über solche Dinge kann Pen ewig nachdenken: dass man etwas nur wirklich versteht, wenn man alle Details miteinbezieht, selbst wenn diese Details unbequem sind, weil niemand die Zeit hat, alle Nachkommastellen von Pi aufzuzählen. Aber Pen ist nicht so ein Mathegenie wie die Leute in den Filmen über Menschen mit einem Gehirn wie ihrem. Als dürfe man nicht Autistin sein und gleichzeitig durchschnittlich begabt, man muss hochbegabt und interessant sein. Pen würde gern Dinge entwerfen, doch als sie ihrem Dad die Häuser beschrieb, die sie sich vorstellte, hat er darüber gelacht. »Häuser sind für Menschen gedacht, Pen«, sagte er, woraufhin sich ihre Vision von leeren weißen Räumen in nichts auflöste. Selbst wenn man richtig gut in Mathe ist und alle Zahlen kennt, aus denen die Welt besteht, gleicht das nicht aus, dass man die Menschen nicht versteht.

Als sie im letzten Jahr das Buch von Virginia Woolf gelesen hatte, das über den Mann mit dem Kriegstrauma, konnte Pen nachvollziehen, warum er aus dem Fenster gesprungen ist und auch, wie schwer es für seine Frau war, die ihm nicht helfen konnte. Im Moment spielt Pen mit dem Gedanken, Englisch zu studieren. Ihr gefällt, dass ihr das Lesen Zeit zum Denken verschafft und Emotionen sich nicht verändern, wenn sie aufgeschrieben sind. Manchmal hat sie den Eindruck, ihre Mutter möchte, dass Pen ihr ähnlich ist. Sie liest ihr und Soraya Gedichte vor, geht mit Pen ins Theater und erzählt ihr Geschichten aus der Zeit, als sie schwanger war und gleichzeitig promovierte, als hätte Pen ihre Liebe zu Wörtern per Osmose aufgesogen, als bestünde dadurch eine Art Band zwischen ihnen. Aber Pen hat den Verdacht, dass Worte für Claire ein Mittel sind, sich mit der Welt verbunden zu fühlen und nicht, wie für Pen, eine Form von Abstand. Aber das sagt sie nicht, weil ihre Mutter sich so viel Mühe gibt. Aber manchmal sind da diese plötzlichen Momente schmerzlicher Distanz, wenn sie zum Beispiel einen Familienausflug machen und Pens Mutter und ihre Schwester zusammen lachen oder wenn Claire sagt: »Danke, dass du mitgekommen bist«, als wäre Pen nicht Teil der Familie, als würde sie immer eine Außenstehende bleiben.

Pens Mutter ist eine Kämpferin, was auf gewisse Art gleichzeitig nährend und zehrend ist, aber auch das kann Pen nicht sagen, weil sie von anderen immer hört, wie viel Glück sie doch mit ihrer Mutter habe. »Sie hat nicht aufgegeben«, heißt es dann. Das ist vielleicht das Einzige, worin sich ihre Eltern einig sind: Belastbarkeit.

Pens Handy vibriert. Sie lächelt.

BIN AUCH UNTERWEGS ❤

10:38 Uhr Es ist ein bisschen kühl am Wasser, aber der Ausblick lohnt sich. Zumindest sagt sich Aidan das. Er sieht zwei Ruderer auf der Themse und ist überrascht, dass das noch erlaubt ist, bei den ganzen Wassertaxis und Lastkähnen, die am South Bank entlangtuckern. Ob er noch ein bisschen bleiben und die Aussicht genießen soll? Sich vielleicht an einer der Containerbuden einen Kaffee holen? Ach, nein, das ist nur was für Touristen, außerdem ist es nicht warm genug. Vielleicht findet er ein Stück weiter eine geschütztere Stelle. Unentschlossen sieht er den Ruderern nach, bis sie unter einer Brücke verschwinden. Undeutliche Stimmen treiben über das Wasser, und als er sich umdreht, sieht er einen kleinen Menschenstrom Richtung Westminster laufen, sie tragen Trauerflor und rufen:

»WHAT DO WE WANT? CLIMATE JUSTICE!
WHEN DO WE WANT IT? BEFORE IT'S TOO LATE!«

Er beneidet sie um ihren Glauben. Aidan setzt sich wieder in Bewegung, schlängelt sich zwischen den Nachzüglern hindurch, vorbei am Betonbau des Nationaltheaters. Hier waren sie einmal bei einer Matinee gewesen, einem mehrstündigen amerikanischen Melodram. Beim Hineingehen hatte Ruth das Gesicht verzogen und gesagt, ihre Stiefel würden schmatzen, der Regen müsse hineingelaufen sein. »Zieh sie aus«, sagte Aidan, sobald sie auf ihren Plätzen saßen, »sonst holst du dir noch den Tod.« Daraufhin war er verschwunden und gerade noch rechtzeitig zurückgekommen, ehe die Platzanweiser die Türen schlossen. »Hier«, sagte er und gab Ruth ein Paar Motivsocken aus dem Souvenirshop. »Mein Held«, hatte sie geflüstert. Er betrachtet die Plakate für Gabriel's Wharf und entscheidet sich nun doch gegen Kaffee. Glaubst du, hätte er sie gestern Abend am liebsten gefragt, glaubst du, diese beiden Menschen gibt es noch?

Der Oxo-Turm taucht auf, Aidan betritt den Bogengang, der an der Wasserseite schmaler ist. Eine Gruppe Kinder mit Skateboards unter dem Arm überholt ihn. Jetzt ist er unter der Blackfriars Bridge mit dem Mosaik-Wandbild. Langsam, Aidan, kein Grund zur Eile. Schon liegt der klobige Bau der Tate Modern vor ihm. Theoretisch ist er auf dem Weg in die Galerie, um sich eine Ausstellung anzusehen. *In Real Life*. Ruth hatte ihm einen Link dazu geschickt, sagte etwas über den Umgang des Künstlers mit Farbe, und er hatte es gestern Abend bei ihrem Gespräch erwähnt, eine weitere Rechtfertigung. Aber jetzt, wo er hier ist, kann er sich nicht überwinden, hineinzugehen. *Echtes Leben* hat er schon mehr als genug, denkt er, aber guter Gott, wie verschroben das klingt. »Das gefällt mir«, sagte Ruth manchmal und verharrte vor einem Bild, an dem er achtlos vorbeigegangen war. »Das gefällt mir.« Wie viel Selbstvertrauen man brauchte, um zu wissen, was einem gefiel, und es wie eine Tatsache zu verkünden. Er geht weiter. Vorbei an der Wackelbrücke, St. Paul's auf der anderen Flussseite. Stehen bleiben und schauen, während ein paar Jogger an ihm vorbeischnaufen. Eigentlich will Aidan entscheiden, wie er sich von seiner Frau trennt, aber jetzt sieht er sie überall, wo er auch hinschaut.

Zu Anfang war es Aidan gewesen, der sich um Ruth bemüht hatte. »Oh, du versuchst dein Glück bei der Festung«, hatte sein Freund Paul gesagt, und Aidan hatte gelächelt und genickt und im Stillen gedacht, wart nur ab, ich werde sie schon für mich gewinnen. Aber nach ihrer ersten gemeinsamen Nacht hatte er gemerkt, dass dieses Vorhaben nicht ohne Risiken war. Statt sich schläfrig noch einmal den Vergnügungen der vergangenen Nacht hinzugeben, fand er sich auf einmal in Shorts und Laufschuhen wieder, die ihm ihr Mitbewohner borgte (»Klar, Mann, kein Problem!«), und versuchte, den Kater und das Morgen-danach-Gefühl zu ignorieren. Als er mit leichtem Schwindel aufstand, hielt Ruth bereits die Wagenschlüssel in der Hand. An der Tür zögerte Aidan.

»Es ist eiskalt.«

»Gar nicht. Außerdem gewöhnt man sich dran«, sagte Ruth. »Und im Auto kannst du dich aufwärmen.«

»Wir können auch einfach wieder ins Bett gehen.« Das sollte romantisch klingen, kam aber nur aufdringlich rüber. Ruth warf ihm einen Blick zu. »Oder wir können joggen gehen!« Er erhielt ein Lächeln zur Belohnung.

Im Park machte Ruth ein paar Dehnübungen, während Aidan halbherzig auf der Stelle hüpfte. Seine Behauptung, er würde Sport lieben, wirklich *lieben,* verlor mit jeder Sekunde an Glaubwürdigkeit.

»Eine Runde?«, fragte Ruth.

Innerhalb weniger Minuten war Aidan furchtbar außer

Puste. »Ich glaube, ich kriege Seitenstiche.« Wohl eher einen Herzinfarkt.

»Es läuft sich leichter, wenn du das Kinn anhebst.«

Aidan gehorchte, aber dadurch kippte immer wieder der Himmel in sein Blickfeld, was das Schwindelgefühl nur verstärkte.

»Stell dir einen Stab vor, der von deinem Kopf bis zu deinen Füßen reicht«, sagte Ruth. »Er verläuft in einer geraden Linie durch deine Schultern, Hüfte, Knie und Sprunggelenke.«

Wie konnte sie bloß gleichzeitig reden und laufen? Ein Stab? Aidan versuchte es sich vorzustellen, aber dann fühlte sich sein ganzer Körper noch steifer an. Herrgott, er bekam kaum die Beine vom Boden. Und seit wann war Ruth Expertin für Körper und Sport? Sie hatte gesagt, sie sei psychologische Beraterin, und er hatte sich eher einen stillen, empfindsamen Typ vorgestellt.

»Kinn hoch!«

Am liebsten hätte er sie zum Teufel gejagt. Aber bald kam das Tor in Sicht und damit das Ende der Runde. Er hatte es geschafft. »Ist schon 'ne Weile her«, keuchte er. Er konnte sich kaum noch aufrecht halten und erwartete, dass sie ihn auslachen würde.

»Bei mir auch«, sagte sie. »Ich bin bestimmt knallrot im Gesicht.«

Und da beugte sie sich vor und küsste ihn verschwitzt, und es stimmte, das war ihm gar nicht aufgefallen, auch sie war rot angelaufen und außer Atem.

»Wir waren joggen«, sagte sie. »Zusammen.«

Im Auto fing sie wieder an, ihm Anweisungen zu geben, aber irgendwie fand Aidan dieses Coaching jetzt erträglicher.

»Atme so tief aus, wie es geht«, sagte Ruth.

Aidan gehorchte und atmete so tief aus, wie er konnte.

»Und jetzt versuch, noch mehr Luft herauszupressen.«

Und überraschenderweise konnte er noch mehr ausatmen. Er glaubte zu spüren, wie sich der untere Teil seiner Lungenflügel zusammenzog.

»Das nennt sich graue Luft, hab ich beim Yoga gelernt. So viel abgestandene Luft schleppen wir mit uns herum.«

Wieder bei ihr zu Hause, hatte Aidan sich um das Frühstück gekümmert: Toast, Eier, das ganze Programm.

»Daran könnte ich mich gewöhnen«, sagte Ruth, als sie das Aufgebot auf dem Tisch bestaunte.

»Die Vorstellung gefällt mir«, sagte Aidan, »wie Tiere, die sich glücklich domestizieren.« Beide lachten, und in diesem Moment dachte Aidan: Ich liebe dich.

Natürlich ist Aidan derjenige, der immer noch joggt (wenn auch nur gelegentlich), während Ruth es aufgegeben hat. Wieder bleibt er stehen und lehnt sich an ein Geländer. Herrgott, die Erinnerungen an die guten Zeiten bringen dich nicht weiter. Schau dir den Fluss an, lenk dich damit ab. Das hier muss Bankside sein, ein bisschen anonym. Ist das Haus drüben am anderen Ufer ein Regierungsgebäude? Es sieht so aus – aber in London weiß man das nie so genau.

Was hatte Ruth gestern Abend gesagt? »Willst du es leicht haben?« Er hätte schreien können. Hatte er denn nicht dasselbe durchgemacht wie sie? Wollten – und verdienten – sie nicht beide ein bisschen Leichtigkeit? Aidan zieht den Schal enger um sich und geht weiter.

11:10 Uhr

Wenn der Zug hält, muss man ein paar Sekunden warten, bevor sich die Türen entriegeln. Der Knopf leuchtet grün auf, und Pen freut sich, wenn sie ihn drückt. Sie ist kein Kind mehr, aber das macht trotzdem noch Spaß. Ihre Fahrkarte piept an der Schranke, und Pen schafft es, keine Panik zu kriegen, weil jemand zu dicht hinter ihr hindurchgeht. Sie atmet nur, fasst den Handlauf der Rolltreppe und denkt an die Farbe Blau. Eine Farbe kann man nicht besitzen, aber man kann sie im Kopf behalten, dann ist sie immer da. Man findet immer etwas Blaues, das man sich ansehen kann, vor allem den Himmel (heute ist der Himmel grau, aber hinter den Wolken ist er blau). Der Kasten mit dem Bildschirm, auf dem die Züge angezeigt werden, der ist blau, konzentrier dich darauf. Als Pen meinte, wenn sie blau sehe, fühle sie sich am meisten wie sie selbst (nährend), hatte Sandy mit einem hohen Ton in der Stimme »Das ist Emotion« gesagt.

Pen ist vor Alice da, das ist gut. Sie kann sich so hinstellen, dass sie die Südtreppe im Blick hat: neben dem Schlüsseldienst und gegenüber des Donutladens. Soll sie einen Donut für Alice kaufen? Gute oder schlechte Idee? Es ist nicht gesund, aber das macht ja gerade das Vergnügen aus. Pen soll Blutzuckerspitzen vermeiden, weil sie sich davon erst supergut und dann superschlecht fühlt. Über ihr das Geräusch eines Zuges. Sie möchte lieber stehen bleiben und warten, vor allem: Was ist, wenn sie die falsche Sorte aussucht? Sie müsste sich schnell entscheiden, was nicht das Allerschlimmste für sie ist, aber auch nicht gerade gut. Besser, sie spart ihre Kraft für die vielen Situationen auf, in denen sie heute nicht-sie-selbst sein muss.

Eine Menschenmenge strömt an ihr vorbei, und wenn Pen sie richtig liest, haben sie alle sorgenvolle Gesichter und graue Rucksäcke. »Hat das Leben einen Sinn?« – »Liebt sie mich?« – »Bin ich genug?« Pen hatte Claire gefragt, worüber Menschen so nachdenken, und Claire hatte, ohne nachzudenken, diese Dinge aufgezählt. Doch dann hatte sie gelacht und gesagt, in Wirklichkeit denken sie wahrscheinlich alle: »Wird es regnen?« oder »Bin ich zu spät?«. Es war immer weniger philosophisch, als man es sich vorstellte. Pen hatte genickt, und Claire hatte gesagt: »Einen Penny für deine Gedanken«, was unlogisch war, weil es keine Pennys mehr gab, sondern Cents, und außerdem gibt einem niemand Geld dafür, dass man ausspricht, was man denkt. Doch als Pen das Alice erzählte, meinte die: »Außer in Zeitungen und bei YouTube, da kriegen Leute eine Menge Geld dafür, dass sie sagen, was sie denken«, womit sie recht hatte. Zu ihrer Mutter hatte Pen gesagt, sie dächte überhaupt nichts, was nicht ganz stimmte, aber manches behielt sie einfach besser für sich. Aus irgendeinem Grund musste Claire darüber lachen, und dann sagte sie, Pen würde nie voreingenommen sein, weil sie nicht glaube, sich eine Meinung über andere Menschen bilden zu können.

Der Strom versiegt, vielleicht war es nicht Alice' Zug.

Vielleicht kommt Alice gar nicht, vielleicht weiß sie nicht, dass es ein Date ist, vielleicht freut sie sich nicht schon so lange darauf wie Pen.

Doch da ist Alice! *(Ecce! In pictura!)* Pen sieht ihre rötlich blonden Haare. Sie weiß, dass sie es ist, sie würde Alice überall wiedererkennen. Überall. Alles in Pen hellt sich auf, als sie sich mit flatternden Fingern begrüßen. Schon auf halbem Weg durch die Schalterhalle hebt Alice die Hände hoch über den Kopf, so hat Pen länger etwas von ihr, und das mag sie so an Alice: dass es ihr völlig egal ist, was andere Leute denken.

»Wow, wir machen das wirklich, Pen! Ich freu mich so! Aber ich bin auch ein bisschen nervös.«

Alice ist perfekt. Alice ist die reine Perfektion. Vielleicht kriegt Pen deshalb so schlecht Luft. Lächeln, sagt sie zu ihrem Gesicht, sie will nicht den Moment verpassen, in dem sie hier voreinander stehen, den Moment, in dem dieser Tag beginnt, dieses Date, auch wenn Alice das vielleicht noch nicht weiß. Alice kneift die Augen zusammen, und Pen lächelt jetzt tatsächlich, andere Menschen machen so etwas jeden Tag, ohne auch nur darüber nachzudenken.

»Sollen wir los?«

»Ja!«, sagt Alice. Sie wenden sich nach links und gehen hinaus. »Meinst du, es sind schon viele da?«

Zwei Mädchen kommen aus dem Bahnhof, sie gehen dicht nebeneinander auf einem nicht allzu belebten Bürgersteig, der Himmel klart auf, sie bewegen sich in südlicher Richtung, bleiben an der Kreuzung stehen, überqueren die erste Spur bis zur Verkehrsinsel, gehen weiter auf die andere Seite, folgen der Biegung, wo die Straße breiter wird und sie die Bäume sehen können. Zwei Mädchen sehen die Absperrgitter unter dem weiten Himmel. Plötzlich unsicher, halten sie inne. Sind sie hier richtig? Ist es hier und heute, nicht anderswo, an einem anderen Tag? Zwei Mädchen.

»Wow, die ganze Straße ist abgesperrt«, sagt Alice.

»Wow«, sagt Pen.

»Da!« Alice zeigt zum nördlichen Rand des umzäunten Parks. »Da drüben sind Leute!«

Zwei Mädchen warten, überqueren bei Grün die Straße. Sie gehen wortlos nebeneinanderher, aber sie sind begeistert, definitiv begeistert. Und wichtig.

Pen sieht Menschen in gelben Leuchtwesten. Sie tragen stilisierte Sanduhrsymbole auf dem Rücken, und zu spät fällt ihr ein, dass auch sie etwas hätte malen sollen, das für sie spricht, auf ein altes T-Shirt vielleicht oder sogar auf ihr Regencape.

»Hi, seid ihr von Extinction Rebellion?« Alice' Stimme klingt piepsig.

»Ja. Wollt ihr etwas über die Proteste wissen?«

»Eigentlich …« Pen räuspert sich. »Ist Jo hier irgendwo? Wir sind Bekannte von ihr.« Jo ist eine von Claires Studentinnen und so etwas wie Pens und Alice' Eintrittskarte, die es ihnen erlaubt, heute hier zu sein und dazuzugehören.

»Äh«, sagt die Frau. »Kennst du eine Jo?« Sie sieht den jungen Mann neben ihr an, die beiden wechseln einen Blick, schütteln den Kopf. »Kein Problem«, sagt sie. »Ich bin Sinéad, und das ist David.«

»Hi«, sagt er und nickt.

»Wir ... also, Versammlung ist um halb eins am Dáil, dem Unterhaus. Bis dahin werden es richtig viele Leute sein, und um eins laufen wir los. Da drüben am Stand« – sie deutet hinter sich – »findet ihr Plakate und Flugblätter. Sie sind noch beim Aufbauen, aber ihr könnt schon hingehen.«

»Danke, Leute«, sagt Alice. »Cool, danke.«

Alice sieht vielleicht etwas verlegen aus, aber Pen hat das Gefühl, zu schweben: Sie hat mit einer Fremden gesprochen.

Zwei Mädchen gehen nebeneinander, und es sind nur ein paar Schritte bis zum Stand, wo sie stehen bleiben und den anderen, die mit dem Aufbau beschäftigt sind, zunicken. Wo sie sich am Rand halten. Sicher. Unsicher.

»Schau mal.« Pen zeigt auf die Schilder, die am Geländer lehnen. »›Rebel for Life.‹«

»Ja, und ›The Oceans are Rising, BUT SO ARE WE‹. Cool.« Alice nickt und lächelt. Zwei Mädchen stehen zögernd am Rand und beobachten Menschen, die Metallstäbe zu Ständen zusammenstecken. Wird jemand sie bemerken, wenn sie einfach nur hier stehen?

»Ich sehe hier niemanden in unserem Alter«, flüstert Pen.

»Das macht es noch cooler«, flüstert Alice zurück. »Dass es nicht nur die Leute aus der Schule sind, nicht einfach nur verwöhnte Kinder.«

Pen nickt, aber sie muss etwas zu tun haben. Etwas zu tun oder eine Richtung, in die sie gehen kann. Nur hier zu stehen, das ist zu ziellos, schon bald wird sie anfangen zu zählen, nicht Menschen, die bewegen sich zu viel, sondern Geländer, Haustüren, die Farbe Blau, Dinge, die der Welt Festigkeit verleihen. Sie sieht zu Alice hinüber, auch ihr Gesicht wirkt leer.

Zwei Mädchen am südlichen Rand des Merrion Square. Die Häuser um sie herum sind so hoch, können darin überhaupt noch Menschen wohnen? Schiefergrauer Himmel. Schiefergrauer Boden. Ein Flüstern in den Bäumen.

Wieder haltlos.

Wieder schüchtern.

Kein Blau.

»Wollt ihr mithelfen?«, fragt ein älterer Mann, der mit einem Stoß Flugblätter auf sie zukommt. Und als sie nicken, beide vorübergehend stumm geworden, sagt er: »Okay, nehmt ein paar hiervon und verteilt sie da drüben, versucht, ein paar Fußgänger anzusprechen.« Mit ausholender Geste deutet er in die Richtung, aus der sie gekommen sind.

»Ja, super«, sagt Alice.

Pen nickt, und Alice teilt die Flugblätter auf.

Die Mädchen haben ein Ziel, retten den Planeten und, für eine Weile, sich selbst.

11:30 Uhr

Sie fühlt sich immer furchtbar, wenn ein Klient oder eine Klientin die Praxis so verlässt. Die Menschen müssen sich letztendlich selbst entwirren, und Ruth unterstützt sie dabei, so gut sie kann. Aber was soll sie für eine Klientin tun, die das eigentlich gar nicht will? Während sie ihre Notizen abheftet, überlegt Ruth, ob Ciara möglicherweise einen Mann erwartet hatte, im Verzeichnis steht sie nur als Dr. R. Ryan. Aber das Geschlecht war nicht das Problem. Ruth ist nicht mitfühlend genug gewesen. An einem anderen Tag hätte sie diese Sitzung besser gemeistert. Es würde sie nicht überraschen, wenn Ciara nicht wiederkäme.

Ruth betrachtet eine alte Spinnwebe, die sich in einer Ecke unter der Decke sanft hin- und herwiegt, und fragt sich, woher der Luftzug kommt. Diese Fenster. Sicher ist es auch nicht einfach, wenn man so ein Haus besitzt, ruft Ruth sich jedes Mal in Erinnerung, wenn irgendwo eine Diele knarzt oder sich die Wände fast schon feuchtkalt anfühlen. Vielleicht sollten Lisa und sie sich woanders etwas zum Kauf oder zur Miete suchen. Aber die Mietpreise! So schlimm ist das mit den Fenstern auch nicht.

Anthony hatte nach ihrem Anbau gefragt, und Ruth

denkt daran zurück, wie sie und Aidan in so ziemlich jedem Showroom der Stadt gewesen waren und Ausstattung und Zubehör auswählen mussten. Sie hatten alles so gründlich abgewogen, als würde genau diese Entscheidung – Doppel- oder Dreifachverglasung, Holz oder Laminat – über das Glück ihres künftigen Lebens bestimmen. Mit dem Kauf des Hauses hatten sie zu Anfang den Geschmack und die Ausrichtung des vorherigen Besitzers übernommen. Als im ersten Jahr der Winter nahte, hatte Ruth versucht, die Programmierung der Heizung umzustellen. Der Steuerungskasten war unpraktisch unter der Treppe angebracht, und Ruth hätte Aidan bitten sollen, das zu erledigen, er war der Geduldigere von ihnen. Sie fluchte, als der Regler klemmte und die kleinen Kunststoffzähne partout nicht loslassen wollten. Sie hatte fester gedrückt und dann ein Knacken gehört, verdammt, Aidan würde ihr Vorwürfe machen. Doch als sie es ihm später erzählte, guckte er nur bedauernd und meinte, es sei ja nur für ein paar Monate, bis sie sich einen neuen Kessel und eine neue Heizungsanlage leisten könnten. »Lass mich mal nachsehen«, hatte er gesagt, und beide hatten die Köpfe in die schmale Ecke gesteckt. Ruth hielt die Taschenlampe und beleuchtete die Reihe abgebrochener Zähne. »Ah«, machte er und drehte den Regler um hundertachtzig Grad. Eine naheliegende Lösung, den Regler einfach um zwölf Stunden zu verstellen, die Anlage würde den Unterschied nicht bemerken. »Du bist ein Genie«, sagte Ruth, und Aidan drehte sich grinsend um und schlug sich beim Zurücktreten fast den Kopf am Türsturz an. »Wir sind Zeitreisende, die in der Zukunft leben«, sagte er, und Ruth lachte. Das musste jetzt wie lange her sein? Sechs, sieben Jahre? Die plötzliche Trauer überrascht sie, und sie denkt, es ist vielleicht nicht hilfreich, sich an die guten Zeiten zu erinnern.

»Wieso fällt es dir bloß so schwer?«, hatte er neulich gefragt. Es ging darum, dass sie nie um Hilfe bat. Was fiel jemandem am schwersten? Selbst nach all den Jahren in ihrem Beruf wusste sie nicht mit Bestimmtheit, was die Menschen am schwersten zugeben konnten. Normalerweise hatte es etwas mit Scham zu tun. »Hörst du dir gerade zu?«, hätte sie am liebsten zurückgefragt, denn seine Stimme hatte so kalt geklungen, sie konnte kaum glauben, dass jemand, der sie liebte, so mit ihr sprach. Wie einer ihrer Dozenten einmal zum Thema Abhängigkeit gesagt hatte: der Wendepunkt ist immer früher, als man glaubt.

»Schau mal, die Klinik bietet kostenlose Tests an, das ist ein Zeichen.« Ruth deutete auf den Bildschirm, ein Arzt im weißen Kittel, das Banner der Klinik, die lächelnde Schwester. »Buchen Sie einen kostenlosen AMH-Test für Ihre ovarielle Reserve«, las sie. »Scheint ein spezielles Angebot zur ›Aufklärungswoche Fruchtbarkeit‹ zu sein.« Ruth lächelte, denn es passte genau in ihren Plan. Sie hatten das Haus und den Platz, in einem Monat stand die Hochzeit an, sie wollten doch sicher dasselbe? Sie lächelte Aidan an, denn sie wünschte sich schon so lange ein Baby, dass es ihr schien, als existierte das Baby längst und müsste nur noch auf die Welt gebracht und geliebt werden.

Ruth hätte Ciara nicht drängen dürfen, dafür war es viel zu früh. Normalerweise hat sie mehr Spielraum, heute scheinen alle am Anschlag. Nur ungern gesteht sie sich ein, dass es vor allem Ciaras Jugend war, die sie provoziert hat. All ihre Möglichkeiten. Draußen auf der Straße schreit jemand etwas. Etwas mit »Jimmy, mach das … auf, na los!« Das bringt so nichts. Ruth kann sich nicht richtig auf ihre Notizen konzentrieren, ihr will keine einzige Frage einfallen, die sie Anthony oder Ciara stellen könnte (sofern sie überhaupt wiederkommt), um mehr Einblick in ihr Leben zu gewinnen. Ein Frösteln erinnert sie daran, dass sie sich für den Winter so einen Ölradiator zulegen sollten. Sie berührt die Tastatur, der Bildschirm leuchtet auf.

»Jimmy!«, ruft die Stimme auf der Straße jetzt kläglich.

11:30 Uhr

Der Fußweg am Globe vorbei ist schmaler, als Aidan ihn in Erinnerung hat. Als er losging, dachte er, er würde sich irgendwo auf dem Borough Market etwas zu essen holen. Doch nun, am Seiteneingang, wird er fast erschlagen von den Ständen und der Auswahl und der Vorstellung, eine Wahl treffen zu müssen. Es ist keine bewusste Entscheidung, er geht einfach weiter. Vorbei an einem leeren Grundstück, unter einer schmutzigen Eisenbahnbrücke hindurch, dann durch eine elegante, eigenartig leere Straße. Doch es fängt an zu nieseln, und nirgends gibt es ein Café, nicht einmal ein Geschäft. Vielleicht nimmt er die U-Bahn zurück zum Hotel, holt seinen Koffer und fährt dann früh zum Flughafen. Aber ist hier in der Nähe überhaupt eine Station? Lächerlich, dass er so die Orientierung verloren hat.

»Viele Menschen brauchen Hilfe, Ruth«, hatte er gesagt. »Das heißt nicht, dass mit ihnen etwas nicht stimmt.« Anfangs war vor allem Ruth so erpicht darauf gewesen, ihre Eizellen testen zu lassen. Ein ungewöhnliches Hochzeitsgeschenk, hatte sie gesagt. Doch als die Ergebnisse kamen, waren sie kein Grund zum Feiern, und Ruth hatte nicht einmal darüber sprechen wollen. »Wir haben gewusst, dass wir nicht mehr lange warten sollten«, hatte er gesagt. »Hören wir uns einfach an, was der Arzt meint.« Auch Aidan musste zugeben, dass dieses Wartezimmer das Gegenteil von dem war, was ihnen vorgeschwebt hatte, als er Ruth in die Augen sah und sagte: »Lass uns eine Familie gründen.«

Noch zwei weitere Paare saßen da, warfen in unbehaglichem Schweigen verstohlene Blicke auf die Dankeskarten und Babybildern auf Beistelltischen und Fenstersimsen. Damals hätte er fast zu Ruth gesagt: »Okay, du hast recht, wir kriegen unser Baby auf die altmodische Art.« Doch stattdessen klebte er sich ein schwaches Lächeln ins Gesicht, und als die Sprechstundenhilfe sie aufrief, standen sie auf und folgten ihr in ein Sprechzimmer, das ihnen nur allzu vertraut werden sollte. Sie nahmen Hand in Hand auf einer Seite des Tischs Platz und sagten die einstudierten Worte auf, hörten sich die Erläuterungen, Akronyme und Statistiken an. Dabei nickten sie in einem fort, als wäre das alles ganz logisch.

Für die erste Spritze brauchten sie fast eine halbe Stunde. Ruth auf dem Bett, Aidan, der die Nadel so hielt, wie es ihm die Schwester gezeigt hatte. Furchtbare Angst, ihr wehzutun. Mussten sie das wirklich hundert Mal machen? »Vielleicht klappt es ja im ersten Zyklus«, hatte Ruth gesagt, und ihr Lächeln gelächelt, das er so liebte. Und bei der ersten Behandlung waren achtundzwanzig Follikel entstanden, was erst mal gut klang. Doch nach der Induktion konnten nur zehn Eizellen entnommen werden, von denen nur vier heranreiften. Und obwohl alle vier befruchtet wurden, war am fünften Tag nur ein Embryo für die Übertragung geeignet. Wahrscheinlich also doch nicht im ersten Zyklus, wurde Aidan klar. Deshalb war er am zehnten Tag, als Ruth unbedingt einen Frühtest hatte machen wollen, überrascht über den freudigen Ausdruck auf ihrem Gesicht, als langsam zwei Striche sichtbar wurden – und überrascht über seine eigene Hoffnung. Sie machte einen weiteren Test, um sicherzugehen, diesmal einen digitalen, in dessen kleinem Fenster nach drei Minuten tatsächlich SCHWANGER erschien. Als Ruth aus dem Zimmer ging, um den Arzt anzurufen, hatte Aidan den Test weggelegt, bis zehn gezählt und noch einmal draufgeschaut. Immer noch schwanger.

Im Krankenhaus freuten sich alle so für sie. Doch als die Bluttests kamen, sagte der Arzt, der Beta-hCG-Wert liege nur bei 47. Er erklärte ihnen, 50 sei die Untergrenze, und Aidan lernte, dass SCHWANGER in Wahrheit überhaupt nichts bedeutete.

»Vielleicht steigt der Wert noch«, sagte der Arzt. »Es ist ja noch früh.« Sie sollten die Hoffnung nicht aufgeben, vielleicht nur eine verzögerte Einnistung. In ein paar Tagen würden sie einen weiteren Bluttest machen. Und tatsächlich waren die Werte übers Wochenende leicht gestiegen. Ruth hatte weiterhin die Medikamente genommen und die Spritzen bekommen. Eine Woche später waren die Werte wieder gestiegen, aber immer noch nicht im Normbereich. Wenige Tage danach hatte Ruth eine starke Periode bekommen. Vom Ausmaß seiner eigenen Trauer überrascht, hatte Aidan gesagt: »Wir probieren es noch einmal«, und war erleichtert, als Ruth nickte. Er hatte sich bedankt, und sie fragte: »Warum bedankst du dich bei mir, wir sind doch ein Team.«

Aidan steht verloren auf einer grauen Straße in London und hat keine Ahnung, warum er hier ist und nicht zu

Hause bei Ruth, um mit ihr über all das zu sprechen. Plötzlich ist alles so traurig, ein verschwendeter Tag, ein verschwendetes Leben … so viel Verschwendung. Der Atem stockt ihm in der Brust. Tief durchatmen half auch nicht gegen alles. Und diesmal, er hat es versucht, diesmal schafft er es nicht, seine Trauer loszulassen. Er möchte seine Frau bitten, alles wieder in Ordnung zu bringen. Mach, dass es wieder gut wird, will er sagen. Oder lass mich gehen.

12:07 Uhr

Der Nachteil der Selbstständigkeit ist, dass man auf sich allein gestellt ist. Manchmal hat Ruth das Gefühl, als wäre sie der einzige Mensch im Haus. Sicher, hin und wieder hört man von irgendwo eine Tür oder das Knarzen einer Bodendiele, das Klacken eines Lichtschalters oder sogar die Toilettenspülung auf dem Flur (noch so ein Streitpunkt mit dem Vermieter, weil die Kabine einfach zu klein ist, und zu exponiert, da draußen im Flur, um irgendeine Form von Komfort zu bieten). Aber die meiste Zeit ist es still im Haus. Die Straße hört man mal mehr, mal weniger, da draußen sind Menschen, dort spielt sich Leben ab. Vielleicht sollte sie rausgehen. Ins Krankenhaus muss sie erst um zwei *(nur eine Kontrolle!).* Oder sie rutscht einfach von ihrem Stuhl, rollt sich unter dem Tisch zusammen und hofft, dass die Welt verschwindet. »Kennst du das?«, hatte ein Lehrer sie mal gefragt, »dass man sich manchmal vorkommt wie in einem Film?«, und ihr offenbart, dass er bei alltäglichen Tätigkeiten wie Einkaufen oder Kochen oft so tat, als würde er sein Leben spielen.

Ruth zieht ihren Mantel an. Die Notizen können warten, die Fenster können warten, sie wird nach draußen gehen und nicht daran denken, wie erwartungsvoll und gleichzeitig verloren dieser Raum sie anblickt. Leise fällt die Tür hinter ihr ins Schloss. Das Treppenhaus ist dunkel, doch sie hat keine Lust, das Licht einzuschalten, also tastet sie sich die Stufen hinunter und durch den schmalen Flur. Lisa und sie hatten überlegt, ihn neu zu streichen und Poster aufzuhängen, aber dann waren auf einmal drei Jahre vergangen, seit sie die Räume für ihre Gemeinschaftspraxis angemietet hatten, und sie schien gut zu laufen, nahm sogar ihre ganze Zeit in Anspruch, und so gerieten die Poster und die Wandfarbe und die Fenster in Vergessenheit. (Wobei, zumindest die Toilette könnten sie streichen, wenn Lisa wieder da ist.) Draußen in der Capel Street ist die Luft jetzt milder als vorhin. Ruth lockert ihr Halstuch. Erst geht sie Richtung Fluss, dann überlegt sie es sich anders und biegt nach links ab.

Wie oft möchte sie ihren Klientinnen und Klienten sagen, dass sie normal sind, hat jedoch den Verdacht, dass die das manchmal gar nicht hören wollen. Einigen half das Wissen, dass das, was sie empfanden, sie getan oder erlebt hatten, sie nicht von anderen Menschen unterschied. Sie waren nicht anders als andere. Ihr Leben war nicht außergewöhnlich. Doch für Ciara, und ebenso für Anthony, fällt ihr jetzt auf, ist Gleichheit nicht das, was sie anstreben.

Die Luft ist frisch. Es war eine gute Idee, sich zu bewegen, auch wenn sie das Gefühl nicht ganz loswird, dass sie vor etwas wegläuft. *(Lauf weg! Bleib!)* In der Abbey Street ist es angenehmer als an den Quays, und es ist entspannter, als wenn man durch Temple Bar geht, obwohl es allgemein betrachtet nicht gut ist, wenn es auf der Straße so ruhig ist. Eigenartig, wie wenig sich die Stadt seit Ruths Kindheit verändert hat. Hauptsächlich Apartments. Es wurden so viele davon hochgezogen. Feucht. Feuergefährdet. Vor ihr streiten sich zwei junge Männer, ein Pärchen vielleicht, über irgendetwas, sehen sich gemeinsam etwas an, dann eine Umarmung. Ein Friseur. Immer wieder ärgerlich, dass Herrenschnitte billiger sind. Als hätten die weniger Haare. Sie weicht auf die Fahrbahn aus, um die beiden jungen Männer zu überholen, auf dem Gehweg stehen viele Fahrräder, die ironische Kehrseite der leeren Straße, und Ruth überlegt, was passieren würde, wenn sie einfach auf der Straße ginge, langsam, sodass sich der Verkehr hinter ihr staute, die Leute hupten und schrien und sie trotzig standhielte und dieses eine Mal nicht den Bedürfnissen anderer den Vorrang gäbe. »Kein Grund, hier die Dramaqueen zu spielen«, noch so ein Kommentar ihrer Mutter.

Ruth kommt an einer der zahlreichen Sprachschulen der Stadt vorbei, Grüppchen von Schülerinnen und Schülern, T-Shirts im Oktober. Vor ihr taucht das auffällige Schild des Koboldmuseums auf, und sie überlegt, ob das vielleicht etwas für ihr Patenkind Conor wäre. Sie sollte mehr mit dem Kleinen unternehmen, aber ihr ist zu deutlich bewusst, dass sie nicht seine richtige Tante ist, zu präsent noch ihre eigene Langeweile, wenn sie als Kind zu Veranstaltungen musste, für die sie nur ein wenig zu alt war, und wie furchtbar es war, nach der Schule gefragt zu werden. Einmal war sie mit Conor nach Bray zu Sea Life gefahren, und es war kein großer Erfolg gewesen. Immer war er entweder zu klein oder nicht klein genug, und die Aquarien waren so voll und eng, dass es ihr grausam vorkam. Im Zoo hatte es besser geklappt, da waren sie mit einer Gruppe anderer Kinder zu seinem Geburtstag hingefahren und hatten sich Elefanten, Tiger und

Giraffen angesehen. Im Souvenirshop hatte sie ihm ein Stofftier gekauft, auch wenn sie sich jetzt nicht mehr erinnern konnte, was für eins – ein Tukan? Ein Tigerjunges? Es hatte sich so schön angefühlt, als er nach ihrer Hand griff, wegen solcher Momente der Liebe machte sie das alles. *Nein, nein – denk an etwas anderes.* Wo kamen Kobolde eigentlich her? In Irland schien es tatsächlich mehr Regenbögen zu geben als anderswo, das hatte etwas mit dem Breitengrad zu tun oder mit dem ständigen Regen. Wie der Topf voll Gold in die Geschichte kam, wusste sie nicht genau, aber als Kind hatte sie felsenfest daran geglaubt und ihre Mutter immer wieder angebettelt, mit ihr bis zum Ende des Regenbogens zu fahren. Es ist gleich da vorn.

Es ist zu früh, um auf die andere Flussseite zu gehen, bis zu ihrem Termin ist es noch ewig hin. Ruth hasst es, herumzubummeln. Sie hätte am Schreibtisch bleiben und versuchen sollen, doch noch auf ein paar neue Gedanken zu kommen, ein bisschen Papierkram erledigen oder wenigstens E-Mails beantworten (eine andere Art der Verdrängung), aber das hat sie nicht gemacht, und deshalb verharrt sie jetzt unschlüssig an der Bordsteinkante. Eine Straßenbahn fährt von der Haltestelle los, und Ruth bleibt stehen, um den Menschenstrom vorbeiziehen zu lassen. Auf der Bank im Unterstand hat jemand eine Zeitung liegen gelassen. TÜRKEI GREIFT KURDISCHE STREITKRÄFTE AN. AMTSENTHEBUNGSVERFAHREN. OBDACHLOSIGKEIT.

Ruth hört Geschrei, sieht sich um und entdeckt eine blonde Frau, die einen Buggy mit plärrender Fracht schiebt. Sie manövriert den Wagen auf den Bürgersteig und bleibt neben Ruth stehen. »Jetzt halt endlich die verdammte Klappe!« Das Kind verstummt so abrupt, dass Ruth stutzt. Zu spät merkt sie, dass die Mutter ihren Blick registriert hat. Ruth läuft auf die Straße, ohne auf den Verkehr zu achten. Ein Fahrrad muss ausweichen. »Entschuldigung!«, ruft sie, doch zu spät. Sie wirft einen Blick über die Schulter und sieht, wie sich die Frau über den Kinderwagen beugt. Was tut sie da? Offenbar gibt sie dem Kind nur eine Tüte Gummibärchen. Einmal hatte Ruth sich eingemischt. Abends im Bus hatte ein Mann ein sehr kleines Kind aus einer Flasche Fiebersaft trinken lassen. Zuerst hatte Ruth abgewartet, doch beim dritten Mal sagte sie: »Das sollten Sie lieber nicht machen.« Sie spürte, wie sich die Blicke sämtlicher Fahrgäste auf sie richteten, als der Mann sie anbrüllte: »Kümmer dich um deinen eigenen Scheiß, blöde Kuh!« Natürlich hatte Ruth nichts weiter gesagt. Noch jetzt fühlt sie die Mischung aus Scham und Wut und muss daran denken, wie oft sie selbst in der Öffentlichkeit geschlagen oder angeschrien worden war, und nie hatte jemand etwas gesagt, nicht zu ihrer Mutter mit dem gepflegten Mittelklasseakzent. Ruth weiß nicht, warum ihre Mutter heute so oft in ihren Gedanken auftaucht, wo sie sonst wochenlang überhaupt nicht an sie denkt, und darin liegt eine gewisse Ironie, weil ihre Mutter der letzte Mensch ist, dem Ruth sich anvertrauen würde.

Ruth biegt in die Liffey Street ein und muss wieder auf die Straße ausweichen, weil Touristen und ein telefonierender Mann den Bürgersteig versperren. Zu Fuß zu gehen ist das volle Kontrastprogramm zu ihrem Therapiezimmer, vielleicht sind die Einzelsitzungen auf Dauer zu intensiv. Sie hatte überlegt, Gruppentherapie anzubieten, eine Selbsthilfegruppe für Teenager. Sie stellt sich das als trübsinnigen Stuhlkreis vor, aber vielleicht stimmt das gar nicht, vielleicht wären sie laut und lebendig, und das wäre sogar noch Furcht einflößender.

Familienberatung bietet Ruth nicht an. Irgendwann hatte sie verzweifelt gesagt: »Also gut, Mum, vielleicht sollten wir mal mit jemandem reden, du weißt schon, zusammen.« Und zu ihrer beider Verblüffung hatte ihre Mutter stumm genickt. Doch es war ein Reinfall gewesen. Sie hatten sich vor dem Haus getroffen und dann nebeneinander im Wartezimmer gesessen. Als ihre Namen aufgerufen wurden, war ihre Mutter zusammengezuckt. Worauf hatte Ruth gehofft – auf einen Neuanfang? Sie ertrug den Zorn ihrer Mutter nicht mehr (und wollte ihn nicht mehr ertragen). Doch als Ruth anfing zu sprechen, es war etwas ganz Harmloses, eine einleitende Bemerkung, riss ihre Mutter den Kopf zurück, wie von einem Peitschenhieb getroffen. Ruth wollte sagen, das war doch noch *gar nichts*. Der unaufhörliche Zorn ihrer Mutter, darum ging es, darüber wollte sie mit dem Therapeuten sprechen, sie suchte einen Verbündeten. Doch die Minuten schleppten sich dahin, und beide antworteten sie auf sämtliche Fragen nur mit Ja oder Nein. Am Ende hatte Ruth sich beim Therapeuten entschuldigt, als sie sich verabschiedete, und genickt, als er meinte, vielleicht seien sie noch nicht so weit und dass er da sei, falls sie allein zu ihm kommen wolle. Aber, fragt Ruth sich plötzlich, was hatte ihre Mutter eigentlich sagen wollen?

Auf der anderen Straßenseite hatte sich immer ein Food Court befunden, da war ein Torbogen, gleich da drüben, der zu Imbissständen und Cafés führte. War er einfach verschwunden? Irgendwas mit Feinschmecker hatte es geheißen. Jetzt war da ein riesiger Discounter und gegenüber die große Kaffeehauskette.

Wie gern hätte Ruth selbst eine Tochter gehabt. Sie hätte alles anders gemacht. Sie hätte ... *Nein, denk an etwas anderes.*

Der Torbogen ist komplett verschwunden, aber bei Istanbel's Hyderabad House bekommt man nach wie vor Döner. Wer auch immer für den Namen verantwortlich war, hatte an alles gedacht. Der Bioladen und das Schokoladencafé sind ebenfalls noch da. Verschwunden aber ist der Kurzwarenladen auf der anderen Seite, in dem sie früher Bänder und Schleifen gekauft hat, um sich hübsch zu machen, ein Teenager mit schwarzer Spitze um den Hals. Ruth sieht auf die Uhr, immer noch zu früh.

Sie späht den Quay hinunter, immerhin gibt es den Buchladen Winding Stair noch. Ruths Füße tragen sie weiter, erst vor dem Schaufenster bleibt sie stehen. Die Bücher hängen im Fenster wie an einem Mobile, als seien sie der Enge ihres Regalgefängnisses entflohen. Neue Bücher mischen sich mit den orangefarbenen Einbänden der Klassiker. Ruth ist erleichtert, dass Papier und der Geruch von Büchern nach wie vor gefragt sind. Am Bildschirm zu lesen, ist nicht dasselbe. Es gibt Postkarten und Stofftaschen. Was steht da, *Meine Fehler sind mein* ..., die Tasche ist ein bisschen geknickt, ach ja: *Leben*. Genau.

Plötzlich will Ruth genau das: Den ganzen Tag lang nichts anderes tun als lesen. Eine sanfte Form von Protest. (Sie wird die Sache mit den Teenagern machen, das bringt sicher ein bisschen Abwechslung.) Doch als ihr Blick über die Buchrücken schweift, wird es ihr zu viel. Ob sie ein Buch kaufen sollte? Aber will sie es den ganzen Tag mit sich herumtragen? Unschlüssig bleibt Ruth vor dem Schaufenster stehen, und langsam zieht einer der Titel ihre Aufmerksamkeit auf sich. Roter Stoff, drapiert über zwei Körpern, umhüllt sie in zärtlicher Umarmung. Ein Schiele-Gemälde. Sie beugt sich vor und liest die Notiz am Cover: *Mitarbeiterempfehlung ... Geschichten ... Frauen*. Die Handschrift ist zu klein. Aber um den Inhalt geht es ihr sowieso nicht, sondern um das Bild auf dem Umschlag. Sie hatten sich die Ausstellung zusammen angesehen, *Moderne irgendwas* oder *Irgendwas des zwanzigsten Jahrhunderts* oder *Wege des irgendwas*, der Titel der Ausstellung fällt ihr nicht mehr ein, aber die Erinnerung daran ist noch frisch. Wie sie vor dem Gemälde gestanden hatten und die Zärtlichkeit in diesem Bild sie innehalten ließ, wie Aidan ihre Hand nahm und sie die Finger ineinander verschränkten. *Mutter und Tochter.* Sie erinnert sich an das Gefühl von Zusammengehörigkeit. Ihre Hand zittert. Das kann doch nicht alles plötzlich weg sein?

Die Verkäuferin kassiert das Buch ab. Ruth bittet sie um einen Gefallen: »Könnte ich es auf dem Rückweg abholen? Ich habe einen Termin, und« – sie deutet auf ihre bereits volle Tasche – »möchte es lieber nicht den ganzen Tag mit mir herumtragen.«

Die Frau lächelt. »Natürlich. Ich lege es hier an die Kasse, fragen Sie einfach danach. Ich schreibe Ihren Namen auf die Tüte, Ruth Ryan, ja?« Ruth nickt. »Hübsche Alliteration.«

Ein Büchermenschkommentar.

Und dann ist sie wieder auf der Straße.

Durch den Merchant's Arch, die Crown Alley hinauf, die sie so aufregend gefunden hatte, als sie fünfzehn war, und jetzt … war sie nur noch etwas für Touristen? Sie muss einen Bogen um eine Baustelle machen und dann rüber aufs College Green. Sie wartet an der Ampel, überquert die Straße, und da ist die Trinity Street und der Pub an der Ecke, der Schauplatz so vieler Abende ihrer Studienzeit, und ja, der Geldautomat auf der anderen Straßenseite ist auch noch da, die Bargeldquelle für ein allerletztes Glas. Die Straße ist jetzt eine Fußgängerzone. Das Fenster von Avoca mit seinen leuchtend bunten Decken. Eine Zeit lang hatte Ruth diese Decken für die Babys von Freundinnen gekauft, sie selbst besaß eine ähnliche, ein Erbstück, das ihre Mutter einst geschenkt bekommen hatte. »Diese Decke ist älter als du«, hatte sie so viele Male gesagt. Blaue Mohairwolle, ein malvenfarbener Streifen. Doch jetzt gehört der Laden diesem Unternehmen, das schlechte Lebensmittel an Asylbewerberheime verkauft, und seitdem ist Ruth nicht mehr dort gewesen. (»Wozu ist ein Boykott gut, wenn niemand davon weiß?«, hat Aidan gefragt.) Ruth biegt rechts ab. Ob sie die Grafton Street hinaufgeht und irgendwo am Green etwas isst? Sie kommt bei Brown Thomas vorbei, lauter teure, elegante Mode und Heimdeko – und plötzlich wird ihr von all dem ganz schlecht, sie macht kehrt und geht stattdessen durch die Nassau Street.

An der Ecke zur Dawson Street gibt es eine Baulücke, wo früher ein Haus stand, einer dieser hässlichen Siebzigerjahre-Bauten – oder vielleicht auch aus den Achtzigern –, und jetzt sieht man den Himmel, wo vorher brauner Backstein war. Es verblüfft sie, wie Dinge einfach verschwinden. Vorhin der Torbogen, und jetzt das, von Feststoff zu Luft. Durch die Lücke hindurch sieht sie die Ecke eines anderen Hauses mit hohen Fenstern. Warum lässt man es nicht so, überlegt sie, und legt vielleicht einen kleinen Park an. Aber der Baugrund ist zu wertvoll. Etwas anderes wird dort hochgezogen werden, etwas, das weniger gut ist als Luft und Himmel. Ein Obdachloser liegt in eine Decke gewickelt auf Pappkartons. Nur seine Füße gucken heraus, er könnte tot sein, und niemand von den vielen vorübergehenden Menschen würde es bemerken (ihr Leben ist eine einzige lange Abfolge von Freiheit). In späteren Jahren werden Menschen fragen: Wie konntet ihr das ignorieren und nichts tun? Und man wird antworten: Das versteht ihr nicht, es war damals anders. Was für Lügen. Die Straßenbahn biegt klingelnd um die scharfe Kurve. Es kommt ihr ein bisschen wie ein Wunder vor, wie sich die vielen Leute durch die Stadt bewegen.

Ihre Mutter hatte Dublin immer gehasst, sie nahm der Stadt übel, wie sie daherkam: ein bisschen schmuddelig, ein bisschen korrupt, ein bisschen hübsch. In ihren letzten Tagen im Krankenhaus glaubte sie, wieder zu Hause in Wexford zu sein, und sagte, aufs Fenster deutend: »Sieh nur, man kann das Meer sehen. Die Sonne scheint.« Und Ruth hatte zugestimmt, obwohl es draußen grau war und man nichts anderes als den Parkplatz sah. Trotzdem war es schön, ein Fenster zu haben, und Ruth hatte sich hingesetzt, die Bilder der Jungfrau an sämtlichen Wänden ignoriert und die Hand ihrer Mutter gehalten. Es kam ihr unnatürlich vor, wenn man bedachte, wie selten sie sich zeitlebens berührt hatten, doch nun erschien es Ruth angemessen. Berührungen. Aidan hatte ihr geraten: »Du kannst es ihr sagen. Sprich mit ihr. Lass sie nicht gehen, ohne die wichtigen Dinge ausgesprochen zu haben.« Doch als ihre Mutter zu ihr aufsah und sagte: »Ich glaube, ich gehe jetzt«, hatte Ruth sie beschwichtigt und etwas Unbestimmtes von Gesundwerden geredet, und die Lüge hatte beide abermals in Verlegenheit gebracht.

Sie war nur auf ein Sandwich in die Cafeteria gegangen, nur eine halbe Stunde war sie fort gewesen, doch in dieser Zeit war ihre Mutter ins Koma gefallen. Ruth hatte neben ihrem bewusstlosen Körper gesessen und gesagt: »Ich verzeihe dir« und »Ich liebe dich«, Worte, die im Leben undenkbar gewesen waren. Und in diesen Stunden der Stille hatte sie vor sich hin gesagt: »Meine Mutter liegt im Sterben.« Aber auch das erschien ihr nicht real.

Sie teilte den Schwestern mit, sie wolle keinen Priester, und als sie an diesem Abend nach Hause ging, bat sie darum, nur im Fall einer deutlichen Veränderung angerufen zu werden. Der Anruf kam um vier Uhr früh. Im Taxi durch die leeren Straßen, rennen durch die Korridore, und die ganze Zeit über dieses Gefühl, einen Test nicht bestanden zu haben. Ihre Mutter hatte nicht friedlich ausgesehen, nicht wirklich, und das hatte Ruth aufgewühlt. Die Ärztin stellte den Tod fest, und Ruth wollte fragen: Ist sie wirklich nicht mehr da? Als könne ihre Mutter plötzlich die Augen aufschlagen. Doch die Ärztin sprach nur ihr Beileid aus, und Ruth nahm die Plastiktüte mit den persönlichen Gegenständen ihrer Mutter entgegen und fuhr als Waise nach Hause.

Sie schlängelt sich zwischen den Menschen hindurch, die vor dem Juwelier, dem Bäcker, dem Schreibwarenladen herumstehen. Es ist gnadenlos. Der Kilkenny-Shop, noch so ein braunes Haus, hier könnte sie zu Mittag essen, Suppe und einen Vollkornscone, ein Klassiker. Allerdings sieht es voll aus, im Fenster über ihr ist alles besetzt, der

Blick aufs College lockt jede Frau mittleren Alters aus der näheren Umgebung hierher. Ruth geht weiter. Kildare Street. Die Alliance Française, aber in dem dortigen Café ist sie zu oft mit Aidan gewesen. Weitergehen, weil sie nicht daran denken will, nicht daran denken darf … *nein, denk an etwas anderes.* Brewbaker vielleicht. Ein Café nach dem anderen, immer mehr Auswahl und nichts davon das Richtige. Und hier sieht man nun, was aus der alten Straße geworden ist, alles abgerissen und durch Glas und Beton ersetzt, und selbst der Blick nach oben bringt keine Abwechslung, keine Schönheit.

Ruth tut alles weh, und jeder vernünftige Mensch würde sagen, sie hat Hunger und ist nervös und müde, hat einen echt beschissenen Tag und sollte sich einfach eine Pause gönnen. Aber irgendwann muss man die Verantwortung übernehmen. *Man* – ein klassisches Instrument zur Distanzierung, es gibt Klientinnen und Klienten, die immer *man* sagen. Ciara ist so eine, sie sagt *man*, wenn sie *ich* meint, und es ist kein angenehmes Gefühl für Ruth, diese Übertragung, sich eingeschlossen zu fühlen. *(Lauf weg! Bleib!)* Sie muss sich dem stellen, aber wie soll man das machen, wenn es um eine Kette von Ereignissen geht, wenn nicht nur man selbst für die missliche Lage verantwortlich ist, sondern mindestens zwei Personen. Sie kommt an den Absperrungen am Anfang der Clare Street vorbei, die eigentlich nur aus ein paar Häusern besteht. Jetzt liegen die Nationalgalerie vor ihr und das Krankenhaus. Es ist nur eine Kontrolluntersuchung. Ruth geht weiter.

12:43 Uhr

Es liegt ein Rhythmus darin, eine Einheit, Fremden ungebeten etwas in die Hand zu drücken. Das Flugblatt bildet eine Verbindung und zugleich eine Barriere zwischen ihnen. Der Menschenstrom ist stetig, aber nicht sehr dicht, hauptsächlich Bürokleidung, einige schieben Buggys oder tragen Einkäufe (vor allem Frauen), jemand im Rollstuhl fährt über die kaputte Bordsteinkante. »Ist Ihnen das Klima wichtig?«, fragt Alice immer wieder. Pen hält eigentlich nur jedem, der in ihre Nähe kommt, einen Flyer hin. Es ist schwer, etwas wichtig zu nehmen, sagen die Gesichter der Passantinnen und Passanten. Sie haben zu tun, sind auf dem Weg irgendwohin, haben ihre eigenen Probleme. Sie glauben, sie könnten sich aussuchen, dass Luft, Wasser und die Erde nicht ihr Problem sind. Aber Alice scheinen sie zu mögen, sie lächeln, wenn sie an ihr vorbeisehen oder ihr ausweichen, um sie herumgehen, sie schütteln den Kopf, das aber freundlich (findet Pen). Ein Mann im Anzug bleibt stehen, kramt in seiner Tasche und will ihnen ein paar Münzen in die Hand drücken.

»Wir sammeln kein Geld«, sagt Alice.

»Wir wollen echte Veränderungen«, hört Pen sich sagen. Der Mann geht weiter.

»Gut gemacht«, sagt Alice, und Pen könnte platzen.

»Wollt ihr echte Veränderung?«, fragt Alice die Nächsten, die vorübergehen. Zusammen mit ihr könnte Pen ewig so weitermachen. Alice sagt, sie sollten sich vielleicht einen anderen Ort suchen, näher am College würden sie auf mehr junge Leute treffen. Pen nickt. Alice hat einmal gesagt, dass sie Pens ruhige Art mag, es sei so angenehm, mit ihr zusammen zu sein. Pen hofft, dass sie das wirklich so gemeint hat. Heute-werden-die-Worte-kommen erweist sich als schwieriger, als sie gedacht hatte.

Sie sind erst an der Bäckerei Hänsel und Gretel, der Laden sieht wirklich nett aus, aber der Name ist seltsam, weil die Eltern versuchen, ihre Kinder loszuwerden und die Pfefferkuchen und Süßigkeiten sie fast umbringen. Claire hält nicht viel von Geschichten, in denen Hexen vorkommen. »Meine Güte«, sagt Sandy, »du musst nicht mit allen Mitleid haben.« Aber Pen versteht, was ihre Mutter meint, denn sie denkt: Vielleicht war die Hexe einfach kein geselliger Mensch, und sie findet es unfair, gleich zum Kinderkiller stilisiert zu werden, nur weil man introvertiert ist. »Das ist nicht wörtlich gemeint«, sagt Sandy, aber Pen denkt: Und wenn doch?

Pen sagt: »Vielleicht verteilen am College schon welche von den Studierenden die Infos?«, und Alice' Gesicht sieht ein bisschen traurig aus, aber dann sagt Pen: »Vorne an der Ecke haben wir mehr Überblick und erreichen zusätzlich die Leute aus der Querstraße.« Also lassen sie sich durch die Menge zur Ecke des Platzes zurücktreiben. Eigentlich mag Pen diese Stelle vor allem deswegen, weil der Bürgersteig hier breiter ist und weniger Autos fahren und es dafür mehr Himmel und irgendwie auch mehr Luft gibt. Auf dem Schild an der Wand steht *Trinity Ward*. Sie spürt den Anflug eines schlechten Gewissens, weil sie Alice nicht den wahren Grund genannt hat.

»Wollen Sie echte Veränderung?«, fragt Alice.

Eine Frau in einem blauen Mantel nimmt einen Flyer und bleibt tatsächlich am Bordsteinrand stehen, um ihn zu lesen. Sie knüllt das Papier nicht zusammen, lässt es nicht fallen, sondern liest es. Sie dreht sich wieder zu ihnen um. »Belastet euch das?«, fragt sie. Alice sagt zu der Frau, dass es bei dieser Aktion darum gehe, die Kontrolle zurückzugewinnen, und dass Nichtstun viel belastender sei. Sie fragt die Frau, ob sie sich ihnen anschließen möchte, doch die sagt, sie habe einen Termin, müsse etwas erledigen. Sie deutet nach vorn, ihr Gesicht ist ganz weiß. Pen hat den Eindruck, dass sie sehr traurig ist, und sie stellt sich einen großen grauen Rucksack vor. »Aber danke.« Schon halb auf der anderen Straßenseite bleibt die Frau plötzlich stehen, dreht sich um und ruft ihnen zu: »Darf ich ein Foto von euch machen?«

12:45 Uhr

Als sie vom Bordstein auf den Merrion Square tritt, bereut Ruth bereits, dass sie so schnell weiterwollte, und dreht sich kurz entschlossen um. »Darf ich ein Foto von euch machen?« Die Mädchen sehen sie an, sehen einander an. »Ich kann es auf Social Media posten oder so, damit mehr Menschen davon erfahren.« Es klingt schon ein bisschen unwahrscheinlich. Was haben diese Mädchen an sich, das sie innehalten ließ?

»Okay.« Das größere der beiden Mädchen nickt, den Blick auf den Boden gerichtet.

Das jünger aussehende Mädchen zeigt auf das Transparent am Rand des Platzes. »Vielleicht können Sie uns davor fotografieren?«

»Sehr gute Idee«, sagt Ruth, die jetzt entschlossen ist, diese merkwürdige Aktion durchzuziehen.

Die Mädchen stellen sich auf, Ruth schießt ein paar Fotos.

»Soll ich euch taggen oder so?«, fragt sie.

»Äh, na ja, wir müssten eigentlich gerade in der Schule sein.« Die Jüngere lächelt.

»Klar, entschuldige.« Ruth, bereits auf dem Rückzug, wedelt mit dem Flyer. »Viel Glück! Ihr tut das für uns alle.«

Für einen Augenblick sehen die Mädchen zufrieden aus, und deshalb ist auch Ruth zufrieden, dass sie auf ihr Gefühl gehört hat, stehen geblieben ist und diesen Schnappschuss gemacht hat. Aber war es wirklich angebracht, irgendwelche Teenager zu fotografieren? Hat sie nicht andere, wichtigere Sorgen? Auf der anderen Straßenseite sieht sie sich noch einmal nach den Mädchen um, ob alles okay ist, doch die beiden verteilen schon wieder ihre Flugblätter. Sie wird dieses Foto löschen, das hauptsächlich braunen Pflasterstein und dunkle Gebäude zeigt, dazu ein Eckchen Himmel und zwei Mädchen, eins davon mit einer Bommelmütze.

Die Umzäunung des Parks zieht an ihr vorbei. Im Sommer stellen Künstler hier ihre Arbeiten aus, zum Verkauf oder nur zum Anschauen, sie binden die Bilder am Zaun fest, zum Schutz vor Regen in Plastik gehüllt, und sitzen auf ihren Klappstühlen daneben. So oft sind Ruth und Aidan hier zusammen spazieren gegangen, haben die Werke betrachtet und begutachtet. Was ist aus all den Bildern geworden? Sind sie jetzt überall auf der Welt verstreut, in lauter Häusern anderer Menschen?

Sie nähert sich einer kleinen Gruppe von Leuten, die im Halbkreis stehen und etwas rezitieren. Ist das eine Art Lyriktreffen? Jetzt ist sie nahe genug dran, um zu hören, dass es keine Gedichte sind, natürlich nicht. Sie halten Bibeln in den Händen. Eine Frau mit Reflektoren an der Kleidung leitet die Rezitation mit hoher, kräftiger Stimme. Eine andere Frau wiegt sich in hingebungsvoller Konzentration hin und her, von ihrem Handgelenk baumelt ein Kreuz. Als Ruth noch näher kommt, sieht sie, dass einer der Männer ein Foto von einem Baby in der Hand hält. *Oh.* Die Erkenntnis trifft Ruth wie ein Schlag.

Deshalb stehen sie hier vor der Klinik. Sie versperren den Weg. Ruth verlangsamt ihre Schritte, sie wird die Straßenseite wechseln müssen, damit sie an ihnen vorbeikommt. Wenigstens haben sie nicht diese kleinen weißen Särge dabei, Gott, was würde dieser Anblick bei ihr auslösen, genau das, was man mit allen Mitteln aus den Gedanken zu verdrängen versucht. Der Verkehr hier ist dicht, die Autos haben sich verschworen, sie nicht vom Bürgersteig zu lassen, und Ruth will jetzt nur noch fort von hier. *Lauf weg!* Ihr bleibt keine Wahl. Hastig geht sie an der Gruppe vorbei. Geht vorbei ohne ein Wort, einen Blick oder ein Zögern.

Endlich eine Lücke im Verkehr, und dann ist da das Café-Schild unter dem Germanistik-Institut. Ruth wird nicht an die andere Sache denken *(sie hat nur Hunger/ ist nervös/müde).* Die Stufen hinunter, zum Glück keine Schlange. Drinnen ist es weiß und hell.

»Was darf es für Sie sein?«

Die Frau deutet auf die Tafel vor Ruth. Eine Liste mit Sandwiches. Sie zeigt auf das erste.

»Hähnchen und Siracha-Majo, gute Wahl.«

Nur schwer kann sie sich gegen das Gefühl wehren, sich ein bisschen gerettet zu fühlen.

»Etwas zu trinken?« Die Frau reicht ihr eine kleine Eisenbahn mit einer Nummer darauf.

Kopfschütteln.

»Bar oder Karte?«

Ruth hält die Karte an das Gerät. Sie hat nicht viele Münzen fürs Trinkgeld, bloß einen Euro, und zuckt entschuldigend die Schultern.

An den anderen Tischen sitzen Paare, Liebespaare vielleicht, wer weiß, der Mann, der sich zu der Frau beugt, oder die beiden Frauen, die die Köpfe zusammenstecken, wer treibt es mit wem? Wie gewöhnlich es von außen wirkt, wie anders das Leben, das man im Inneren trägt. Ich bin nur müde. Ich bin einfach nur sehr müde. Ein ganzes Jahr, nein länger, immer nur hungrig/nervös/müde. Ihr läuft das Wasser im Mund zusammen. Das Essen kommt gleich.

Die Kellnerin bringt das Sandwich. Wieder Speichelfluss. Beim Essen denkt Ruth, dass sie die Räumlichkeiten hier mag, die Fenster, die zum Garten hinausgehen, und überlegt, ob man im Sommer draußen essen kann. Über ihr befinden sich Flure mit weißen Wänden und hohen Decken und Fenstern mit Blick auf den Park. Vielleicht würde es Aidan gefallen, aber nein, das darf sie sich nicht vorstellen. Das Hähnchen schmeckt gut, und wieder kommt Ruth der Gedanke, Vegetarierin zu werden. Eigentlich war es nicht zu rechtfertigen, andere Lebewesen zu essen. Aber dann fühlt sie sich von der Vorstellung überfordert, bei jeder Mahlzeit alle Lebensentscheidungen zu berücksichtigen. Vielleicht waren die beiden Mädchen von vorhin Veganerinnen. Vielleicht würden sie uns alle retten. Die langen Tapeziertische füllen sich, Ruth widersteht dem Reflex, auf die Uhr zu sehen. Es ist noch Zeit.

Vor sechs Monaten, im April, hatten die Blutungen angefangen. Blutungen außer der Reihe. Ein Schatten auf dem Toilettenpapier, in der Unterwäsche, dann ein bisschen mehr, dunkelrotbraun und zähflüssig, wie sie es bisher nicht kannte. Früher wäre sie damit zu Aidan gegangen, als ihr Körper für ihn noch attraktiv war, doch jetzt, na ja … *nein*. Außerdem schien es keine große Sache zu sein und hatte auch vorübergehend wieder aufgehört.

Doch im Juni waren die Blutungen dann stärker geworden, ließen sich nicht mehr ignorieren, und so musste Ruth sich mit ihrem Körper doch an ihren Mann wenden, ihn beschreiben, erklären, vor ihm entblößen, obwohl der sich nicht mehr dafür interessierte. »Ich habe Blutungen«, hatte sie gesagt, und er hatte kaum einen interessierten Gesichtsausdruck zustande gebracht, sodass Ruth am liebsten geschrien hätte, »Ich sterbe!«, nur um zu sehen, ob das eine andere Reaktion hervorrufen würde. Er musste etwas auf ihrem Gesicht gelesen haben, denn er sagte: »Tut mir leid, ich weiß nicht, was …« Doch Ruth wandte sich ab. »Du gibst mir überhaupt keine Chance«, warf Aidan ihr vor, als sie ihm später mitteilte, sie habe, für den unwahrscheinlichen Fall, dass es ihn interessiere, für den nächsten Tag einen Termin bei ihrer Hausärztin vereinbart. Die Hausärztin sagte, es seien vermutlich Myome, die in den meisten Fällen gutartig waren, und sie sei nur leicht besorgt. Aber dennoch stand etwas Bedrohliches im Raum, und Ruth ging nach Hause und sagte, »Myome«, und das Wort bewies, endlich, dass mit ihr etwas nicht stimmte. Und da erst hatte Ruth das Überweisungsschreiben gelesen und gesehen, dass sie in die Holles-Street-Entbindungsklinik gehen sollte. »Warum ausgerechnet dorthin?«, hatte Aidan gefragt. Und sie brachte nicht über die Lippen, dass sie, blind vor Angst, nicht darauf geachtet hatte.

»Darf es noch etwas sein?« Ruths Teller ist leer, also bestellt sie einen Kaffee, wenn auch allein zu dem Zweck, das Wartezimmer noch eine Weile vor sich herzuschieben.

Die Gynäkologin im Juli war sehr sachlich, beinahe fröhlich vorgegangen, was Ruth beruhigend und zugleich irritierend fand. Eine Operation sei nicht notwendig, hatte man ihr gesagt, und so war sie mit ihrem Rezept nach Hause gegangen, hatte die Tabletten eingenommen und abgewartet, dass ihr Körper wieder zur Normalität zurückfand.

Ruths Caffè Latte wird ihr von einem Kellner gebracht, der ihn mit einem Lächeln serviert. Ruth mag Kaffee nicht besonders, aber es ist besser als Tee *auswärts*, das war so eine Marotte ihrer Mutter gewesen. Tee *auswärts:* Wenn man nicht wusste, ob das Wasser frisch aufgekocht worden war, wo man die Kanne nicht vorwärmen und sich die Tasse nicht aussuchen konnte, der Tee schmeckte nicht, und Ruth kann nicht anders, als ihrer Mutter zumindest in Sachen Tee recht zu geben. Berauscht von der unerwarteten Erleichterung hatte Ruth im Juli wieder mit Yoga angefangen und sich vorgenommen, vor dem Frühstück zu meditieren, sich gesund zu ernähren und tief zu atmen. Aidan war von ihrem Plan und dem angekündigten Neuanfang nicht so begeistert gewesen, und vielleicht hätte sie es ahnen müssen. In einer Ehe kann man nicht so einfach von vorn anfangen.

»Der Bär ging über den Berg«, hatte Aidan in einem Moment grausamer Erkenntnis gesungen, weil sie ihm damals – ach, das war Jahre her, als sie frisch zusammen waren und sich gerade kennenlernten – von diesem Familienurlaub erzählt hatte. Es war eine lange Autofahrt gewesen, sie musste etwa fünf gewesen sein, und sie hatte ein Lied gesungen (sehr zufrieden mit sich). Immer wieder das Lied vom Bären, der über den Berg geht, um zu sehen, was es zu sehen gibt. Aber ihre Mutter fand es furchtbar und sagte Ruth, sie solle den Mund halten, und als Ruth weitersang, hielt ihre Mutter an und forderte Ruth auf, auszusteigen und am Straßenrand stehen zu bleiben. »Rühr dich nicht vom Fleck.« Ruth hatte nicht gewagt, sich zu bewegen, hatte nur dagestanden und zugesehen, wie ihre Mutter davonfuhr. Sie war zurückgekommen, natürlich, aber Ruth hatte ihre Lektion gelernt. Es war nicht Aidans Absicht gewesen, das alles wieder hochzuholen. »Ich meine nur«, er klang genervt, nicht unähnlich ihrer Mutter, das ließ sich nicht leugnen, »ich meine nur, dass du immer hinter etwas herjagst, und wenn du es nicht bekommst, setzt du dir etwas anderes in den Kopf. Für dich ist es so leicht.« Ruth hatte widersprochen, vor allem der Behauptung, es sei leicht für sie, denn das war es nicht, es war ganz und gar nicht leicht. »Die Dame, wie mich dünkt, gelobt zu viel?«, hatte Aidan nur gesagt.

Ruth beobachtet die anderen Gäste an der Kasse, die ihre Karten auflegen, und denkt an die Bank, die jetzt weiß, dass sie alle zur gleichen Zeit in diesem Lokal waren, was sie gegessen haben und mit wem. So viele Verbindungen. Zwei Frauen warten am Tresen, die Eisenbahnen an ihre Mäntel gedrückt, und schauen in Ruths Richtung. Sie haben es auf ihren Tisch abgesehen. Ruth nimmt ihren Mantel und ihre Tasche und atmet tief durch. Es ist nur eine Kontrolluntersuchung.

13:05 Uhr

»Sollen wir zu der Kundgebung gehen?«

Wenn Alice sagt, dort sei hoffentlich eine riesige Menschenmenge, damit niemand sie ignorieren könne, oder sie hätten wirklich etwas Wichtiges zu sagen, als ob Pen das nicht wüsste, dann stimmt Pen ihr jedes Mal zu, obwohl sie insgeheim hofft, dass es nicht Tausende sein werden, wie Alice es sich wünscht. Das Problem mit Menschen ist, dass sie einen ansehen und dicht neben einem stehen und Geräusche machen, und Pen möchte gern unter Leuten sein, ehrlich, aber die Vorstellung und die Realität sind zwei Paar Schuhe, und manchmal hat Pen das Gefühl, dass sie einfach erdrückt wird von den … na, den anderen. Der Masse. *Multitudo.*

Aber es sind keine Menschenmassen. Die Straße ist ebenfalls abgesperrt, und Polizisten, die Gardaí, bewachen mit gelangweilten Gesichtern eine Reihe von Verkehrshüten, winken den Verkehr vorbei. Diesen Job könnte Pen auch machen. Vor dem roten Haus an der Ecke sagt Pen in Gedanken *italienisierend*. »Schadet doch nicht, wenn sie weiß, was sie da zählt«, sagte Sandy früher manchmal zu Claire. »Schau, Pen.« Sandy zeichnete in der Luft eine Linie von ihr bis zur Spitze der Säule. »Siehst du die Affen? Kannst du erkennen, dass sie Billard spielen?« Und Pen hatte genickt, doch Sandy sah sie an und wollte mehr hören. Pen dachte über eine Antwort nach, doch da wandte sich Sandy schon ab und zeigte es Soraya. »Cool, Daddy!« Soraya war erst zehn, aber sie wusste schon genau, was man sagen musste.

Zu ihrer Linken liegt jetzt das schwarze Tor des Dáil, davor haben sich die meisten Leute versammelt. Alice sagt: »Ja, cool!«, als Pen auf den Rand der Menge deutet. Pen geht das Herz auf, denn bei Alice fühlt sie sich sicher und gleichzeitig als würde sie fliegen. Von hier aus kann sie Menschen mit Lautsprechern und neonfarbenen Oberteilen sehen, und ist das da ...? Ja, das ist ein riesiges pinkes Boot. Ganz vorn am Tor ruft jemand etwas. Bestimmt wäre Alice lieber mittendrin, denkt Pen. Andererseits wäre sie ohne Pen wohl gar nicht hier. Fahnen wehen über der Menge, Schilder werden hochgehalten, weiter vorn ist eine Gruppe in Kostümen. Vielleicht passiert jetzt etwas, ihre Körper schieben sich enger aneinander – Körper aus Sauerstoff, Kohlenstoff, Wasserstoff und Stickstoff. »Wir sollten uns immer bewusst machen, dass wir alle aus den gleichen Elementen bestehen«, sagt Claire, »selbst wenn wir sonst in vieler Hinsicht verschieden sind.«

Pen richtet sich im Raum aus, spürt ihre Zehen in den Schuhen, die Füße auf dem Boden, die Sehnen, die ihre Glieder verbinden, ihre Knochen übereinander, den Kopf über dem Hals. Sie ist groß, das verschafft ihr zumindest Raum zum Atmen. Würde Alice es hören, wenn Pen ihre Atemübungen macht? Aber jetzt kommt Lärm von vorn, erst noch undeutlich, durch die Nase ein, durch den Mund aus, es klingt wie »unser Recht auf Überleben«. Alice sieht sich breit lächelnd nach ihr um, ihr Mund bewegt sich synchron mit den Rufen. Das ist der Moment.

Denk nicht zu viel nach, das ist der Trick, und Pen denkt nicht und kann später nicht mehr genau sagen, was sie gemacht hat, aber ihr Arm hat sich bewegt, und jetzt hält sie Alice' Hand. Pen spürt, wie etwas ihren Körper durchströmt, so fühlt sich Glücklichsein an.

Ein riesiges Skelett schwebt über dem Tor, und Pen hört weitere Sprechchöre, sieht weiter vorn auch große Kameras, und vielleicht wird man sie bitten, ein Transparent zu halten, und wenn das passiert, wird sie ein- und ausatmen und sagen: »Klar, cool.« Es wird einfach sein, alles wird ganz einfach gehen. Alice scheint zu leuchten, sie leuchtet immer, und Pen leuchtet auch.

Es gibt zwei Lager, Gläubige und Ungläubige. Alice ist eine Gläubige, und Pen ist eine Gläubige. Deshalb sind sie hier, Hand in Hand. Und obwohl Pen das taube Gefühl in ihrem Kopf bemerkt, will sie Alice nichts davon sagen, weil sonst das andere Gefühl weggeht und sie diesen Moment verliert, der zwar in Pens Kopf und Herz und Sehnen so intim und privat und heilig ist, aber nur deshalb stattfinden kann, weil sie sich in dieser Menschenmenge aufhalten und in ihr verschwinden können. Die Sprechchöre dauern an, und Pen ist ein Teil von all dem.

Alle blicken jetzt auf den Sarg ganz vorn über den Köpfen der Menge. Es ist zu spät. Es ist nicht zu spät. Das ist die Bedeutung des Sargs. Die Pfiffe klingen schrill, kein freundlicher Ton, sondern eine Warnung, sie gehen Pen durch und durch, nicht nur durch den Kopf, sondern durch ihren ganzen Körper, wie ein Alarm. Pen verzieht das Gesicht, und Alice drückt ihre Hand. Es ist okay.

Alice ist kleiner, sie steht auf den Zehenspitzen, um etwas sehen zu können, und fragt Pen: »Was steht auf dem Boot?«

»Tell the Truth.« Pen ist erleichtert, dass sie etwas für Alice tun kann.

Die Todesdemonstration ist vorbei, vorn am Tor wird der Sarg emporgehoben, und die Menge setzt sich in Bewegung. Fahnen werden geschwenkt, mehr Pfiffe ertönen, als wären sie Hunde, als müssten sie weiterziehen, weil sie sonst mit wehenden Fahnen untergehen, erschöpft von Hoffnung, Tod und Wut. Am Rand geht es nur langsam voran, Pen findet das gut, sie hat gern Zeit, die Welt zu betrachten, doch Alice' Finger rutschen ein Stück nach vorn, also beeilt auch Pen sich.

»Hi, Pen! Du bist doch Pen?«

Alice lässt los.

Da steht Jo vor ihnen, sie hält ein Poster an einem Stab in der Hand, *ACT NOW!*, dicht neben ihr ein breites Gesicht, sie will Pens Hand schütteln, die jetzt frei ist, weil Alice losgelassen hat, und Jo nimmt Pens Hand und lässt wieder los, und dann ist die Hand leer. Alice sagt: »Hi, ich bin Alice, ja, voll cool, hier zu sein. Wir haben vorhin Flugblätter verteilt.« Und dann sieht Alice verlegen aus. Jo hat noch ein Plakat für sie dabei (Plakat heißt es, nicht Poster an einem Stab, du bist so blöd, Pen), ein Sanduhrsymbol und die Aufschrift *Tell the Truth*. Alice strahlt, sie trägt es voller Stolz. »Ja, fantastisch.« Jo fragt, ob sie hier jemanden kennen, ob Pens Mutter hier ist, aber nein, sie arbeitet, natürlich, ja, sie ist eine coole Dozentin, sie ist cool, sie ist politisch.

Sie haben fast das Ende der Straße erreicht, zähflüssig biegt der Strom um die Kurve, Jo und Alice unterhalten sich, schwatzen, nein, reden und lachen, nein, lachen und skandieren. *Can't drink oil, keep it in the soil.* Öl kann man nicht trinken, lasst es im Boden. Es ist kein besonders guter Slogan, denn wenn er wirklich eine Bedeutung haben soll, dann muss er wahr sein, und niemand würde versuchen, Öl zu trinken. Pens Mutter hat einen wiederverwendbaren Kaffeebecher aus Glas und sieht geschockt aus, wenn ihr jemand einen aus Plastik anbietet, aber in Wirklichkeit trinkt sie kein Öl. Niemand trinkt wirklich Öl.

Sie kommen am Museum vorbei, in dem die Moorleichen liegen (aus Kohlenstoff) und der Wikingerschatz mit diesem kleinen goldenen Schiff mit kleinen goldenen Rudern und kleinen goldenen Bänken, und was die Wikinger heute wohl von Dubh Linn halten würden, fragt Sandy. Pen weiß es nicht, und hier in der Menschenmenge kann sie nicht darüber nachdenken. In ihrem Kopf beginnt es zu pochen. Das Licht verändert sich.

Die Menge biegt um die Ecke, und plötzlich ist die Welt zu nah und dann sehr weit weg. Pen konzentriert sich auf Ränder: den Rand des Bürgersteigs, wo Beton auf Asphalt trifft, wie er mit Pflastersteinen abgegrenzt ist, die gerundete Form und wie er sich absenkt, wo die Leute die Straße überqueren. Weitergehen. Die andere Straßenseite, die Ampel, ein breiterer Bürgersteig, auch dort demonstrieren Menschen, mit mehr Platz dazwischen. Pen wünscht sich, dort drüben zu sein, während die Menge um sie herum dichter zusammenrückt. Beobachte, Pen. Weg, nur weg, denkt sie, atme, sieh woandershin.

Die Umzäunung des Parks (Stephen's Green, Pen, das kennst du!) verläuft parallel zum Rand des Bürgersteigs. Sträucher und Bäume werfen tiefe Schatten. Hinter den Bäumen, das weiß Pen, liegen Teiche und Grünflächen und Springbrunnen. Wenn sie sich von dem Geschiebe und Gedränge im Hier und Jetzt loslöst, kann sie wieder dort sein, mit Claire und Soraya. Nährend. Sie hört Claires

Stimme, die ihrer Schwester zuruft, sie solle vorsichtig sein, als sie auf dem niedrigen, schmalen Metallgeländer balanciert, das den Rasen umgibt, ihn einzäunt. Auch im Spielen ist Soraya besser. Pen kann nicht gut balancieren, als kleines Kind ist sie mal irgendwo runtergefallen (von einer Mauer?), und sie erinnert sich noch an dieses Gefühl des Verlorenseins, an das Krankenhaus und die Krücken und ihren Vater, der immer wieder »Tollpatschsyndrom« schimpfte. Pens Gedanken schweifen ab. Die Bäume breiten ihre Äste über dem Rasen aus, in ihrem Schatten kann man geschützt sitzen. Wie ging die Zeile noch mal? »So verliert sich alles, das geschaffen, in grünen Schatten zu grünen Gedanken.« Die Sonne. Die Hitze. Ist es eine Fata Morgana, was Pen jetzt sieht?

Diese Dinge geschehen woanders.

Aber Pen sieht sie. *Apocalypsis.*

Ihre Vision: Das Grün färbt sich grau und bleicht aus und stirbt unter einem orangeroten Himmel, der nichts als Tod und Hitze bringt, die Luft ist so schlecht, dass nichts darin atmen kann. Der Boden wird braun und staubig. Man versucht, ihn wiederzubeleben, muss das aber aufgeben, um anderes zu retten. Man spricht von Dingen wie *Massenwaldsterben* und *Versteppung*, als wäre das normal. Zuerst ist der Tod unsichtbar: Luftblasen dringen in die Bäume ein und bringen ihre zarten Wasseradern zum Platzen. Wirklich bemerken wird man es erst, wenn alle Bäume, der Ahorn, die Stechpalme, der Weißdorn, die Platane, vertrocknen, brechen und umstürzen. Wenn ihr Schutz schwindet. Dann wird man sich fragen, was das heißt, eine Welt ohne Bäume, und es wird Fotos davon geben, wie Bäume einmal ausgesehen haben.

Die Erde wird versengt sein, der Boden versalzen, überall tote Vögel und Tiere, nicht nur in diesem Park, nein, in allen Parks, allen Gärten, auf allen Grünflächen wird es geschehen. Vor ihren Augen werden Ebenen überflutet, Länder verlassen. Die Luft färbt sich braun. Wasser wird brackig. Alles wird verloren sein. Sie werden alle vernichtet sein. Sie werden Leichen sein.

Doch niemand außer Pen sieht das. Niemand spürt es. Nicht hier, nicht in diesem Moment. Pens Blick klärt sich ein wenig, die Dunkelheit am Rand ihres Gesichtsfelds, der Wind und die heiße Sonne ziehen sich zurück, und der Lärm in ihrem Kopf ist nicht mehr das Splittern von Bäumen, sondern wieder ihre tosenden Gedanken, ihre Füße berühren wieder die Straße, und als sie in die Merrion Street einbiegen, ist die Zukunft wieder die Zukunft. Jetzt gibt es hier nur feuchtgrünes Laub und grauen Himmel, das *Reserviert*-Schild an dem alten Bankgebäude und mehr Menschen, als sie zählen könnte (die Zahlen werden strittig sein), sind auf diesem Protestmarsch, wobei es im Grunde eher ein langsamer Spaziergang ist, und sie folgen einem rosafarbenen Boot von einem großen Gebäude zum nächsten. »Das ist keine Regierung, sondern ein gesichtsloser Konzern«, sagt ein Mann neben Pen. (Warum sagt man gesichtslos, wenn man gefühllos meint?) Pen denkt an die Menschen in diesen Gebäuden, denen, im Gegensatz zu anderen, die Lenkung der Welt übertragen wurde.

Es ist zu spät. Nichts, was sie tun, kann noch etwas ausrichten.

Sie kommen gerade rechtzeitig. Das hier könnte etwas bewirken.

Alice hat Pens Hand losgelassen.

14:00 Uhr

Im Holles-Street-Krankenhaus braucht Ruth den Pförtner nicht zu fragen, wo sie hinmuss. Sie kennt den Weg, geradeaus durch die Flügeltüren, den Korridor entlang. Sie meldet sich bei der Rezeptionistin. »Gynäkologie?«, fragt diese, und als Ruth nickt, sagt sie, es täte ihr leid, aber Ruth müsse eventuell warten, heute sei viel los. »Wissen Sie, wo das Wartezimmer ist?« Ruth weiß es. Dort sitzen junge Mädchen mit ihren Müttern, einige Frauen, die vor sich hin oder auf ihre Handys starren, man sieht ihnen nicht an, weshalb sie hier sind. Manche Frauen, manche Gebärmütter hatten Glück und andere nicht, und es gibt keinen vernünftigen Grund dafür, und das reicht nicht als Erklärung, es befriedigt nicht das Bedürfnis nach einer Antwort, aber irgendwie muss man es akzeptieren. Zwei Stockwerke höher bringen andere Leute gerade ihre Babys zur Welt.

Ruth blickt starr geradeaus, denn das Schlimmste in so einem Wartezimmer (es ist eng, sie berührt beinahe das Knie ihrer Sitznachbarin), das Schlimmste ist, einen Blick aufzufangen und dieses angespannte Lächeln auszutauschen, das sagt: Ich sehe dich und du siehst mich, aber wir tun so, als sähen wir uns nicht, als hätten wir nicht diese Gemeinsamkeit in uns. Eine Schwester erscheint in der Tür, und alle heben ängstlich und hoffend den Kopf, bis sie auf ein junges Mädchen zeigt, das daraufhin zusammen mit seiner Mutter aufsteht und wortlos hinausgeht. Ruth wünscht sich, dass ihr Name aufgerufen wird.

Am Morgen der Ausschabung hatte die Schwester Aidan und sie zum hinteren Ende der Station geführt. Andere Frauen lagen in den Betten, und Ruth hörte jemanden weinen, während Ruth das OP-Hemd anzog. Sie war nüchtern gekommen. »Ihr Blutzucker ist niedrig«, hörte sie Aidan zur Krankenschwester sagen, weshalb man ihr eine Infusion legte, damit sie nicht ohnmächtig wurde. Die Anästhesistin ließ sie von zehn abwärts zählen, nach acht konnte sie sich an nichts mehr erinnern, plötzlich war die Welt einfach weg. Und dann nahm der Aufwachraum vor ihren Augen Gestalt an, sie hatte einen trockenen Mund und bewegte den Kopf nur ganz leicht, doch anscheinend hatte sie ein Geräusch gemacht, denn sofort war eine Schwester bei ihr und kümmerte sich um sie, und dann war sie wieder oben auf der Station. Das Stück dazwischen fehlte, man musste sie wohl durch die grünen Korridore in die helle Station geschoben haben, wo die Schwester fragte, ob Ruth Tee und Toast wolle, und alle waren irgendwie sehr mitfühlend gewesen, aber irgendwie drang nichts davon zu ihr durch.

»Ruth Ryan?« Ruth seufzt, nun musste sie doch nicht so lange warten, und während sie gehorsam aufsteht, sieht sie die anderen Frauen denken: die Glückliche, die Arme. Sie bemüht sich, das Sprechzimmer mit einem Lächeln zu betreten, weil man ja so tun muss, als fände man das nicht alles ganz furchtbar, als fände man es nicht entsetzlich, im Mantel dazusitzen, zu warm, zu weiblich und zu verängstigt, um etwas anderes als »Ja« und »Nein« zu sagen. Für die Ärztin muss es auch merkwürdig sein, nur Patientinnen mit Vaginen zu haben, es muss seltsam sein, zu einer endlosen Parade von Frauen zu sagen: »Wenn Sie sich dann bitte frei machen würden«, und so zu tun, als ob man ihre Scham nicht bemerkte. Ruth beantwortet alle Fragen richtig und bekommt dafür ein Hemdchen. Hinter dem Vorhang zieht sie Mantel, Schuhe, Hose, Socken und Unterhose aus, zupft das Hemd zurecht und sagt »Okay«. Die Ärztin zieht den Vorhang zurück, neben ihr steht die Schwester. Die Ärztin lächelt, und die Schwester lächelt, aber es gilt nicht Ruth.

Ruth liegt auf dem Papiertuch auf der Kunstlederliege, sie verspannt sich leicht, als sie nach hinten gekippt wird. Die Ärztin setzt Ruths Füße in die Halter. Ruth ist jetzt weit geöffnet. Schau zur Decke, zur Wand, schau auf den Scheitel der Ärztin, die sich vorbeugt. Versuche, ein Gespräch zu führen, als läge deine Scheide nicht weit aufklaffend vor ihr. Der Körper hütet seine Geheimnisse, deshalb müssen sie einem die Beine so weit auseinanderbiegen.

»Ein vaginaler Ultraschall liefert uns einfach wesentlich mehr Informationen.« Die Ärztin klingt entschuldigend. »Es kann leider ein bisschen unangenehm sein, wenn Sie verspannt sind.«

Ruth könnte der Ärztin sagen, dass sie schon zahllose solcher Untersuchungen hinter sich hat, aber nicht sie ist hier die Expertin.

»Schreien Sie, wenn Sie müssen«, sagt die Ärztin und lächelt Ruth über die Schulter an, während sie sich Handschuhe über die frisch gewaschenen Hände streift und das Gummi auf ihre Arme schnalzen lässt. »Wir haben schon alles gehört.«

Die Sonde wird eingeführt. *Nur eine Kontrolluntersuchung*, redet Ruth sich zu, während das Gerät weiter vordringt, *die Blutungen haben aufgehört*. Eigentlich nicht so schlimm wie das Spekulum.

»Ah, ja.« Die Ärztin hält inne und blickt auf den Bildschirm, und jetzt verkrampft Ruth sich tatsächlich. »Nein, nein, Sie können sich entspannen.« Sie tätschelt Ruth das Bein, und die würde am liebsten nach ihr treten. »Die intramuralen Fibrome sind zurückgegangen«, sagt die Ärztin beinahe im Flüsterton zur Schwester. Dann sieht sie Ruth an: »Übel riechenden Ausfluss oder Beckenschmerzen haben Sie seitdem nicht?«

Ruth bestätigt, dass das nicht der Fall ist.

Jetzt zieht die Ärztin die Sonde wieder heraus, wischt sie ab und streift schwungvoll die Handschuhe ab. »Sie könnten eine schwache Blutung bekommen, nur eine leichte Schmierblutung.«

Das hatte der Arzt auch zu Aidan gesagt, erinnert sich Ruth, als er sie damals hier abholte, aus dem oberen Stockwerk, und Aidan hatte gefragt: »Was sind Schmierblutungen?«, und Ruth hatte gedacht, wie verschieden wir doch sind, wie viel mehr Blut in meinem Leben vorkommt. Die Schwester reicht ihr eine Binde, und mit einem Mal ist Ruth so voller Dankbarkeit über diese wortlose freundliche Geste. Und dann zieht sie sich hinter dem dünnen Vorhang wieder an, schlüpft eilig in die Socken, steigt in die Schuhe, entschlossen, wieder ein ganzer Mensch zu sein.

Als Ruth hinter dem Vorhang hervortritt, ist die Schwester nicht mehr da, und die Ärztin winkt ab, als

Ruth sich schon halb auf den Stuhl vor ihrem Tisch gesetzt hat. »Sie können gehen – bestimmt wollen Sie mich nie wiedersehen.«

»Okay, alles klar.« An der Tür zögert Ruth, sie fühlt sich ein bisschen schwach.

Die Ärztin sieht auf. »Es sei denn, es gibt noch etwas anderes?«

»Nein.« Ruth schüttelt leicht den Kopf. »Danke.«

Wieder im Flur, Linoleumboden und Krankenhausgeruch. Doch das flaue Gefühl hält auch in der Lobby noch an, und Ruth muss sich setzen. Lieber so weggeschickt werden, denkt sie, als die Stille und das Warten, die schlechten Nachrichten vorausgehen. Sie legt den Kopf in den Nacken, schließt die Augen und überlässt sich für einen Moment dem benommenen Gefühl. Wofür sie dankbar sein sollte: kein neues Wachstum, keine Blutungen. Kein Krebs. Ruth hasst Dankbarkeitslisten. Es ist so auslaugend, sich all die Gründe aufzusagen, warum man nicht wütend sein darf. Mit geschlossenen Augen lauscht sie auf das geschäftige Krankenhaustreiben und fürchtet, sich jeden Moment übergeben zu müssen.

»Ruft Ihnen jemand ein Taxi?«, fragt eine besorgte Stimme, und als Ruth die Augen öffnet, sitzt da, ein paar Plätze weiter, eine Frau. Zwischen ihr und Ruth steht eine Tragschale mit einem Baby darin, und auf einmal erträgt Ruth es nicht mehr. Sie nickt halb, schüttelt halb den Kopf. Ein Mann kommt herein, und die Frau dreht sich um und sieht lächelnd zu ihm auf. Sie versucht aufzustehen, kann sich aber kaum auf den Beinen halten, und er bückt sich und gibt ihr einen Kuss, und in diesem Sekundenbruchteil könnte Ruth sich den Griff der Babyschale schnappen und das Neugeborene mitnehmen. Es wäre so einfach. Stattdessen sieht sie zu, wie der Mann das Kind nimmt und sich die Frau auf seinen Arm stützt und sie zusammen hinausgehen. Familie. Und Aidan hat recht gehabt: Sie hätte sich in ein anderes Krankenhaus überweisen lassen sollen.

Ruth schaut auf ihr Handy, doch das Display ist leer. Trotz der vielen Zeit zum Nachdenken hatte Aidan gestern nichts davon gesagt und auch heute in keiner Nachricht angedeutet, dass er an den Termin dachte oder ihr Glück wünschte. Ruth erinnert sich, wie erleichtert sie an jenem Tag vor drei Monaten gewesen war, als die Ärztin sagte: »Es sind nur Fibrome.« Und wie sie gedacht hatte, was spielt es schon für eine Rolle, dass meine Gebärmutter keine Kinder in die Welt gesetzt hat, wenn sie mich wenigstens nicht umbringt. Doch dieses Gefühl ließ sich nur schwer in Worte fassen, sie konnte es Aidan unmöglich mitteilen. An diesem Tag im Juli hatte sie beim Nachhausekommen das Rezept geschwenkt und gesagt: »Ich werde nicht sterben.« Was hatte sie erwartet, worauf gehofft? Aidan hatte gesagt … was hatte er gesagt? Irgendwas wie, er freue sich für sie. Als ob es nicht auch für ihn etwas Gutes wäre. Als beträfe sie das nicht beide. Vielleicht war ihr Mann damit überfordert gewesen, dass sie plötzlich so fröhlich verkündete, in diesem Fall könnten die Ärzte sie heilen.

Ruth ist wieder draußen an der frischen Luft und geht zurück Richtung Square. Vor ihr betritt ein junger Mann den Bürgersteig, er scheucht einen kleinen Jungen vor sich her. »Daddy?« Der Junge dreht sich um. Ruth wundert sich, wie dieser Mann, kaum älter als zwanzig, schon

Vater sein kann. Ein Stück weiter drehen sich zwei junge Frauen um und lächeln dem Jungen zu. Wieder scheucht der Mann ihn weiter, dann macht er auf dem Absatz kehrt und geht in die entgegengesetzte Richtung davon. Der Junge, jetzt an der Hand einer der beiden jungen Frauen (seiner Mutter?), sieht ihm nach und fragt: »Wohin geht Daddy?«, und es sieht aus, als würde er gleich weinen. Doch die Mutter (ja?) beugt sich zu ihm und sagt: »Er kommt gleich wieder«, und das beruhigt das Kind. An einer Ecke überholt Ruth die drei und erhascht dabei einen Blick auf das lächelnde Gesicht des kleinen Jungen. Es ist so einfach. Der geliebte Mensch wird zurückkommen.

Natürlich hatte Aidan sich Sorgen gemacht und war über die Fibrom-Diagnose erleichtert gewesen. Es war unfair von ihr, sich nur an seine ausdruckslose Miene zu erinnern, als sie ihm das erste Mal von den Blutungen erzählt hatte. Sie führte Argumente gegen ihn ins Feld, um sich selbst nicht schuldig fühlen zu müssen.

Ruth betritt den Park (Gott sei Dank sind die Eiferer verschwunden). Mit Lisa ist sie erst um drei verabredet. Eine Viertelstunde noch.

14:25 Uhr

Pen beobachtet.

Offenbar hat Jo etwas Wichtiges zu sagen, das Alice erfahren muss; die beiden stecken die Köpfe zusammen. Weiter vorn, jenseits der Menschenmenge, werden auf einer improvisierten Bühne Reden gehalten. Ein Mädchen verkündet: »Wir haben nur einen Planeten, es ist unsere Zukunft … gemeinsame Verantwortung … Führung …« Alice sollte zuhören, aber sie … sie beugt sich zu Jo. Pen beobachtet. Der Ansager bedankt sich bei dem Mädchen und sagt: »Und Annemarie ist erst acht Jahre alt!« Mit acht war Pen aus dem Unterricht geschickt worden, mit zwölf bekam sie Medikamente, von denen sie sich fühlte wie ein Bleiklumpen, mit vierzehn fragte man sie, ob sie auf eine andere Schule wolle. »Auf keinen Fall«, sagte Claire. Pen fragt sich, ob Annemaries Mutter stolz auf sie ist.

Nach dem Vorfall bei Lauren im letzten Jahr hatte ihre Mutter sie abgeholt. »Was ist passiert?«, hatte sie gefragt, und es wäre irgendwie nicht richtig gewesen zu sagen, die haben mich in den Schrank gesteckt, denn die anderen hatten Pen ja nicht gezwungen, sie hatten nur gesagt, tu es, und Pen hatte es getan. Am Anfang war es noch okay gewesen, nur eng und dunkel. Aber dann war das Dunkel heiß geworden, und sie hatte Geräusche gehört, vielleicht das Lachen der anderen, aber es hätte auch in ihrem Kopf sein können, und das Atmen fiel ihr immer schwerer, und deshalb hatte sie angefangen, dieses tiefe Geräusch zu machen. Als die Mädchen die Tür wieder öffneten, war Pen aus dem Schrank gefallen und hatte stöhnend auf dem Boden gelegen. Sie erinnert sich an die Gesichter der Mädchen, Chloe hatte geweint und gesagt: »Ich wollte das nicht, ich wollte das nicht.«

Alice klatscht, aber Pen weiß nicht, weswegen, sie hat nicht zugehört. Alice hat auch Probleme im Unterricht, sie schaut aus dem Fenster oder kritzelt auf ihrem Block herum. Aber niemand nennt Alice *besonders*. Pen hat *besondere Bedürfnisse* und muss deshalb, um Überlastung zu vermeiden, ganz vorn in der Nähe der Tür sitzen. Sie bekommt zwei Auszeiten am Tag, falls sie raus in den Flur muss, um zu atmen, ihre Füße auf dem Boden zu spüren, die Wand anzufassen, die Anschläge am schwarzen Brett zu zählen, jedes Wort in ihrem Kopf zu buchstabieren. Aber das muss sie nur selten in Anspruch nehmen, die anderen sollen sehen, wie gut sie zurechtkommt. So etwas wie *normal* gibt es nicht, sagt Claire, aber Pen will normal sein, und wenn es das Letzte ist, was sie tut.

Jemand hatte das Video im Internet gepostet, und es hatte 367 Aufrufe gehabt, was nach Internetmaßstäben gar nicht so viel ist, und Sandy meinte: »Sieh es dir einfach nicht an«, als wäre das Problem, dass Pen es sieht – und nicht die anderen aus der Schule und die Fremden. Hatte Alice es gesehen? Pens Magen zieht sich zusammen. In dem Video war Pens Gesicht knallrot gewesen, ihre Wangen mit Rotz und Wasser verschmiert, und sie hatte am ganzen Körper gezuckt. 367 Aufrufe. Und das war vor über einem Jahr gewesen, wie viele mochten es jetzt sein?

Wenn sie über diese Frage nachdenkt, bekommt Pen dasselbe Gefühl wie damals im Bad ihres alten Hauses, als sie mit der Fingerspitze über den Rasierer ihrer Mutter strich und zusah, wie sich die Haut unter stärkerem Druck weiß färbte. »Zu dünnhäutig«, hallt die Stimme ihres Vaters in ihrem Kopf nach.

Pen möchte Alice' Hand nehmen und sagen: »Komm, wir gehen, wir hauen ab, lass uns allein sein!« Was ist schlimmer, die Vorstellung, wie sie und Alice lachend durch die Straßen ziehen, frei und zu zweit, ohne Ziel oder Plan, nur sie beide ... ist es schlimmer, diese Vorstellung zu haben und zu wissen, dass sie aus so vielen Gründen nicht Wirklichkeit wird, oder gar nicht erst auf die Idee zu kommen oder den Wunsch zu verspüren?

Jetzt steht ein Politiker am Mikrofon, er beglückwünscht sie alle, weil sie hier sind, und sagt, die Menschen brächten Opfer. »Sie tun es für unsere Kinder.« Claire wird immer wütend, wenn Politiker von *unseren Kindern* reden oder darüber, dass sie Eltern seien. »Als ob es einem Superkräfte verleiht, Kinder zu haben.« Claire zerreißt immer die Flyer, die durch den Briefschlitz fallen, Eltern zu sein, konnte einen nämlich anscheinend gleichzeitig stolz und wütend machen. Was soll Pen von diesem Politiker halten, ob er nun Kinder hat oder nicht, wenn er das Wort *Kinder* wie einen Code benutzt? Von welchen Kindern redet er überhaupt? Von allen, oder zählen *nur bestimmte?*

Pen kann sich nicht vorstellen, je Kinder haben zu wollen. Sie weiß, dass ihr Körper tut, was er will, ganz egal, was sie empfindet, daran ändert auch ein Nervenzusammenbruch nichts. Heranreifen und abstoßen, heranreifen und abstoßen *(purgationes menstruae)*. Pen freut sich über den Anblick, wenn das Blut (auch wenn es kein Blut ist) aus ihr herausfließt. Sie lässt sich nicht gern sagen: »Das wirst du anders sehen, wenn du älter bist.« Die Leute reden immer von Erfahrung, aber in Wahrheit weiß Pen, wissen Alice und sogar Klein-Annemarie sehr gut, dass weniger Erfahrung nicht bedeutet, dass man weniger weiß oder sieht oder versteht. Im Gegenteil.

Als die Reden vorbei sind, geht der schrille Lärm ohne Pause immer weiter-weiter-weiter, Menschen rempeln einander an, lachen, berühren sich. Pen will weg. Sie und Claire haben ein Alarmsignal ausgemacht: Pen legt sich die flache Hand auf den Kopf, das sieht ein bisschen komisch aus, aber nicht so komisch, wie sich auf den Boden zu werfen. Pen hat jetzt die Hand auf dem Kopf, doch hier, auf der Demonstration, gilt das wahrscheinlich als Symbol für *das Klima* oder *wählt den Wandel*. Alice lächelt immer noch. Alice hat Pens Hand nicht gesehen. Gleich wird Pen von hier wegmüssen, obwohl sie ihrer Mutter versprochen hat, genau das nicht zu tun, sie hat versprochen, bei Alice und Jo zu bleiben und nicht verloren zu gehen. Aber Alice lächelt, und Jo beugt sich zu ihr, und die beiden sind jetzt zusammen, da braucht man keine Empathin zu sein, um das zu erkennen. Pen flüstert: »Time-out«, und dann ist sie verschwunden.

14:45 Uhr

»Wer kann mir sagen, wovor die Frauen fliehen?« Claire sieht die Kursteilnehmenden an. Die Studierenden erwidern ihren Blick, schauen auf ihre Stifte, die übers Papier huschen, oder auf ihre Füße. Die Stunde ist fast vorbei, und sie haben noch gar nicht richtig angefangen. Sie hätte die Frage anders formulieren sollen. »Warum hat Aischylos den Chor der Frauen zur wichtigsten Stimme in diesem Stück gemacht?« Ihre Fragen sind zu abstrakt. Es müssen Fragen sein, die sie tatsächlich beantworten *wollen*.

Claire überlegt, zu fragen, ob ihnen das Wort *Schutzflehende* schon mal begegnet sei, aber das bringt nichts. Sie kann die jungen Menschen vor sich kaum einschätzen, wie sie die Welt sehen oder was sie sich von ihr wünschen. Sie denkt an Pen, denkt daran, wie ihre Tochter ihr beigebracht hat, anderen Raum zu lassen. Claire zögert, vielleicht sollte sie ihnen eine Pause von den Fragen gönnen. »Nehmen wir uns fünf Minuten Zeit, um unsere Gedanken zu dieser Frage aufzuschreiben, und dann sprechen wir darüber.«

Der Seminarraum hat Fenster zu beiden Seiten. Seit Anfang des Semesters wird in der Nähe gebaut, und Claire muss beim Unterrichten gegen den zermürbenden Lärm von Bohrern und Maschinen ankämpfen. Kaum zu glauben, dass in ein paar Jahren auch Pen in einem solchen Seminarraum sitzen wird. Am Anfang sind sie winzig kleine … Aliens, anders kann man es nicht nennen. Man gewöhnte sich an dieses kleine Lebewesen, das einen brauchte, das zu einer Erweiterung von einem selbst wurde, und man lernte diese völlige Abhängigkeit zu lieben. Doch wenn es dann so weit war, wenn man glaubte, jetzt endlich habe man den Dreh raus, war es plötzlich Zeit, sie abermals in die Welt hinauszustoßen. Natürlich muss man sich zurücknehmen, sie so sein lassen, wie sie sind. Aber trotzdem stellt man sich die Frage, warum die eigene Tochter immer allein auf dem Spielplatz steht. Heute kennt Claire den Grund und schämt sich dafür, wie lange sie brauchte, um es zu erkennen. Ihr wundervolles Mädchen. Ihr schwieriges Mädchen. Pen mit dem feinen Gespür dafür, wenn es anderen nicht gut geht. Pen, die immer alles von ganzem Herzen tut. Pen, die nie wirklich loslassen kann. Und dann ist es, als wäre sie wieder so winzig klein und Claire müsste ganz neu lernen, sie zu verstehen.

Manchmal liest Claire extra in ihren Notizen, um die Studierenden für einen Moment von ihrer Aufmerksamkeit zu entlasten. Heute schafft sie nicht einmal das, unablässig rattern in ihrem Hinterkopf die Gedanken um Pen. Es ist nicht typisch für Pen, die Schule zu schwänzen, sie liebt ihre regelmäßigen Abläufe. Aber andererseits hat Claire sie noch nie so glücklich gesehen, wie wenn sie mit Alice zusammen ist. Oh, sie kann immer noch anstrengend sein, Wutanfälle bekommen und mit Sachen um sich werfen oder komplett dichtmachen. Wie oft hat Claire sich gewünscht, all den Sorgen und Schuldgefühlen entfliehen zu können. Dem einfach den Rücken kehren zu können, und sei es nur für fünf Minuten. Aber dann überkommen sie allein wegen dieses Wunsches schon wieder Schuldgefühle.

Claire sieht auf die Uhr und dann wieder auf die gebeugten Köpfe vor sich. Eine Minute mehr wird nicht schaden. Sie hatte immer gehofft, ihre Töchter zu starken Mädchen zu erziehen, und es ist einfach ein Jammer, dass sie das allein tun muss. Sandy ist an sich kein schlechter Kerl, aber er ist altmodisch bis zum Gehtnichtmehr. »Du bist fünfundvierzig, nicht aus dem Mittelalter«, hatte sie geschrien, als er mit den Schultern zuckte und seine erste Tochter einfach abschrieb. *Ach, Sandy*, aber sie ist der Fragen und der Antworten überdrüssig. Sie hat es satt, zurückzublicken. Ein ganzes Leben für sich allein. Das hieß, allein nach Hause zu kommen, es hieß, Entscheidungen allein zu treffen. Es hieß, allein zu Bett zu gehen. Aber das Alleinsein hat auch seine Vorzüge.

»Okay, die Zeit ist um.« Die Studierenden sehen zu ihr auf. »In den letzten Minuten der heutigen Stunde würde ich gern besprechen, warum die Theatergruppe die Mitwirkenden aus der Allgemeinheit auswählt. Warum nehmen sie keine professionellen Schauspielerinnen und Schauspieler?« Im letzten Jahr war Claire mit Pen beim Festival gewesen, und es war schon etwas Besonderes, wenn man im Publikum saß und wusste, dass die meisten der Darstellenden auf der Bühne ganz normale Menschen waren. Pen hatte die Aufführung unheimlich gut gefallen, und sie wollte nun selbst Griechisch lernen, aber Claire reichte es völlig, dass ständig überall Latein herumschwirrte.

»Vielleicht sollen wir denken, wir könnten selbst die Flüchtlinge sein, jeder von uns.«

»Sehr guter Punkt. Möchte jemand noch etwas hinzufügen oder das weiter ausführen?«

»Wenn wir selbst die Fremden sind, dann geht es uns etwas an.«

»Mach weiter, das ist sehr gut.«

Claire hatte Sandy von ihrer Vermutung erzählt, Pen und Alice könnten womöglich mehr als nur Freundinnen sein, aber sie hatte nicht damit gerechnet, dass er die beiden deswegen daran hindern wollte, sich so oft zu sehen. Was lachhaft war (mittelalterlich), aber vielleicht stimmte es, dass man einen Menschen erst wirklich kannte, wenn man mit ihm zusammen Kinder großgezogen hatte. Oder eigentlich nicht zusammen. Trotzdem muss sie mit ihrer Tochter reden. »Sei vorsichtig, in wen du dich verliebst«, möchte sie ihr sagen, weil sie es kommen sieht, dass Pen verletzt wird und sich wieder in ihr Schneckenhaus zurückzieht, wenn ihre Liebe nicht erwidert wird. Egal, ob es nun um ihren Vater geht oder um Alice oder sonst wen. Diese verdammten Mädchen letztes Jahr. Nervenzusammenbruch. Schweigen. Das Ritzen. Guter Gott, das Ritzen. Dann die Genesung, und eine Zeit lang ist alles okay. Dieser furchtbare Kreislauf, in dem sie alle gefangen sind. Und Claire kann nichts anderes tun, als zuzusehen.

Im Kurs diskutieren sie jetzt über die Rolle des Publikums, sind sie die Schutzflehenden oder das *demos?* Eine gute Frage. Sie mag diese jungen Menschen sehr, die hier jede Woche zusammenkommen. Ich sehe, wie ihr euch bemüht, möchte sie ihnen sagen.

14:45 Uhr

»Ich hab mich umgedreht, und du warst nicht mehr da«, sagt Alice. Pen hätte ihr Bescheid geben sollen, irgendetwas sagen, woher hätte Alice es wissen sollen?

Weil du meine beste Freundin bist, das sagt Pen nicht – das sagen nur ihre Augen, die ohnehin nichts scharf erfassen können. Mit einer Hand hält sie sich am Geländer fest, die Hand befindet sich am Ende ihres Arms, der im Schultergelenk lagert, Pens Schultern sind verspannt, sie kann die Arme nicht lange ausstrecken, ohne dass ihr die Hände einschlafen, die Hände, mit denen sie sich am Geländer festhält, das Geländer, schwarz gestrichen und kalt. Sie spürt die Kälte, das ist bestimmt ein gutes Zeichen. Pen hatte den Kopf nach unten gehalten, um zu atmen und die Welt nicht mehr zu sehen, aber jetzt kann sie wieder aufblicken und sieht die roten Häuser, sieht, dass sie in der Nähe der Stelle sind, an der die fremde Frau sie fotografiert hat. Du sitzt am Steuer, würde die Therapiefrau sagen. »Ich hab eine Auszeit genommen«, sagt Pen. »Du warst bei Jo, also in Sicherheit.« Es ist eher ein Keuchen als eine Aussage, aber immerhin sind es Worte.

»Okay, aber du musst mir Bescheid sagen.« Alice versucht, nicht genervt zu sein, weil Pen so tut, als wäre alles in Ordnung, obwohl Alice, ihre beste Freundin, genau weiß, dass sie eine Panikattacke hatte. Alice ist genervt, weil Pen Panik hatte, und sie weiß, dass es gemein ist, so etwas zu denken, aber sie will nicht die Verantwortung tragen. Eigentlich hat Alice ein schlechtes Gewissen, weil nämlich nicht sie, sondern Jo bemerkt hat, dass Pen nicht mehr da war, und Alice sich zu spät an ihr Versprechen erinnert hat, dass sie beide am Rand bleiben würden. Sie wollte mit der Menge verschmelzen, mit etwas, das größer war als sie. Aber jetzt ist sie hier, und sie muss etwas tun, und dieses Etwas ist, für Pen da zu sein. Sie könnten ins Museum gehen, da ist es wahrscheinlich ruhiger. Aber sie weiß nicht, ob sie dort Eintritt bezahlen müssen.

Pens schlimmste Befürchtung wird wahr: Alice muss sich um sie kümmern. Sie wollte, dass Alice sie sieht, mit ihr zusammen sein will, weil sie auf genau die richtige Art besonders ist. Pen will nicht verrückt sein. Das ist sie auch nicht, sagen ihre Mutter-Therapeutin-Lehrer-Alice, doch als Alice ihre Hand nimmt, kommt ihr der Gedanke, dass alle Verrückten in Wirklichkeit richtige, echte Menschen sind und diese Menschen sich genauso fühlen wie Pen, und obwohl sie sich Mühe geben, nicht verrückt zu sein, haben sie dann doch Episoden, und die Episoden machen ihre Familien traurig, und gegen diese Traurigkeit kann niemand etwas ausrichten. Also meint Pen vielleicht eigentlich, dass sie niemand sein möchte, der andere traurig macht.

Durch eine Lücke im Geländer gelangen sie auf einen

breiteren Weg, und vor ihnen liegt ein Gebäude mit Säulen am Eingang, und dort scheint weit und breit kein Mensch zu sein, was Pen mit dem Teil ihres Gehirns wahrnimmt, der offenbar noch funktioniert. Sie gehen zwischen den Säulen hindurch. Im Inneren des Gebäudes ist es still.

Sicher-ruhig-geschützt
Sicher-ruhig-geschützt
Sicher-ruhig-geschützt
Sicher-ruhig-geschützt

Sie gehen weiter und kommen in einen Raum, der fast taghell ist, weil die Decke aus Glas besteht und wirklich sehr hoch ist. Doppelte Raumhöhe, würde Sandy sagen. Sie setzen sich auf eine Bank, und das ist gut, weil man in Museen sitzen kann, ohne seltsam oder krank auszusehen.

»Es war einfach zu viel«, sagt Alice leise. Sie steht vor Pen und schirmt sie ab.

Das stimmt nicht, möchte Pen sagen. Es waren du und Jo, und auch die sterbenden Bäume, sicher, aber es kam alles zusammen, und erst ging es ihr gut, aber dann auf einmal nicht mehr.

Alice blickt zum Oberlicht hinauf und überlegt, wie es jetzt weitergeht. Pen ist schon wieder ruhiger, ihr Gesicht ist nicht mehr so weiß, und sie murmelt nicht mehr vor sich hin. Aber Alice weiß nicht, ob das bedeutet, dass es vorbei ist. Ob sie Pens Mutter anrufen soll?

Pen sieht an Alice vorbei, sieht Alice an, die von einem Bein aufs andere tritt. Alice' Augen sind verengt, das heißt besorgt. Alice ist besorgt. Wie sind sie hierhergekommen? Sie müssen zu Fuß gegangen sein. Alice mit ihr. So etwas kommt vor, ihre Erinnerung hat manchmal Aussetzer. Das kommt vor.

»Soll ich deine Mutter anrufen?«

Pen will nein sagen, doch da ist etwas anderes, und jetzt weiß sie nicht mehr, wie man atmet. Wie macht man das, Luft in den Körper zu saugen? Keine-Luft-keine-Lunge-kein-Atem. Die Welt schrumpft zusammen, schwarze Vorhänge ziehen von außen in ihr Sichtfeld.

»Pen. Alles okay mit dir, Pen?«

14:45 Uhr

Auf dem Square hört Ruth ein dumpfes Bumm-Bumm, das müssen Trommeln sein, aber sie kann die Quelle nicht ausmachen. Irgendwo hinter der Baumgruppe. Auf dem Weg rings um die große Grünfläche hält sie auf das Geräusch zu, die Trommeln werden lauter. Ihre Kleidung fühlt sich immer noch fremd auf ihrer Haut an, macht ihr den Körper darunter bewusst. Gleich wird sie sich mit Lisa treffen. Vor ihrer Freundin wird sie kaum, nein, unmöglich verbergen können, dass etwas nicht stimmt. Aber was und wie viel soll sie ihr erzählen? Im Park ist es voller als sonst, und Ruth, noch nicht bereit für diesen nächsten Part, setzt sich auf eine Bank. Nur einen Augenblick. Am Südende des Parks werden Zelte aufgebaut, zusammengewürfelt aus Türkis und Grün. Vielleicht legt der Regen ihretwegen eine Pause ein. Über ein in den Boden gestecktes Schild muss sie lächeln: *Make Love, Not* CO_2.

Im April, noch vor den Blutungen, war es zu einem … was? … einem flüchtigen Seitensprung gekommen. Viel zu flüchtig. Die Arbeitsgruppe für psychische Gesundheit war früher als geplant zu Ende gewesen, und die EU-Delegierten hatten das Beste aus dem Nachmittag machen wollen. »Dublin entdecken«, sagten sie und überlegten, ob sie vielleicht irgendwo ein Pint trinken sollten. Ruth war die Einheimische, da lag es nahe, dass sie die Führung übernahm. Sie gingen ins Swan, weil sie dachte, um diese Uhrzeit sei es dort leer und es sei ein netter Spaziergang über das Green. Die Besucher waren ihrer Führung zufrieden gefolgt und hatten alles gelobt. Sie fanden die Bar *charmant*, vor allem, als Ruth ihnen erzählte, dass sie nach einem unterirdischen Fluss benannt war. Ruth hatte sich an der Freude der anderen erfreut, hatte die großen Fenster und die Inneneinrichtung aus Holz mit neuen Augen gesehen und sich einfach der unerwarteten Feierlaune an diesem Nachmittag unter der Woche hingegeben.

Mit Lucas hatte sie sich schon am Morgen unterhalten, danach jedoch erst wieder, als er neben ihr an der Bar stand. Er war zurückhaltend, doch er beobachtete sie und hörte zu, wenn sie etwas sagte, und ihr gefiel die Aufmerksamkeit. Nach einigen Pints wollten ein paar von den anderen Folkmusik hören, und als Ruth nur die Schultern zuckte, tippten sie auf ihren Handys herum und schlugen Slattery's und »Rath-mines« vor, was sie falsch betonten. Sie schrieb Aidan: KOMME SPÄTER und er antwortete: VIEL SPASS.

Sie steht auf und geht weiter. Folgt dem Weg unter den Bäumen hindurch vom Licht in den Schatten. Hier gibt es noch mehr Bänke, einen Spielplatz, ein paar Kinder, ein paar Eltern. Das Bumm-bumm hält an, jetzt leicht gedämpft durch die Bäume.

Sie hatten bei Burdock's Pommes gegessen und waren dann in eine brechend volle Bar gegangen, wo man die Geigen kaum noch über den Lärm hinweg hören konnte.

Er hatte sich mit zwei anderen Frauen unterhalten, die ihn ansahen, als würde ihm die Sonne aus der Stirn scheinen, doch er hatte immer wieder zu ihr herübergesehen und einige Male ihren Blick aufgefangen. Als Lucas zu ihr kam, wurden hinter Ruth gerade zwei Plätze frei. »Willst du den *snug* sehen?«, fragte Ruth. Er war Däne, weshalb sie ihm *snug* erklären musste: ein kleiner, nicht einsehbarer Raum, in dem man in privater Atmosphäre trinken konnte. »Faszinierend«, sagte er, als sie die Halbtür hinter sich geschlossen hatten und sich auf die Bank setzten. »Du sagst also, dass Frauen in der viktorianischen Zeit nicht in der Öffentlichkeit trinken wollten?«, und Ruth wollte gerade sagen, es gebe die verschiedensten Gründe, sich ein wenig Privatsphäre zu wünschen, als ein Kollege den Kopf hereinsteckte. »Darf ich dazukommen?« Natürlich durfte er. Was hatte Ruth denn gedacht, was passieren würde? Also versuchte sie, Konversation zu betreiben, mehr über irische Bars zu erzählen, doch plötzlich wurde ihr vom Bier flau im Magen, und sie nahm das als Zeichen, es für heute gut sein zu lassen. Sie entschuldigte sich, ging auf die Toilette, holte dann ihre Sachen und winkte den wenigen, die noch übrig waren, zum Abschied zu. Ganz locker, als wären sie Freunde, die sich ständig in überfüllten Dubliner Pubs über den Weg liefen.

An der Ecke vor der Bar winkte sie ein Taxi heran, sah das goldene Schild näher kommen, den Wagen am Straßenrand anhalten. Und dann stand er plötzlich da. »Wolltest du gehen, ohne dich zu verabschieden?« Da hatte Ruth etwas gespürt, und als er sich vorbeugte, um sie zu umarmen, wandte sie ihm die Lippen zu. Sie küssten sich wie Teenager. Und Ruth dachte, oh, jemand küsst mich, als könne es nicht real sein. Für einen Moment zog er sich zurück, jedoch nur, um mit den Lippen über ihre Wangen, ihr Ohr und ihren Hals zu streichen, und diese Zärtlichkeit kam so unerwartet. Hinter seiner Schulter sah sie das Taxi, das im Leerlauf darauf wartete, sie nach Hause zu fahren.

Ruth hat die andere Seite erreicht, das Kriegsdenkmal neben dem Tor. Galt es einem bestimmten Krieg? Nein, sie sieht die Gedenktafel, ein Andenken an alle toten Verteidiger. Die Flamme bewegt sich in einem unsichtbaren Luftzug. Ruth fühlt sich wie benommen, die Trommeln schlagen jetzt im Takt ihrer Schritte, oder vielleicht hat sie sich dem Rhythmus angepasst. In der Durchfahrt bleibt sie stehen, sieht die Gardaí in ihren Warnwesten, hört die durchdringenden Pfiffe. Menschen in Bewegung, allerdings ohne Ziel, es scheint das Ende einer Veranstaltung zu sein, denkt Ruth und liest die Schilder und Slogans, die an ihr vorbeigetragen werden. *Act before it's too late*. Tja, Ruth verbringt die Hälfte ihres Berufslebens damit, diesen Satz in der einen oder anderen Form zu sagen, und ist es gewohnt, dass niemand darauf hört.

Als sie nach Hause kam, war es spät, und Aidan hatte schon geschlafen. »Schönen Abend gehabt?«, murmelte er, als sie zu ihm unter die Bettdecke kroch. Und sie hatte »Ja« geflüstert, sich aber auf die Seite gedreht, von ihm abgewandt. Das Gefühl klang noch in ihr nach. *Jemand hat mich begehrt.*

Wieder überkommt sie ein Schwächegefühl, und sie bemüht sich, tiefer zu atmen. Gleich hat sie die Tür zum Museum erreicht. »Es sei denn, es gibt noch etwas anderes?«, hatte die Ärztin gefragt, und vielleicht war da ein Moment gewesen, eine Gelegenheit, in der Ruth es hätte aussprechen, es hätte eingestehen können. Eine Gelegenheit, um das zu bitten, was sie brauchte. Es war eine Kleinigkeit und zugleich etwas sehr Großes. Machen Sie mich wieder ganz. Denn es liegt nicht in ihrer Macht, sich selbst zu heilen. Machen Sie mich wieder ganz. Die Stimmen auf der Straße schwellen wieder an, fordern Gerechtigkeit, doch Ruth wendet sich ab.

14:55 Uhr

Die Frau spricht mit ruhiger Stimme. Sie fragt nach ihrer beider Namen und nickt, als Alice antwortet. »Alice und Pen«, wiederholt sie. »Ich bin Ruth.« Und dann beugt sich die Frau vor und kniet sich vor Pen auf den Boden, und Alice sagt: »Sie mag nicht angefasst werden. Wirklich nicht.« Doch auf einmal klingt sie verunsichert. »Ist schon okay«, sagt die Frau, die Ruth heißt. Und dann sagt Alice: »Sie ist … sie ist im Autismus-Spektrum«, und glaubt zu sehen, dass Pens Augen noch größer werden.

»Pen. Du bist in Sicherheit. Du bist hier. Du bist in Sicherheit. Kannst du die Augen für mich zumachen, Pen? Genau so, ganz sanft die Augen schließen. Gut.«

Und sie hat so eine Stimme, von der Alice denkt, man kann ihr vertrauen, man kann ihr folgen, als würde sie einen kennen.

»Okay, Pen. Ich weiß, das klingt jetzt seltsam, aber kannst du den Mund für mich zumachen? Ja, genau so. Lass ihn zu. Und lass die Augen zu. Hör nur auf meine Stimme. Also, Pen, lass den Mund zu und atme durch die Nase ein. Halte eine Sekunde lang die Luft an. Genau so. Und dann wieder durch die Nase ausatmen.«

Die Frau hat Pen beide Hände auf die Schultern gelegt. »Nein, alles okay«, sagt sie zu dem Sicherheitsmitarbeiter, der fragt, ob er die Notrufzentrale verständigen soll.

Alice bringt ein Lächeln zustande und versucht, ungezwungen zu gucken, damit er weiß, dass sie nicht verrückt sind. »Sie war nur überhitzt«, sagt die Frau, die Ruth heißt, und er nickt und geht weg. Die Frau hält Pen an den Schultern und sagt, ganz sanft, als würde sie ein Schlaflied singen: »Durch die Nase ein, und durch die Nase wieder aus.« Und Pen macht nicht mehr diese pfeifenden Geräusche.

»Und jetzt bleib so, atme weiter durch die Nase ein und jetzt durch den Mund aus. Gute Luft rein, alte Luft raus. Lass deinen Körper einfach machen. Das fühlt sich jetzt nicht toll an, aber denk daran – dir kann nichts passieren. Ein und aus.«

Dann hört die Frau auf zu reden und atmet eine Weile nur noch zusammen mit Pen. »Kannst du jetzt die Augen ganz langsam ein Stück für mich öffnen, Pen?«

Die Frau sieht auf und nickt Alice mit einem schwachen Lächeln zu, ohne Pens Schultern loszulassen. Alice merkt, wie behutsam sie ist, dass sie anscheinend genau weiß, was zu tun ist und was sie sagen muss, und Alice würde ihr am liebsten etwas zurufen, doch die Frau hat sich schon wieder zu Pen hinuntergebeugt.

»Kannst du jetzt die Augen aufmachen, Pen? Und ganz still bleiben, nur nach unten sehen. Du brauchst dich nicht zu bewegen. Sehr gut. Du machst das sehr gut.«

Sieh mich wieder an, könnte Alice sagen. Was siehst du?

»Okay, Pen. Ich möchte, dass du auf meine Stimme hörst. Lass dich von meiner Stimme leiten. Du brauchst nichts zu sagen, du musst nur auf meine Stimme hören. Atme durch die Nase ein, genau, und jetzt durch den Mund wieder aus. Okay, das machst du wirklich gut, wir machen ganz langsam, einfach nur den nächsten Schritt. Atme ein und hör mir zu, genau so, und wieder aus. Kannst du eine Sache nennen, die du spüren kannst? Du brauchst nicht zu sprechen, nenne sie einfach im Kopf.«

Die-Hände-einer-Frau.

»Hast du es im Kopf? Gut gemacht. Jetzt atmen wir weiter. Durch die Nase ein, Pause, durch den Mund aus. Genau so. Du bist immer noch in Sicherheit. Okay, Pen, kannst du zwei Sachen nennen, die du hörst?«

Menschen-reden-in-der-Ferne-die-Tür-knallt.

Pen nickt.

»Du machst das super. Jetzt wieder tief einatmen, ausatmen, und kannst du drei Dinge benennen, die du siehst, Pen?«

Meine-Füße-den-Boden-den-Rand-meiner-Brille.

»Kannst du jetzt deine Hände anschauen und etwas daran feststellen?«

Sie-zittern-nicht-mehr.

»Kannst du etwas benennen, das du schmeckst?«

Durst.

»Du machst das großartig, Pen. Atme durch die Nase ein, halt die Luft an, und dann durch den Mund wieder aus. Okay?«

Pens Kopf bewegt sich ganz leicht. Sie will die Hände der Frau abschütteln. Das ist ein gutes Zeichen, sie wird wieder sie selbst.

»Hier ist meine Nummer. Ich bin die nächste Stunde im Café, hier im Museum. Also wenn ihr irgendetwas braucht, ruft mich einfach an.«

Die Frau sieht Alice an, dann Pens gesenkten Kopf, dann wieder Alice. Alice nickt. Sie hat sie gerade erst wiedererkannt – die Frau, die vorhin das Foto von ihnen aufgenommen hat.

»Da draußen ist so viel Lärm, das kann jedem mal zu viel werden.« Ruth lächelt Alice an.

»Meinen Sie, ich sollte ihre Mutter anrufen?«

»Das ist Pens Entscheidung. Ihr beide seid …« Ruth hält inne. »Seid ihr schon achtzehn?«

»Wir sind beide sechzehn.«

»Okay, dann ja. Dann solltest du sie anrufen.« Ruth geht noch einmal in die Hocke und flüstert Pen zu: »Du hast das fantastisch gemacht, Pen. Das ist jetzt nicht angenehm, aber es wird vorbeigehen.« Sie steht auf und lächelt Alice wieder an. »Kommt ihr ab jetzt zurecht?«

Alice nickt. Ruth geht davon, unter dem Türbogen dreht sie sich noch einmal um und winkt ihnen zu. Alice blickt auf ihr Handy und die Visitenkarte. Kaum zu glauben, dass es nur zehn Minuten waren.

»Geht es dir wieder gut?«, fragt Alice.

Das Danach ist furchtbar. Kopfschmerzen. Pen tut alles weh, und sie muss sich das Telefon ans Ohr halten und sprechen, und das fällt ihr schwer. Sie hört Claires Stimme. »Atme weiter, Pen. Kannst du dich darauf konzentrieren, was du hörst, und den Blick auf den Boden richten oder auf deine Hände?« Pen nickt, und es ist, als wüsste ihre Mutter das. »Mach dich nicht fertig, Pen. Ich kenne dich, ich weiß, dass es dir peinlich ist, aber Alice hat dich gern.« Pen schüttelt den Kopf, sie will das nicht hören, will nicht, dass Alice es hört. Was sagt Claire jetzt?

Sie sagt irgendetwas. »Kannst du sagen ›Ein Dingo hat mein Baby geholt‹?« Das Zitat findet sie immer witzig, und Meryl Streep ist die beste Schauspielerin, und fast muss Pen lächeln, aber es ist zu anstrengend. »Wie fühlst du dich jetzt? Kannst du mir etwas nennen, das du in deinem Körper spürst?«

»Er tut weh.«

»Okay, das klingt nach einer Vorahnung davon, wie das Leben mit fünfundvierzig ist: schmerzhaft, aber nicht tödlich. Hör mal«, Claire atmet durch, »ich möchte dir den Tag nicht verderben, aber ich glaube, du solltest das als Zeichen nehmen, auf deinen Körper zu hören, und nach Hause fahren.«

Pen sieht ihre Mutter vor sich, wie sie in ihrem Büro sitzt und durch das Lamellenrollo auf die Wand vor ihrem Fenster blickt, umgeben von ihren Büchern und Papieren und den hundert Kunstpostkarten von Künstlerinnen, die sie mit Tesafilm an die Wand geklebt hat und deren Farben vom Abendlicht alle zu Blautönen ausgeblichen sind.

»Nach Hause zu fahren ist kein Versagen, Pen.«

Claire versucht es mit Vernunft, doch Pen sagt immer noch nichts.

»Na schön.« Claire seufzt.

Pen weiß, dass *schön* das Gegenteil von dem ist, was Claire meint, aber manchmal kommt es Pen gelegen, dass sie alles so wörtlich nimmt, und deshalb sagt sie wieder: »Okay.«

»Okay, schön, aber lass es ruhig angehen, ja? Besorg dir was zu essen, versprichst du mir das?«

»Ja, Mum.«

»Wir sehen uns zum Abendessen.«

»Okay«, sagt Pen, nicht weil es stimmt, sondern weil sie jetzt nicht mehr weiterreden kann.

»Fakten sind deine Verbündeten«, hat die Therapiefrau in der zweiten Sitzung gesagt, und Pen wünscht sich so sehr, dass sie jetzt hier wäre oder sie selbst dort in dem ruhigen, hoch oben gelegenen Therapieraum. Fakt ist: Das ist sie nicht. Fakt ist: Ihr tut alles weh. Fakt: Die Schmerzen in den Muskeln kommen von der Hypoxie, weil sie so dringend Sauerstoff brauchen. Fakt ist: Pen und Alice haben das Mittagessen ausgelassen, deshalb ist Pens Blutzucker im Keller, und daher kommen die Kopfschmerzen. Das sind Fakten, und diese Fakten sind mit dafür verantwortlich, dass es Pen so elend geht. Aber nicht nur deswegen ist ihr Körper so schwer wie Blei.

Alice sieht sich die Kinderzeichnungen an. In einer Ecke des Atriums gibt es einen ArtPod, und manche der Bilder wurden aufgehängt, die sieht Alice sich nun an. Sie lässt Pen Raum. Pen will diesen Raum nicht, weil es Raum ist, der sie trennt, und keiner, in dem sie zusammen sind.

Mühsam steht Pen auf, wartet, bis der Schwindel nachlässt, dann zieht sie die Schultern hoch und senkt sie wieder. Sie konzentriert sich darauf, wo sie sich befindet. Sie atmet ein. Dann geht sie zu Alice, und das kostet übermenschliche Kraft, und sie zittert wieder und muss sich daran erinnern, wie man atmet. Sie steht neben Alice.

Da ist ein Augenblick, Pen zögert und Alice zögert, und vielleicht halten gerade beide die Luft an. Und dann sagt Pen etwas.

»Bist du öfter hier?«

15:10 Uhr

Die Mädchen werden schon zurechtkommen. Sie haben Ruths Nummer. Trotzdem hat sie ein schlechtes Gewissen, weil sie einfach weggegangen ist. Sie ist im Café, falls die beiden Hilfe brauchen.

Lisa ist schon da, sie steht am Tresen, und in diesem Moment wendet sie den Kopf, sieht Ruth ins Atrium kommen und winkt ihr zu. »Hallo!« Lisa deutet auf die Kuchenauslage und die beiden Teller, die bereits vor ihr stehen: ein Stück Schokolade, ein Stück Zitrone.

»Danke«, sagt Ruth. »Du kennst mich viel zu gut!« Und Lisa wendet sich um, und vor ihrer Brust, eingekuschelt im Tragetuch, ist das Baby. Panik durchzuckt Ruth. Denn sie ist nicht darüber hinweg, die Sehnsucht ist nicht vergangen.

»Es ist so schön, dich zu sehen!«

»Und sieh nur« – Lisa deutet auf den leeren Raum um sich herum – »kein Kinderwagen, hurra!«

»Das ist toll.« Ruth nimmt das Tablett. Sie folgt Lisa zu einem Tisch in der Ecke.

»Aber, Gott, ich brauche eine Stunde, bis ich aus dem Haus bin, und dann fällt mir unterwegs ein, dass ich nicht mal in den Spiegel geschaut habe.«

Ruth weiß, dass sie etwas sagen muss. »Sie ist wunderschön, Lisa.« Der stolze und liebevolle Ausdruck auf dem Gesicht ihrer Freundin ist unverkennbar.

»Ja, nicht wahr?«

Es war schon schwer genug gewesen, mitanzusehen, wie im Frühling und Sommer Lisas Bauch wuchs, aber das jetzt ist viel schlimmer.

»Wenn du möchtest, kannst du sie später mal halten, aber jetzt ist sie gerade eingeschlafen. Mal sehen, ob ich hier überhaupt lange sitzen kann. Gott, ich bin am Verhungern. Das sagt einem vorher niemand. Es heißt immer nur ›Stillen verlagert das Gewicht‹, aber ich kann überhaupt nicht mehr aufhören zu essen.«

Ruth lächelt. »Nein, es steht dir fantastisch.«

»Hör auf. Zach muss solche Sachen sagen, aber dich brauche ich für die ehrlichen Ansagen.«

»Okay«, lenkt Ruth ein. »Du siehst ein bisschen müde aus.«

»Schon besser.« Lisa nickt und widmet sich ihrem Kuchen.

Ruth nimmt ebenfalls ein paar Bissen und spürt, wie ihr Blutzuckerspiegel ansteigt.

»Ich finde ja«, sagt Lisa, »es sollte eine Regel geben, dass man sich im ersten Jahr als Eltern nicht trennen darf, damit keine Frau befürchten muss, ihren Mann durch Essen, Heulen oder Furzen in die Flucht zu schlagen.« Sie macht eine Pause, damit der Witz seine Wirkung entfalten kann. Und sieht, dass Ruth versteinert ist. »Alles okay mit dir?«

»Oh, bitte«, sagt Ruth, »nicht die Therapeutinnenstimme.« Und offenbar schwingt etwas in ihrem Ton mit, denn Lisa nickt.

»Ich habe die Unterlagen vom Gesundheitsamt dabei,

am besten gebe ich sie dir, bevor ich es wieder vergesse. Das mit der Stilldemenz ist keine Übertreibung, wobei Zombiesklavin auf Schlafentzug es wohl besser trifft, was einem übrigens auch keine Sau vorher sagt. Hier« – Lisa schwenkt die Papiere – »im Anschreiben steht, dass die bestehenden Bedingungen einfach verlängert werden. Ein Glück, dass der Anwalt bei unserem Praxisvertrag so gute Arbeit geleistet hat, das ist alles ziemlich unkompliziert.«

Ruth erinnert sich an den Mann, an seinen Eifer und das Büro mit den vielen Kistenstapeln. Sie waren im letzten Moment nervös geworden und hatten sich nicht getraut, den Vertrag allein aufzusetzen, hatten irgendeine Form von Gütesiegel gebraucht. Wie lang es wohl dauert, überlegt Ruth, bis man das Gefühl hat, dass man weiß, was man tut?

»Dann kommst du also auf jeden Fall zurück?«

Lisa sieht überrascht aus. »Was? Natürlich! Ich meine, ich brauche das Geld, um die zweite Hypothek für sie hier abzuzahlen.« Mit offenkundig gespieltem Ärger blickt sie wieder an sich herunter. Ruth denkt an ihre tränenreichen gemeinsamen Freitagabende bei Wein im Nealon's zurück. Sie hatten denselben Kummer gehabt, bis, nun ja, bis Lisa und Zach Glück gehabt hatten. Eine kurze Pause entsteht, während sowohl Lisa als auch Ruth die winzige, zur Faust geballte Hand betrachten, die aus dem Tragetuch herausragt. Babyfingerchen.

»Es tut mir so leid, Ruth.«

»Ja, mir auch.« Warum sah Lisa, was Aidan nicht sehen konnte? Nämlich dass Ruth alles dafür gegeben hätte. Nur, und da hatte Aidan womöglich recht, hatte sie das dann doch nicht getan, nicht wahr? Sie hatte nicht *alles* gegeben.

»Es tut mir leid, Ruth«, sagt Lisa noch einmal. »Bist du okay?« Lisa sieht ihre Freundin an, und für einen Moment streift ein Ausdruck der Besorgnis über ihre Züge. Ruth hasst es, ertappt zu werden. »Wenn du darüber reden möchtest« – Lisa deutet mit dem Kinn auf den Kopf ihrer Tochter – »sie wird noch ein Weilchen schlafen.«

Was hat sie zu verlieren?

»Ich glaube, Aidan will mich verlassen.« Da ist es. Laut ausgesprochen. Und zum ersten Mal an diesem Tag fühlt es sich real an. Sie sucht im Gesicht ihrer Freundin nach Zeichen von Bestätigung. Lisa sieht – was? – nicht sonderlich überrascht aus.

»Oh Ruth. Weißt du, ob ... ich meine ...«

»Es gibt keine andere, falls du das fragen wolltest«, kommt Ruth ihr zuvor. Lisa schüttelt leicht den Kopf.

»Dann ist vielleicht alles okay. Männer gehen nur, wenn sie ein Ziel haben.« Doch sie kennen beide Aidan und seine Entschlossenheit, und noch während Lisa das sagt, wissen sie, dass er die Ausnahme wäre. Sanft schüttelt Lisa den Kopf und legt automatisch die Hand auf das Köpfchen des Babys, hält die Kleine ein bisschen fester.

»Um ehrlich zu sein«, sagt Ruth, weil Lisas sichtliches Mitleid sie nervt, »hatte *ich* etwas mit jemand anderem.«

»Eine Affäre?«

Und Ruth denkt wieder an jene Nacht, an das Taxi, das mit laufendem Motor darauf wartete, sie nach Hause zu fahren.

»Es war wirklich nur eine einmalige Sache.« Als wäre es dadurch okay.

Ruth hatte nach Hause fahren wollen, doch er hatte sie auf den Hals geküsst. Und sie vergaß, dass er fremd in der

Stadt war, und flüsterte: »Können wir irgendwohin gehen?« Wieder küsste er sie und sagte: »Zu mir ins Hotel?« Im Taxi überkam Ruth auf einmal ein unbehagliches Gefühl, doch er legte seine Hand auf ihre, und da spürte sie wieder diesen Rausch, den Rausch, begehrt zu werden.

»Mit wem? Ich meine, nicht, dass es wichtig wäre.« Lisa hat forschend den Kopf zur Seite geneigt.

»Niemand«, sagt Ruth. »Es war nichts. Er war zu einem Beratungsprozess in der Stadt, ein Däne, wir werden uns nie wiedersehen.« Ruth winkt ab, als wäre es keine große Sache, jemanden zu vögeln, der nicht der eigene Mann war. »Vielleicht bin ich ein schlechter Mensch.«

»Vielleicht bist du einfach nur ein Mensch«, sagt Lisa, und Ruth empfindet eine gewisse Erleichterung. Doch Lisa wirkt schon wieder abgelenkt.

»Oh«, sagt Ruth, und jetzt klingt sie besorgt, »bricht sie?« Aber es ist nur Spucke. Trotzdem sieht das Baby unzufrieden aus und ist ganz rot im Gesicht. Mit entschuldigender Miene schiebt Lisa ihren Stuhl zurück.

»Tut mir leid, am besten, ich stehe auf und schaukle sie ein bisschen.« Sie erhebt sich, doch jetzt fängt das Baby an zu weinen, und Lisa sagt: »Tut mir wirklich leid. Ich drehe eine kleine Runde, dann beruhigt sie sich. Bin gleich zurück und kann dir richtig zuhören.«

Lisa geht an der Schlange vor der Kaffeestation vorbei, als wäre es absolut nichts Ungewöhnliches, als wäre es ganz einfach, einen Menschen zu erschaffen und ihn herumzutragen und für ihn zu sorgen. Sie geht hinaus in den Flur und verschwindet unter einem Türbogen Richtung Foyer.

Es war nichts. Das war gelogen.

In seinem Zimmer waren sie wieder befangen gewesen, bis er sich auf die Bettkante setzte und sie sich zwischen seine Beine stellte, sich zu ihm hinabbeugte und sie sich wieder küssten. Oh ja. Und als er die Hände unter ihr Kleid schob, zog sie es sich über den Kopf und streifte dabei auch ihren BH ab, und er sagte: »Oh.« In Ruths Kopf lief die ganze Zeit ein Kommentarton mit: *Tue ich das hier gerade wirklich?*, bis er mit seinen großen Händen ihre Brüste zusammendrückte und diese Berührung ihr durch und durch ging. Von da an übernahm ihr Körper die Kontrolle, und Ruth, wer auch immer das war, folgte nur noch den Bedürfnissen dieses Körpers.

Sie setzte sich auf seinen Schoß, dann rollte er sie auf den Rücken und legte sich auf sie. Sein Glied war weich, so weich, dass sie Zweifel bekam, ob er überhaupt erregt war, doch dann war er in sie eingedrungen, und sie hatte die Hitze gespürt, fast augenblicklich zogen sich ihre Muskeln zusammen. Ruth war überrascht, untypisch für sie, aber er war anders, lag schwer auf ihr, drückte ihre Beine so weit auseinander, dass sie dachte, es zerreißt sie, aber auch das war lustvoll. Genau das Gegenteil von dem, was sie bei Aidan mochte, aber war das nicht genau der Grund, warum sie es wollte?

Gekommen war sie nicht, hatte aber so laut gestöhnt, dass das halbe Hotel vermutlich vom Gegenteil überzeugt war. Er sagte ihr, sie rieche unglaublich. »Unglaublich, unglaublich«, sagte er immer wieder. Und Ruth wollte am liebsten selbst mit beiden Händen über ihre Haut streichen, die sich plötzlich wie Seide anfühlte, weil ihr Körper tat, was sie von ihm wollte, er war nicht kaputt, nicht unbrauchbar, es war ein weiblicher Körper, ihr Körper.

Anschließend war er ins Bad gegangen, und sie hatte

allein und feucht in den Laken gelegen. Dann hörte sie, wie er das Wasser aufdrehte, und die Vorstellung, dass er sich die Hände wusch, bevor er zurückkam und sie wieder berührte … es mochte albern sein, aber Ruth glaubt, in diesem Moment hatte sie ihn geliebt.

Das Baby an der Brust wiegend, kommt Lisa durch den Türbogen zurück in den Cafébereich. »Entschuldige«, sagt sie. »Blöd, dass ich ausgerechnet jetzt weggehen musste. Lass uns bitte weiter darüber sprechen. Du warst … du warst …«

»Ich hatte einen One-Night-Stand«, sagt Ruth. »Mein Mann hasst mich, und mein Leben geht in die Brüche.«

»M-hm«, sagt Lisa. Eine kurze Pause entsteht. Ruth fängt zuerst an, ihr Atem geht schwer, sie beugt sich vornüber, auch Lisas Gesicht verkrampft sich. »Nein, nein«, scheint sie zu sagen, aber das ist kaum zu verstehen, weil sie beide jetzt laut lachen. Ein Stöhnen dringt aus Ruths Kehle. Dann kommen die Tränen, und sie schmecken nach Salzwiesen. Lisa schüttelt den Kopf. Das ist hysterisch, das ist undenkbar, Ruths Leben kann nicht in die Brüche gehen.

»Oh Gott, es tut mir leid, ich bin die schlimmste Freundin der Welt«, keucht Lisa. Zum Glück haben sie das Baby nicht aufgeweckt. »Meinst du … entschuldige«, Lisa macht ein ernstes Gesicht. »Meinst du, Aidan weiß davon?«

Ruth schüttelt den Kopf.

Sie war nach Hause gekommen, geduscht, aber noch immer mit der glühenden Empfindung, einen anderen Mann auf ihrer Haut, in ihrem Körper gespürt zu haben. Sie hatte sich zu ihm ins Bett gelegt, und er war kurz aufgewacht und hatte gefragt: »Schönen Abend gehabt?«, und sie hatte gesagt: »Ja« und sich von ihm abgewandt und auf die Seite gedreht. Der eigentliche Verrat.

»Ach, Lisa, es ist ja nicht so, dass ich das geplant hätte«, obwohl Ruth denkt, noch während sie es sagt, dass auch das nicht so ganz der Wahrheit entspricht. Denn vielleicht hatte sie sich die Vorstellung erlaubt, dass … was? … dass dieser Fremde sie mitnehmen würde, dass es der Anfang von etwas Neuem wäre, dass es, zumindest, ein Ausweg sein könnte.

»Ihr seid nicht die Ersten«, Lisa unterbricht sich, sie sieht aus, als suche sie nach Worten. »Ich meine, ihr könnt nicht das erste Paar sein, das ein bisschen … aus der Spur gerät. Wenn man so etwas durchgemacht hat wie ihr.«

»Mm-hmm«, macht Ruth, die nicht zustimmen möchte, obwohl Lisa ärgerlicherweise recht hat. »Es ist nur, Aidan hat mich so lange nicht mehr angefasst, ganz ehrlich, nichts, was ich tue, ist ihm gut genug, er sperrt mich einfach aus.«

»Und wie reagiert Aidan, wenn du den ersten Schritt machst?«

Und Ruth schüttelt den Kopf, weil Lisa, obwohl sie so klug ist, nicht versteht, worum es geht. »Es war einfach ein so gutes Gefühl, von jemandem berührt zu werden, der mich einfach um meiner selbst willen begehrt.« Herrgott, sie klingt wie ein kleines Mädchen, das einen Lutscher haben will.

»Hat Aidan denn heute Morgen irgendetwas gesagt oder getan, oder geht das schon länger?«

Wie hatte Ruth diesen Teil der Geschichte vergessen können?

»Er ist bei einer Konferenz, also eigentlich nicht mehr,

die Konferenz ist schon vorbei, aber er ist übers Wochenende in London geblieben, um … na ja«, und auch das wird real, während sie es ausspricht, »… um Abstand von mir zu gewinnen.«

»Bestimmt fühlt er sich auch einsam.« Lisa sieht, wie Ruth das Gesicht verzieht, und es ist nicht fair, ihre Freundin so darauf zu stoßen, aber es ist nun mal eine Tatsache, dass Ruth nicht der mitfühlendste Mensch ist. »Hast du ihn gefragt, was hinter der ganzen Sache steckt?«

Ruth schüttelt den Kopf. Ist es das, was du willst, Aidan? Es wäre so einfach, das zu fragen. Und doch hat sie es nicht getan. Denn nicht jede Verletzung kommt in Form einer Affäre daher.

»Wir haben immer so viel gelacht, weißt du?« Ruth lenkt das Gespräch in eine andere Richtung. »Und das tun wir überhaupt nicht mehr. Und irgendwie frage ich mich, irgendwie kommt es mir vor, als wären wir dem entwachsen.«

»Hast du heute mit ihm gesprochen? Vielleicht hat er es schon überwunden, vielleicht hat die Auszeit ja schon gereicht.«

Plötzlich kommen Ruth Zweifel, hatte er gesagt, er würde heute Abend zu Hause sein? Sie hatte es angenommen, aber vielleicht doch nicht? Er hatte doch bestimmt gesagt: »Bis morgen«?

»Ja, ich glaube, er kommt heute nach Hause«, sagt Ruth langsam, »dann werden wir wohl über alles reden müssen.«

»Willst du ihm davon erzählen? Von dem …«

»Nein.«

Lisa nickt. »Wahrscheinlich am klügsten so. Ich meine, es war ja nur eine einmalige Sache.« Das Baby regt sich wieder, und Lisa seufzt, streichelt ihm den Rücken und wiegt das kleine Bündel sanft. »Ihr beide könnt das schaffen. Ihr seid so ein gutes Paar, ganz ehrlich.«

Das Baby fängt an zu strampeln, dreht den Kopf von einer Seite zur anderen, und Ruth wünscht sich, sie hätten noch ein paar Minuten, vielleicht würden ihr dann die richtigen Fragen einfallen, die sie stellen muss, damit Lisa ihr die Antwort liefern kann.

Lisa steht auf, und Ruth sieht ihr die Müdigkeit an, wie sie sich darauf einstellen muss, die Bedürfnisse dieses Menschleins zu befriedigen.

»Vielleicht braucht sie frische Luft oder muss nach Hause«, schlägt Ruth vor.

»Wenn es für dich okay ist?« Lisa sieht ihre Freundin entschuldigend an.

Das ist es tatsächlich. Ruth wäre sogar erleichtert, wenn die beiden gingen.

Lisa zieht sich die Schichten aus Mantel, Schal und Tasche an. »Ich bin eine notorische Spielverderberin.« Sie versuchen sich um den Babyberg herum zu umarmen.

»Meld dich, und halt mich auf dem Laufenden. Wir können jederzeit reden. Zum Schlafen komme ich ja ohnehin nicht. Sorry, blöder Witz.« Lisa lächelt freudlos.

Und Ruth denkt, es liegt nicht nur an ihr, sie sind beide befangen, nachdem Ruths Geständnis in der Welt ist.

»Mach dir keine Sorgen.« Lisa lächelt. »Ihr findet einen Weg. Sagen wir das nicht immer? Man kann für alles eine Lösung finden.«

Ruth nickt und streicht dem Baby behutsam über den Kopf.

»Entschuldige«, sagt Lisa, als sie sich trennen, »jetzt hast du sie nicht mal halten können.«

16 Uhr

»Haben Sie noch etwas in den Taschen, Sir?«

Aidan schüttelt den Kopf und blickt auf den Inhalt der Box.

»Und Ihre Schuhe, Sir.«

Er blickt auf seine Füße und dann wieder zu dem Sicherheitsmann. Dümmlich fragt er: »Schuhe?«

Der Sicherheitsmann nickt. »In die Box bitte.«

Eins vergisst man immer: Gürtel, Portemonnaie, Jacke, Laptop auspacken, Flüssigkeiten. Schuhe. Er bückt sich, löst die Schleife, richtet sich wieder auf und streift sie mit den Zehen ab, wie es seit Kindheitstagen seine Gewohnheit ist. Irgendwann hatten es Flughäfen mal auf Regenschirme abgesehen gehabt. Lauter Waffen. Aidan stellt die Schuhe in die Kiste und schiebt sie aufs Förderband.

»Treten Sie bitte zurück, Sir. Warten Sie auf das Zeichen.«

Aidan tritt aus dem nummerierten Kreis heraus, bleibt unschlüssig stehen, wartet auf das Nicken eines anderen Sicherheitsmitarbeiters. Dieser winkt ihn durch den Scanner.

»Hände über den Kopf, Sir.«

Noch nie in seinem Leben ist Aidan so oft mit Sir angesprochen worden. Wurde das Scannerbild von seinem Körper wirklich irgendwo auf einem Bildschirm angezeigt? Sollte er sich deswegen Sorgen machen? Was müsste passieren, damit er aufhört, Anweisungen zu befolgen? Als er aus dem Scanner tritt, sieht Aidan, dass seine Kiste glücklicherweise unbehelligt durchgegangen ist. Jetzt muss er sich hektisch wieder zusammensetzen. Warum ist einem immer zu warm, wenn man seine Jacke auf dieser Seite der Sicherheitskontrolle wieder anzieht? Aidan wirft einen Blick auf die Menschen, die auf weitere Gepäckkontrollen warten, und geht, nun doch ein bisschen dankbar, zum Hauptterminal. Es ist eine leicht verstörende Erkenntnis, dass er sich auf einer Galerie befindet. Links von ihm John Lewis, unter ihm die Lichter des Leon-Restaurants. Aidan wendet sich nach rechts und öffnet mit einem Gefühl der Erleichterung die Tür zur Airline-Lounge.

»Darf ich Ihren Boardingpass sehen, Sir?«

Der irische Akzent klingt freundlich, vermittelt Zugehörigkeit. Nicht, dass das Englische unhöflich wäre. Aber Engländer, denkt er, sind oft etwas direkter. Wie Sophie, die ihn am Freitag gefragt hatte, ob er mit ihr ausgehen wolle: »Ich würde dich gern kennenlernen.« Vielleicht lag es auch daran, dass sie jünger war.

»Waren Sie schon einmal in unserer Lounge, Sir?« Und als Aidan nickt: »Dann einen angenehmen Aufenthalt. Und denken Sie daran, dass wir Kurzstreckenflüge nicht aufrufen, behalten Sie die Anzeige im Blick.«

»Vielen Dank.« Den Koffer hinter sich herziehend, geht er zu den größeren Sesseln vor den Fenstern. Der Bereich ist so gut wie leer, und Aidan fragt sich, ob sich der Betrieb einer so großen Lounge überhaupt lohnt. Vermutlich sparen sie dafür am Essen. Nur ein paar Cracker und diese Mini-Käsedinger. Immerhin eine voll ausgestattete Bar.

Heute Morgen hatte sein Handy vibriert, einer dieser Rückblicke: SIEH DIR AN, WAS DU VOR ZWEI JAHREN GEMACHT HAST, und er hatte es angeklickt, bevor ihm einfiel, dass er vielleicht gar nicht daran denken wollte, was vor zwei Jahren war. Aber es war nur der Blick aus einem Flugzeugfenster, der Ort unmöglich zu erkennen. Er denkt an das andere Foto, das er heute Morgen gesehen hat, ein Status-Update. Ein blau-weißer Badeanzug, ein dicker Bauch und die Bildunterschrift: VIER JAHRE, VIER IVF-ZYKLEN, WIR SIND SO GLÜCKLICH.

Aidan steht auf, geht zur Kitchenette und nimmt eine Flasche Sprudelwasser aus dem Minikühlschrank. Stellt sich ans Fenster. Er sollte etwas Praktisches tun, sich zum Beispiel etwas zu essen für den Flug besorgen. Er sollte Ruth schreiben, ihr sagen, dass er auf dem Heimweg ist. Ach, nein, er würde sie nur stören. Während der Sitzungen hat sie das Handy ohnehin ausgeschaltet. Vielleicht packt er den Laptop aus? Aber er hat sich krankgemeldet, er will keine Verwirrung stiften, indem er jetzt Dateien checkt. Für Aidan ist Arbeit kein solcher Trost wie für Ruth. Sie hat sich dahinter verschanzt wie in einem verdammten Bunker. »Ich arbeite«, das war ihr zuverlässigstes Mantra, um jede Diskussion abzuwürgen. Wobei sie, das durfte er der Fairness halber nicht vergessen, ein Erfolgserlebnis gebraucht hatte. Ein Flugzeug rangiert auf dem Rollfeld.

Aidan hatte sein Versprechen damals ernst gemeint, er hatte ehrlich daran geglaubt, dass sie nach dem zweiten

Mal aufhören würden. Aber der zweite Zyklus war abgebrochen worden, weil keine lebensfähigen Embryonen entstanden waren, und da hatten sie natürlich weitergemacht. Und jedes Mal hatte er seine ganze Liebe in das Ritual von Follikeln und Entnahme und Reifung und Befruchtung gesteckt. Und jedes Mal dieselben Emotionen. *Hoffnung. Angst.* Er hätte nicht gedacht, dass Hoffnung noch schlimmer als Angst sein würde. Jedes Mal, wenn das Telefon klingelte und es Neuigkeiten gab, rollten diese beiden Gefühle wie Wellen durch seinen Körper. Und er sah, wie sich Ruths Gesicht aufhellte, wie sie strahlend zu ihm aufsah oder wie es sich verfinsterte und sie völlig in sich zusammensank.

Der dritte Zyklus war eine besonders harte Herausforderung gewesen, Ruths Hormone eine Albtraum-Achterbahn. Doch am Ende kam ein positiver Test heraus, die Linie war dunkler als beim letzten Mal, und Ruth sagte, diesmal fühle es sich anders an. Richtig. Die in der Klinik gemessenen hCG-Werte waren hoch und stiegen ordnungsgemäß weiter an. Die Gefühlswoge bestand diesmal aus reiner, echter Hoffnung. Beim Zehnwochenscan hörten sie den schnellen, kräftigen Herzschlag. Beim Zwölfwochenscan hörten sie ihn wieder und sahen die verschwommenen schwarz-weißen Schemen ihrer Zukunft. Sie hatten angefangen, es anderen zu erzählen, Listen mit ihren Lieblingsnamen aufzustellen. Niamh. Mia. Luke. Aidan hatte neben dem Bett gekniet und die Worte an Ruths Bauch geflüstert, als wäre er Merlin. Dreizehn Wochen Glück.

Sie musste schon eine Weile Schmerzen gehabt haben, bevor sie ihm davon erzählte. Aidan erinnert sich an den

Ausdruck der Gewissheit auf ihrem Gesicht, während er sich noch an Möglichkeiten klammerte. Doch in der Nacht wurde es unausweichlich real, als er sie diese schrecklichen Miniwehen durchleiden sah und anschließend die Blutklumpen, als er die Handtücher wechselte, die er ihr untergelegt hatte. Am Schluss saß Ruth auf der Toilette und Aidan auf einem Stuhl in der Tür. Sie fing das winzig kleine Etwas mit den Händen auf. Ihm fiel nichts anderes ein, als es in ein Tuch zu wickeln. Am nächsten Morgen, während Ruth noch schlief, hatte er das kleine Bündel ins Krankenhaus gebracht. Fast eine Stunde musste er dort im Auto gesessen haben, nicht in der Lage, hineinzugehen, sich zu verabschieden.

Warum hatten Ruth und er nie über diesen Vormittag gesprochen? Und warum hatten ihn danach alle, selbst Ruth, wie einen unbeteiligten Zuschauer behandelt? Nein, das ist nicht fair, er ist ihr gegenüber wieder nicht fair. Trotzdem spürt er, dass ein Stück Wahrheit darin steckt.

Die Stille in der Lounge wird ihm unheimlich, verstärkt das Gefühl seiner Unentschlossenheit. Wie unglücklich ist zu unglücklich?

Obwohl auf der Anzeigetafel immer noch GATE IN 10 MINUTEN steht, nimmt Aidan seinen Koffer. Er wird nach unten gehen und Ablenkung suchen im Trubel des Terminals, im Leben anderer Menschen.

16:13 Uhr

»Ich hab das Gefühl, in Clubs zu gehen, gibt mir einfach nicht mehr so viel. Und es ist schwierig, sich mit den Leuten am College zu unterhalten, die noch total darauf abfahren.«

Sie stehen am Infostand, und Jo sagt diese Worte zu ihrem Freund Sam, und Sam nickt. Und obwohl Alice noch nie in einem Club war und bei dem Wort *Club* nicht einmal irgendwelche Bilder in ihrem Kopf erscheinen, abgesehen vielleicht von einer Tanzfläche, stimmt sie zu.

»Oh, ja.«

Und als Jo sie ansieht und lächelt, muss Alice weitermachen. »Früher bin ich auf Partys gegangen, bei Freunden von mir, und da ging es nur darum, was man anzieht oder wen man abkriegt, und ich will einfach nur ...« Alice verstummt.

»Du willst echte Gespräche führen, genau, über Sachen, die wirklich wichtig sind«, sagt Jo. »Ganz genau. Richtig so!«

Und sie stößt die Faust gegen Alice' Faust, die ihre Knöchel dagegenhält, und eigentlich müsste es unangenehm sein, aber es fühlt sich gut an. Einfach nur das, nur die Hand eines anderen Mädchens zu berühren, nicht mehr. Fühlen. Gut.

»Ist mit Pen alles okay?«, fragt Jo, und Alice fällt wieder ein, dass sie vorhin praktisch vor Jo weggerannt ist, als sie Pens Fehlen bemerkte. Und jetzt ist das alles zu groß, um es zu erklären. Alice' Wangen werden plötzlich heiß, sie wirft einen Blick zu Pen hinüber. Pen scheint es gut zu gehen, sie liest ein Flugblatt, aber vielleicht, denkt Alice, nimmt sie auch eine Miniauszeit, denn Lesen ist ihre Methode, um ein bisschen abzuschalten.

»Alles gut, wir hatten nur beide nicht zu Mittag gegessen.« Jo nickt. Und es ist die Wahrheit. Wenn auch nicht die ganze. Pens Mutter hatte gesagt »Holt euch was zu essen«, und dann: »Bitte, du und Pen, ihr wart auf eurer Demo, jetzt kommt bitte einfach nach Hause.« Sie waren aus dem Museum gekommen und hatten den Burritoladen entdeckt, und der war perfekt, weil er klein war, aber auch ruhig, und Pen nicht aufregen würde. Und es tat tatsächlich gut, etwas zu essen, auch Alice fühlte sich danach ausgeglichener. Und noch besser war es, auf den Square zurückzukommen und zu sehen, wie Jos Lächeln plötzlich aufblitzte, als sie Alice entdeckte.

»Alle reden so viel«, sagt Jo, und Sam nickt wieder, »aber manchmal kommt es mir vor, als wäre das alles bloß eine riesige Sackgasse, wir gehen und gehen, aber kommen nirgendwohin.«

»Arsch der Tüte«, sagt Alice.

»Entschuldige?« Jo lacht.

»Arsch der Tüte. Sackgasse heißt doch auf den Straßenschildern *cul-de-sac*, was eigentlich französisch ist und Arsch der Tüte heißt.«

Jo lächelt noch breiter. »Das ist so cool, dass du solche Sachen weißt. Darüber habe ich noch nie nachgedacht.«

Alice und Pen hatten das Schild einmal auf dem Nachhauseweg gesehen:

Cul
de
Sac

Pen hatte darauf gezeigt und »Arsch der Tüte« gesagt, es kam ein bisschen abrupt, wie manchmal bei Pen, und Alice dachte, das liege wahrscheinlich an ihrer Schüchternheit, weshalb sie in einem Ton, der hoffentlich cool klang, »Echt?« fragte. Dann erklärte Pen ihr, was das Schild auf Französisch bedeutete und dass man sie in Frankreich meist gar nicht so nannte, dort hieß es eher *voie sans issue*. Pen sagte, es sei schon verrückt, wie viele Wörter in unserem Alltag aus anderen Sprachen stammen, und wir verschwenden keinen Gedanken daran und ahnen gar nicht, wie viele Sprachen wir insgeheim sprechen. Alice hatte Pen ein bisschen von der Seite angesehen, denn mit Pen befreundet zu sein, war auch so, als würde man eine Geheimsprache sprechen.

»Ja«, sagt Alice zu Jo. »Hat mir Pen mal erzählt.«

»Wie lange bleibt ihr heute?«, fragt Sam, und Alice braucht einen Moment, bis sie begreift, dass sie gemeint ist. Wieder sieht sie kurz zu Pen.

»Äh, weiß nicht. Und ihr?«

»Na ja, wir campen ja.« Sam neigt den Kopf in Richtung der Zelte, die hinter den Geländern aufgebaut werden. Alice kommt sich furchtbar blöd vor.

»Ach, klar, weiß ich ja, sorry.«

»Wir halten in Schichten Wache, um Präsenz zu zeigen.« Jo lächelt. »Und um Zeit miteinander zu verbringen. Bisher kannten wir uns nur übers Internet.« Sie deutet auf ein paar andere, die ein Stück entfernt stehen. »Deshalb ist das alles so genial.«

»Ja, total.«

»Ihr habt wahrscheinlich Schule und könnt nicht über Nacht bleiben.«

Keine Frage, sondern eine Feststellung.

»Stimmt«, sagt Alice, »aber bis heute Abend kann ich bleiben. Ich könnte beim Aufbauen der Zelte helfen.« Und als Jo lächelt und kurz zu Sam hinübersieht, der die Augenbrauen hochzieht, woraufhin Jo ihr Lächeln unterdrückt, aber wieder Alice ansieht, weiß Alice, dass etwas vor sich geht. Sie wendet den Blick ab, betrachtet den Himmel, die Bäume, das Gras, die Zelte, die Menschen, und stellt sich vor, dass Jo sie noch einmal berührt. Was für ein Gefühl das wäre.

16:40 Uhr

Der Tisch sieht traurig aus, überall Kuchenkrümel, und Ruth ist allein, auch wenn die Erinnerung an Lisa und das Baby noch in der Luft hängt. Es gibt nur wenige Menschen in Ruths Leben, dafür sagt sie sich stets, dass sie zu ihnen besonders engen Kontakt pflegt. Aber das Baby ist einen Monat alt, und sie hat es gerade zum ersten Mal gesehen. Sie hatte sich ausgemalt, wie sie mit vorgekochtem Essen bei Lisa vor der Tür stehen würde, um ihren Kühlschrank und die Gefriertruhe zu füllen, weil Ruth nämlich eine gute Freundin war, jemand, der anderen half. Doch es war bei der Vorstellung geblieben, und deshalb musste sie vielleicht der Tatsache ins Auge blicken, dass sie nicht so großzügig war, wie sie es von sich gedacht hatte.

Ruths Handy vibriert, und es kostet sie übermenschliche Muskelkraft, das Gerät aus der Tasche zu kramen.

16:41 BOARDING.

Ruths Daumen schwebt über dem Display. Was soll man einem Mann sagen, der einen vielleicht verlässt?

OKAY.

Senden.

Die Museumstoilette, Ruth betritt eine der Kabinen. Ihr Mantel streift über die Klobrille, als sie sich umdreht, um die Tür zu schließen. Der Haken ist abgebrochen, deshalb stellt sie ihre Handtasche auf den Boden, reißt Papier ab und wischt damit über den Sitz, was auch immer das bringen mag. Sie seufzt, es ist eine Erleichterung, in einem Raum zu sein, der ein Schloss an der Tür hat. Ruth öffnet den Gürtel und setzt sich. Ein moschusartiger, fast beißender Geruch steigt von der Binde auf. Wieder die Blasenschwäche. War es vorhin beim Lachen passiert? So hat ihre Mutter gerochen, und sie erschrickt über die Vorstellung, dass sie auch das von ihr geerbt hat. Ruth spannt die Beckenmuskeln an, dann erlaubt sie sich zu pinkeln. Sie sollte öfter Beckenbodentraining machen, und zwar ernsthaft. Sie ist zu jung, um alt zu sein, Herrgott, sie joggt nicht mal mehr, weil sie Angst vor feuchten Flecken hat (Aidan läuft noch, mit schwarzem Stirnband und rot-gelben Joggingschuhen, aber immerhin).

Sie hört die Spülung in der Nachbarkabine, stellt sich die anderen menschlichen Körper vor, wie sie in einer Reihe sitzen und pinkeln und alles vom Wasser weggespült wird. Alles hinter verschlossenen Türen, als wäre es dadurch sauberer. Wenn man bedenkt, wie viel Zeit man so mit den Ausscheidungen seines Körpers verbringt, schenkt man ihnen recht wenig Aufmerksamkeit, und wenn überhaupt, dann nur im Privaten. Ist sie fertig? Sie spannt die Muskeln noch einmal an. Sie wird wirklich mit den Übungen anfangen. Anspannen. Locker lassen. Und war das Papier ein bisschen rosa? Was aus ihrem Körper kommt.

Sie waren schwanger gewesen. Ein verbotener Gedanke. Sie waren schwanger gewesen.

Es war im dritten Zyklus. Die positiven Tests bewiesen, dass sie wirklich und wahrhaftig Eltern werden würden. Nach dem Fehlalarm beim ersten Versuch und dem abgebrochenen zweiten hatten sie nicht zu früh feiern wollen. »Warten wir lieber bis zum ersten richtigen Ultraschall ab«, sagte Aidan. Und dann sahen sie im Untersuchungszimmer, in dem sie schon so oft gewesen waren, ihr Baby auf dem Bildschirm, hörten das Rauschen dieses winzigen Herzschlags. »Klingt ganz schön schnell«, sagte Aidan, aber die Schwester versicherte ihm, das sei normal.

Die Schmerzen begannen in der dreizehnten Woche. Sie krochen ihre Beine hinauf, und zuerst dachte Ruth, es wären nur die Venen, die unter dem Druck des zusätzlich produzierten Bluts standen. Dann kroch der Schmerz in ihren Bauch. Und dann kam das Blut. Nicht rostrot, nicht alt, sondern ein leuchtend roter Schwall. Und Ruth, die es auf ihrer Hand sah, sagte nichts. Verheimlichte es vor Aidan. Wenn sie es nicht aussprach, war es vielleicht nicht wahr.

Das Licht in der Museumstoilette – Neon von oben – ist nicht schmeichelhaft. Ihr Spiegelbild über dem Handwaschbecken wirkt zu blass, noch so ein Schreckgespenst ihrer Mutter: »Du siehst ausgelaugt aus«, sagte sie immer und hielt ihr die Schachtel mit den Eisentabletten hin. Und jetzt? Dunkle Schatten unter den Augen und rotfleckige Haut; schwer zu glauben, dass dieses Spiegelbild zu ihr gehören soll.

Die Schmerzen waren unerbittlich, krampften ihren Bauch zusammen, zwangen sie ins Bett. Aidan hatte sie im Arm gehalten und die Ärztin angerufen, die sagte, sie würde es wahrscheinlich an diesem oder dem folgenden Tag verlieren. Blutklumpen kamen, und Ruth fragte sich: Ist es das? Doch vorbei war es erst spät in der Nacht, als sie zusammengekrümmt auf der Toilette hockte und spürte, dass etwas sie verließ. Sie fing den Fötus auf. Hielt ihn schweigend fest. »Aidan«, krächzte sie, und er beugte sich behutsam vor und sah, wie sie das winzige Etwas in den Händen hielt. Sie hatten es in Papiertücher gewickelt, und Aidan hatte eine Schachtel geholt.

Der Seifenspender ist klebrig und tropft und hinterlässt eine grüne Glibberspur auf dem Keramikrand des Waschbeckens. Ruth versucht, sich aufs Händewaschen und das lauwarme Wasser zu konzentrieren.

Sie war so wütend gewesen. Noch nie zuvor hatte sie eine derartige Wut empfunden. Und vielleicht stellte diese Wut in ihrer Reinheit einen Schutz dar. Irgendwann in den folgenden Tagen hatte sie sich so weit erholt, dass sie aufstehen, sich anziehen, essen und sprechen konnte. Zur Arbeit gehen. Von außen muss es ausgesehen haben, als ginge es ihr gut. »Haben Sie das Bedürfnis, mit jemandem zu sprechen?«, hatte die Ärztin gefragt und ihr mit verlegener Miene eine Broschüre über das Zusatzleistungs-Beratungsangebot gereicht. Doch Ruth war zu wütend gewesen, um sich darauf einzulassen.

Sie wartete darauf, dass es ihr besser ginge, dass sie sich dazu in der Lage fühlte, dass sie irgendetwas anderes spüren würde als diese Wut. Fehlgeburten gab es oft, das wusste sie, das hatten ihr die Ärzte und Ärztinnen, die Schwestern und natürlich auch Aidan gesagt. Über so etwas sollte man hinwegkommen. Aber Ruth gelang es nicht. Diesem Gefühl, dieser Mischung aus Wut und Taubheit und Schuldgefühlen war Ruth bei ihrer Arbeit oft begegnet. Es war nicht logisch, es ergab keinen Sinn, und dennoch fühlte sich Ruth in den Monaten nach der Fehlgeburt, als wäre sie vergewaltigt worden.

Sie verlässt den Toilettenraum. An der Treppe im Zwischengeschoss bleibt sie stehen. Sie sollte hinuntergehen, durch die Eingangstür hinaus in die Welt. Aber sie ist noch nicht bereit für die Welt.

BOARDING.

Die Schritte zurückverfolgen, denkt Ruth, während sie in den alten Teil des Gebäudes zurückgeht. Als wäre das möglich, als könnte man jemals zurückkehren. Zwei Zyklen, hatten sie gesagt. Dann drei. Und dann hatte Aidan gesagt, ein viertes Mal, sie müssten es ein viertes Mal probieren. Und in ihrem Kopf kreiste unaufhörlich die eine Frage: Wie lange durfte man trauern, wie lange durfte sie sich taub und vergewaltigt fühlen?

Ruth weicht der Menschenmenge aus, biegt ohne ein konkretes Ziel nach rechts ab und findet sich in einem kleinen Innenraum wieder. Es ist dunkel, Licht fällt nur durch ein Buntglasfenster an der Wand herein. Die Farben lassen sie innehalten, leuchtende Blau-, Grün- und Rottöne. Es ist eine Pietà in Glas, Maria hält ihren verlorenen Sohn im Arm, das Licht scheint von ihrem Gesicht auszugehen. Der Künstler hat sie so positioniert, als hinge auch sie am Kreuz oder als wäre sie selbst das Kreuz, sie hält den leblosen Jesus, sein zerschundener Körper, geborgen in ihrem königsblauen Umhang.

Hat Maria mit Gott gesprochen, nachdem ihr Sohn

gestorben war? Wobei es ja nicht wirklich ihr gemeinsames Kind war. Wie ging Marias Leben danach weiter? Vielleicht hat sie überlebt, vielleicht hat sie dem Kreislauf der Rache entkommen können und lebte irgendwo allein in einer Hütte, vielleicht im Wald, weit fort von allen Menschen, die sie kannten. Vielleicht lebte sie als Selbstversorgerin, vielleicht erzählte sie ihre eigenen Geschichten und diente nur sich selbst. Vielleicht. Aber es gibt so viele gebrochene Frauen, denkt Ruth. Wir können uns nicht alle in Hütten im Wald flüchten. Da würde es verdammt voll werden.

17:05 Uhr

»Die Regierung ist so autistisch«, sagt der junge Mann, während er ihnen zeigt, wie sie die Bodenplane des Zelts glatt ziehen sollen.

Er sagt es nicht direkt zu ihnen, sondern im Gespräch mit seinem Freund, ebenfalls einem jungen Mann, der daraufhin nickt. *So autistisch.* Pen fragt sich, ob es nicht sogar besser wäre, wenn das stimmen würde. Dann fände sie nämlich eine Lösung für die Klimakrise.

Alice und Pen sind im Merrion Square Park geblieben, um beim Aufbauen der Zelte zu helfen. Es ist ein richtiges Zeltlager, die Proteste sollen eine ganze Woche dauern. Um sie herum lachen die Leute und haben Spaß, sie sind als Meerjungfrauen verkleidet, manche von ihnen aufwendig zurechtgemacht. Pen betrachtet die blaue Haut. Schönheit, die aus Angst entsteht.

Pen hat den Hering so tief in die Erde gedrückt, wie es geht, aber der Boden ist uneben, und sie ist nicht sicher, ob sie es richtig gemacht hat. Sie möchte Alice danach fragen, doch die ist schon zur nächsten Zeltgruppe weitergegangen. Pen ist kein großer Campingfan, wobei ein Garten *(hortus)* in der Stadt nicht dasselbe ist wie die Wälder *(silvae),* in denen Sandy mit ihnen spazieren geht und vom Leben unter freiem Himmel redet, als ob er Ahnung davon hätte. Ihr genügt es vollauf, hier zu stehen, sich mit dem Boden verbunden zu fühlen und den anderen einfach zuzusehen. Jo geht umher, lächelt alle an, sie ist beliebt, und Pen sieht zu Alice, die sich darauf konzentriert, einen Wimpel an einer Zeltspitze anzubringen. Was bedeutet das? Was bedeutet das alles? Die Antwort auf diese Frage weiß Pen, ohne dass sie darüber nachdenken müsste. Es ist kitschig und widerspricht allem, was die anderen, selbst ihre Mutter, von ihr denken, aber die Antwort ist offensichtlich: Liebe. Liebe konnte einen retten (nicht metaphorisch.) Manchmal ist einem kalt, und man hat Angst, und dann kommt jemand, aus Liebe, und stellt sich dazu und rettet einen. Aber noch etwas anderes ist offensichtlich. Obwohl man eigentlich wusste, dass es bei alldem um Liebe ging, verstand man es trotzdem nicht.

»Liebe sollte in beide Richtungen gehen«, sagt Claire, aber diese Wendung irritiert Pen immer, denn bedeutet es nicht, dass sich zwei verliebte Menschen in entgegengesetzter Richtung bewegten? Pen denkt, es könnte so sein wie sie und Alice heute in ihren jeweiligen Zügen, das ist ein gutes Bild. Aber es funktioniert nur, wenn die andere den Plan kennt und beide an der richtigen Haltestelle aussteigen, damit sie sich auf halber Strecke treffen können. Sich auf halber Strecke zu treffen, das ist für Claire auch so ein Ding. Aber was ist, wenn die andere Person sich in einem anderen Zug befindet oder sogar auf einem ganz anderen Weg?

Alice ist wieder da. Alice lächelt und redet.

»Die anderen treffen sich gleich noch«, sagt sie. »Sie fragen, ob wir noch bleiben wollen, also, länger?«

Zuerst versteht Pen die Frage nicht. Noch bleiben? Wo? Und mit wem? Alice' Miene verändert sich. Sie berührt

Pen am Arm und sieht sie auf eine Art an, auf die Pen nicht angesehen werden möchte. (Ist jetzt alles okay mit dir?) Pen konzentriert sich, und als sie wieder aufblickt, lächelt Alice' Gesicht wieder. Pen atmet.

»Entschuldige, Pen. Ich meinte: Jo hat gefragt, ob wir mit ihnen noch etwas trinken wollen. Da vorn ist ein Pub, wo sie gern hingehen.« Alice zeigt in eine Richtung. »Das soll echt gut sein, da gibt's regional produzierte Getränke und so. Was meinst du? Wollen wir mit Jo noch was trinken gehen?«

Pen wünschte, sie und Alice wären wieder in dem Burritoladen, wo es warm war, nur sie beide, und wo sie auf Hockern am Fenster saßen und hinausschauten, denn darin war Pen wirklich gut, sie konnte durch die Scheibe sehen und wirklich wahrnehmen, was sich in der Welt da draußen abspielte. Aber jetzt sieht Alice Pen mit großen Augen an, wie sie es normalerweise nicht tut. Das ist fast zu viel für Pen, am liebsten würde sie die Augen schließen. Aber das tut sie nicht, weil sie weiß, dass es andere Menschen verletzt, dass es Alice verletzen wird. Also schaut sie stattdessen auf den Boden.

»Ja?«, fragt Alice, als hätte Pen genickt und nicht bloß den Blick gesenkt. »Aber nur, wenn es für dich okay ist?«

Alice' Stimme klingt, als wäre sie froh, und deshalb hat Pen ein gutes Gefühl dabei, obwohl dieser Plan ohne sie entstanden ist. Doch als sie Alice wieder ansieht, ist deren Gesicht ein bisschen ernst geworden.

»Ich meine«, sagt Alice, »wir können dich auch zum Bahnhof bringen, wenn dir das lieber ist? Der Pub ist auf der anderen Flussseite, da kämen wir am Bahnhof vorbei, und du könntest nach Hause fahren.« Alice hebt die Stimme am Satzende, als wäre es eine Frage.

Pen möchte sagen, warte kurz, damit sie herausfinden kann, ob es eine Frage ist, oder möchte Alice wirklich, dass Pen fährt?

»Es ist okay, wenn du nach Hause möchtest, Pen.«

Aber das ist nicht okay, sie haben nachher nämlich ein Date, das will Pen sagen. Aber Alice weiß noch nicht, dass es ein Date ist, und deshalb muss Pen stattdessen etwas anderes sagen.

»Ich will nicht nach Hause«, sagt Pen. »Ich … also, ich habe später eine Überraschung für dich.«

Die Überraschung ist folgende: Alice hat erst im Dezember Geburtstag, sie ist sozusagen ein Christkind. Alice hasst ihren Geburtstag, und sie hasst Lametta. Aber sie mag die kleinen weißen Lichterketten, die hängen das ganze Jahr über in ihrem Zimmer. Trotzdem schaudert es sie, wenn jemand *Weihnachten* sagt. Deshalb hat Pen diese Überraschung für sie, es ist ein verfrühtes Geburtstagsgeschenk, und wenn sie es Alice überreicht, wird Alice verstehen, dass Pen alles extra für sie geplant hat, und sie wird Pen ansehen, und dann wird alles gut sein. Und das alles bedeutet: Pen muss mit in den Pub.

»Aber vielleicht ist der Pub zu viel für dich. Es könnte laut sein. Das könnte dich wieder verwirren oder so? Ich meine, du trinkst ja nicht mal.«

Pen sieht, dass Alice' Augenbrauen eng zusammengezogen sind, Alice guckt also kritisch. Pen überlegt, ob Alice trinkt und was Alice mit *verwirren* meint, aber irgendetwas muss sie sagen.

»Ich habe eine Überraschung für dich, später.« Sie wiederholt sich bloß und weiß nicht, ob das von Entschlossenheit zeugt oder nach Betteln klingt.

»Schon gut, ich kann meine Überraschung auch ein andermal bekommen. Es ist okay für mich, wenn du nach Hause willst. Ehrlich.«

Pen spürt ein Zittern tief unten im Bauch, denn jetzt ist es, als wäre Alice mit ihren Freunden unterwegs und Pen wäre das Anhängsel, und nicht so, als wäre sie mit Alice hier. Das mit dem Pub ist eine ganz schlechte Idee, hört sie die Stimme ihrer Mutter. Zählen wir die Trigger auf. Pen will nicht über Trigger nachdenken, sie will nur Alice' Hand halten, obwohl sie sich der Erinnerung daran, dass sie das heute getan hat, bereits jetzt nicht mehr ganz sicher ist.

»Die Überraschung muss heute sein.«

Alice' Gesicht sieht aus wie das von Claire, wenn sie sagt, Pen sei stur und stelle sich quer, und Pen strafft die Schultern.

»Dann kommst du mit in den Pub? Super!« Alice lächelt.

»Ich komme mit in den Pub«, sagt Pen.

Pen sieht, wie Alice zurückrennt, das ist das einzige Wort dafür, sie rennt zu der Gruppe, die immer noch lachend am nächsten Zelt steht, und hüpft sie tatsächlich auf und ab, oder steht sie vielleicht nur auf Zehenspitzen, kann aber jeden Moment in die Luft springen, das ist ein Bild des Glücks. Und Pen hat es möglich gemacht.

17:08 Uhr

Wie sich herausstellte, waren sie kein Team. Alle Gelegenheiten, bei denen Ruth ihre wahren Gefühle hätte äußern können, bei denen sie hätte sagen können »Ich fühle mich vergewaltigt«, waren ungenutzt an ihr, an ihnen beiden vorübergestrichen. Ruth hatte befürchtet, Aidan würde nur versuchen, ihr dieses Gefühl auszureden, wenn sie ihm davon erzählte. Oder, noch schlimmer, er würde sie ansehen, als ob sie ihm vorwerfe, an dieser Vergewaltigung beteiligt gewesen zu sein. Und so hatte Ruth ihrem Mann nicht die Wahrheit gesagt.

Nach der Fehlgeburt hatten sie eine Pause eingelegt, nur für ein paar Monate, dachten sie zuerst, doch sie hatte sich über ein Jahr hingezogen. Und nach und nach war Ruth aufgegangen, dass sie nicht mehr weitermachen wollte. Aber Aidan empfand anders. Er wollte nicht, konnte nicht *einfach aufgeben*. Und Ruth konnte es ihm nicht verwehren, schließlich gab es noch einen Embryo aus dem dritten Zyklus. Also versuchten sie es erneut. »Es wird ein milder Zyklus«, hatte Aidan gesagt. Am Tag der Einpflanzung hatte Ruth während der schmerzhaften, demütigenden Prozedur stumm geweint. Hose aus, Unterhose aus, Kittel an. Füße hoch. Knie auseinander. Instrumente rein. Aidan hatte ihre Hand gehalten. Und

Ruth hatte ihn in jeder einzelnen Sekunde gehasst. Weil er ihr das antat.

Geh weiter, sagt eine Stimme in Ruths Kopf, und sie setzt einen Fuß vor den anderen, in den nächsten Raum. Sie blickt sich um. Zurück blickt das Porträt einer Frau, die mit einem Kind auf einer Bank sitzt. Eine Landschaft und ein Mann, der sie einer Frau in wallendem Kleid zeigt. Aidan mag solche Bilder in vergoldeten Rahmen. »Sie sehen aus wie echt, wie richtig echte Menschen«, sagt er dann.

Sie geht durch eine weitere Tür, und da ist ein Gemälde, das wie eine Collage aussieht, wie der Umriss eines Hauses, das Innere eines Menschen. Kubistisch, heißt das so? Ruth beugt sich vor und liest das Schild an der Wand:

Decoration *von Mainie Jellett (1897–1944)*

Tempera auf Holz
Nachlass Evie Hone, 1955
NGI.1326

Da ist kein Gesicht, kein Körper, nur Formen. Gerade Linien, scharfe Kanten, abgerundete Ecken, bunte Punkte am Rand, rot, gelb, blau und schwarz, in der Mitte größere Formen in Grau und Gold. Irgendwie sind abstrakte Bilder leichter zu betrachten, leichter auszuhalten. Ruth versetzt sich in dieses Bild hinein, stellt sich vor, darin aufgehoben zu sein. Lächerlich, denkt sie, ich mache mich lächerlich, aber die Sehnsucht ist real. Sie muss ein Geräusch gemacht haben, denn der Mann neben ihr hüstelt. Er ist älter und wirft ihr einen Seitenblick zu, während er sich vorbeugt und den Namen des Bildes liest. Sie war zuerst hier, es ist *ihr* Bild, warum sollte sie zurücktreten. Doch sie tut es, sie macht ihm Platz.

Zehn Tage Warten. Die Unerträglichkeit der Zeit.

Wieder negativ.

Anschließend, nachdem sie das Sprechzimmer der Ärztin verlassen hatten, nach den mitleidigen Blicken und den leisen Stimmen und dem angebotenen Glas Wasser für Aidan, dem Tränen übers Gesicht rannen, der aber keinen Laut von sich gab, nachdem sie ihre Mäntel wieder angezogen hatten und die Frau am Empfang gesagt hatte, sie würde die Rechnung schicken, machen Sie sich jetzt keine Sorgen deswegen, nach all dem hatten Ruth und Aidan auf der Straße vor der Klinik gestanden. Menschen gingen und fuhren vorbei, lebten, als wäre nichts geschehen. Schließlich sagt Aidan: »Was willst du jetzt machen?«, und sie hatte gesagt: »Ich kann nicht mehr. Das war's.«

Er hatte sie mit unbewegter Miene angesehen, und Ruth erkannte zu spät, dass er hatte wissen wollen, ob sie einen Kaffee trinken, mit dem Taxi nach Hause fahren oder zur Arbeit gehen wollte. Sie hatte es zu früh gesagt. Aidan drehte sich um und ging, fort von ihr, den Hügel hinauf. Mit hängenden Schultern schleppte er sich voran, und sie folgte ihm, rief ein paarmal seinen Namen, doch er reagierte nicht. »Warte!«, schrie sie, woraufhin er kurz stehen blieb, sich aber sogleich wieder in Bewegung setzte, als sie ihn eingeholt hatte. Und so ging es auf dem ganzen Heimweg. Sie hätte ihm nachlaufen, sich ihm an den Hals werfen sollen, ihn zwingen sollen, sie zu umarmen. Aber sie hatte nicht einmal versucht, ihn zu berühren. Darin hatte Lisa recht.

Ruth seufzt und wendet sich von dem Gemälde ab, hier wird sie keine Antworten finden. Als sie davongeht, sagt der weißhaarige Mann: »Es gefällt Ihnen. Ich kann sehen, wie sehr Ihnen dieses Bild gefällt. Sie bringen mich dazu, selbst ein Lieblingsstück finden zu wollen.« Und geht lächelnd davon.

Wie sehr wir uns doch missverstehen, denkt Ruth. Vielleicht waren Aidan und sie letztendlich nicht an den Kliniken, den Spritzen und den Ergebnissen zerbrochen. Es war das Danach, das sie nicht hinkriegten. Die Trauer hatte ihnen nichts mehr füreinander übrig gelassen.

»Ist es das, was du willst?«, hatte Aidan gestern Abend gefragt, und Ruth hatte zum Fenster geblickt, das von der Nacht dahinter in einen Spiegel verwandelt worden war und in dem sie nun ihren Körper und ihr Haus und ihr Leben sah, und sich mit alldem nicht mehr verbunden gefühlt. Als sie keine Antwort gab, wurde es still in der Leitung. Sie hörte ihn nicht einmal mehr atmen. »Bist du noch da?«, hatte sie gefragt.

Im Museumsshop gibt es keine Postkarte von dem Gemälde, weshalb sie sich für eine andere Jellett entscheidet: *A Composition*. Hier im Shop wird alles Mögliche verkauft, nicht nur Kunst und Postkarten, es gibt auch Puzzles und Tassen und Schreibwaren. Ruth will nichts davon, sie weiß nicht mal, warum sie überhaupt etwas kauft, aber jetzt hält sie die Karte in der Hand, also stellt sie sich an der Kasse an und bezahlt.

Am Ende wollte das wohl keiner von beiden. Aidan hatte einen Schuldigen gebraucht, und Ruth, die nicht wusste, was sie sonst hätte tun sollen, hatte die Schuld von ihm angenommen. Als die Person hinter ihr unruhig wird, merkt Ruth, dass sie die Nächste an der Kasse ist. Sie bietet die Karte dar wie eine Opfergabe, damit die Kassiererin sie ihr aus der Hand nehmen und in eine Papiertüte stecken kann. »Ich bin hier«, hatte er schließlich am anderen Ende der Leitung leise gesagt, und in diesem Moment waren sie einander fast nahe gewesen.

Unter dem Glas der Vitrine sieht Ruth eine Kette, einen zarten goldenen Faden mit kleinen Holzwürfeln in Rosa und Gold. Sie streicht mit dem Finger über das Glas und hinterlässt einen Fleck.

»Haben Sie alles gefunden, was Sie suchen?«, fragt die Kassiererin nun, und Ruth erschrickt. Sie will nein sagen, will anfangen zu weinen, sich vor der Frau auf den Boden werfen und einfach nur heulen.

»Haben Sie alles gefunden, was Sie suchen?«, fragt die Frau noch einmal, als hätte Ruth sie beim ersten Mal nicht gehört. Dabei ist es gar keine richtige Frage, wie sich herausstellt, sondern nur eine Art, auf Wiedersehen zu sagen.

17:12 Uhr

»Der Punkt ist«, sagt Jo, »wenn wir die Emissionen über zehn Jahre nur um fünf Prozent zurückfahren, senken wir die Wahrscheinlichkeit eines Temperaturanstiegs um fünfzig Prozent. Es muss radikaler sein. Wir müssen uns vorstellen, wie eine Welt mit null Emissionen aussehen würde.« Jo ist eine Haarsträhne ins Gesicht gefallen, sie wickelt sie um ihren Finger und steckt sie sich hinters Ohr.

Pen betrachtet Jos Ohr, einen Strudel aus rosa Haut und Knorpeln. Pen fragt sich, wie das sein kann: Wenn sich alle einig sind, wenn jeder in diesem Raum der Überzeugung ist, dass dies die Krise ihrer Generation ist, wenn die Wissenschaftlerinnen und Wissenschaftler ihnen zustimmen und die Regierungen ihnen recht geben und einräumen, dass es ernst ist und sie etwas unternehmen müssen und es-zur-Priorität-erklären … warum passiert es dann trotzdem?

»Die Regierungen müssen auf uns hören, aber die schauen immer alle bloß auf die Wirtschaft, die Wirtschaft, die Wirtschaft. An das Leben wollen sie nicht denken – an die unendlich vielen Leben, die sie stehlen. Das Ökosystem bricht schon jetzt zusammen, Menschen sterben. Wir erleben hier in Irland Überflutungen und Dürren, dabei haben wir ein gemäßigtes Klima – könnt ihr euch vorstellen, wie es in extremeren Klimazonen aussieht?«

Alice hatte gesagt: »Wir finden bestimmt leicht einen Platz, es ist ja noch Nachmittag«, als wäre sie andauernd nachmittags-im-Pub-in-der-Stadt. Pen hatte genickt.

»Und Flüchtlinge. Ich meine, was wir jetzt erleben, ist noch gar nichts im Vergleich zu den Klimaflüchtlingen. Man wird Kriege um Wasser führen. China entzieht Afrika so viele Bodenschätze und verschifft seine natürlichen Ressourcen. Und in mancher Hinsicht ist es wieder genau wie Sklaverei. Und wir alle sind daran beteiligt. Die Bösen sind nicht irgendwo da draußen«, Jo macht eine weit ausholende Handbewegung, »die Minerale landen in Fabriken in China, und *wir* kaufen den ganzen Kram, der dort hergestellt wird. Chinas Norden ist im Grunde eine einzige Megafabrik, die Menschen dort haben seit Jahren den Himmel nicht mehr gesehen und tragen wegen der Luftverschmutzung Masken.«

Alice hatte aufgeregt und nervös ausgesehen. Als sie am Bahnhof vorbeikamen, hatte Pen entschlossen zur anderen Straßenseite geblickt und beinahe gesagt: Guck mal, die Science Gallery! Aber Alice war gerade richtig in Fahrt über »die da oben«, und Pen wollte nicht kindisch rüberkommen. Und Alice behielt recht, sie finden tatsächlich leicht einen Platz, die leeren Tische stehen alle in einer Reihe an einer Seite des Pubs. Ihr Dad nannte solche Lokale Altherrenpubs, abwertend natürlich. »Warum macht man das nicht modern?«, war einer von Sandys Kehrreimen. Tatsächlich sind gar keine alten Herren hier, nur sie beide, und die Mitarbeitenden sehen ebenfalls jung aus. Aber trotzdem weiß Pen jetzt, was

Sandy meint: Es verströmt eine gewisse Altherrenhaftigkeit.

»Niemand will zugeben, dass wir am Kipppunkt stehen, alle reden von zehn Jahren, aber wir brauchen sofort globale Anstrengungen, der Klimawandel wird von Staaten verursacht, aber die Auswirkungen halten sich nicht an Grenzen, die werden überall zu spüren sein. Wir brauchen einen koordinierten Emissionsstopp. Was da auf uns zukommt, hat es noch nie zuvor gegeben. Wir müssen den Leuten bewusst machen, dass das real ist.«

Als es vor ein paar Jahren richtig schlimm wurde, noch bevor das Wort Autismus zum ersten Mal fiel, bevor Pen sicher wusste, dass sie nicht kaputt war, hatte sie Claire gefragt, was diese an Pen ändern würde, wenn sie die Möglichkeit hätte. Pen hatte mit dem Gesicht zur Wand gestanden und sich mit der flachen Hand vor die Brust geschlagen, weil sie nur so spüren konnte, dass sie real war.

»Was«, hatte sie zwischen den Schlägen atemlos hervorgebracht, »was würdest du ändern? Sag es mir!«

»Pen, bitte. Hör auf, dich zu schlagen, damit wir reden können.«

»Was – würdest – du – ändern?«

Also hatte Claire es ihr gesagt:

»Die anderen.«

Das, hatte Claire gesagt, sei alles, was sie ändern würde, und etwas an diesen beiden Worten hatte Pen eine Ruhe vermittelt, die Schläge langsamer werden und sie wieder atmen lassen.

Sola. Das ist Latein für *einsam.* Das Gefühl, das man hat, wenn einem bewusst wird oder wenn man die Erkenntnis zulässt, dass die Welt für andere Menschen gemacht ist. *Sola*. Es stimmte, andere Leute sagten »Oh, tut mir leid«, wenn sie einen straucheln und stürzen sahen, aber eigentlich kümmerte es sie nicht, jedenfalls nicht genug, um etwas zu ändern. Denn tief im Inneren, oder vielleicht nicht mal allzu tief, waren sie zufrieden und froh und wussten, dass die Welt für sie gemacht war.

Pen trinkt einen Schluck und hofft, dass die Worte dadurch leichter kommen werden. Sie trinkt schwarzen Johannisbeersaft, weil sie keinen Alkohol trinkt (was die Leute eigentlich meinen, wenn sie *was trinken* sagen). Pen hasst es, dass sich die Leute vom *Trinken* so komisch benehmen, obwohl ihnen gerade das zu gefallen scheint. Sie mag nicht, dass Claire so viel lacht, wenn sie Wein getrunken hat. Alice *trinkt* offenbar, sie hat ein Bier bestellt, und das steht jetzt neben Pens schmalem Glas, das wie ein Kindergetränk aussieht.

Pen sollte zu Hause sein. Soraya wird inzwischen auch da sein und am Küchentisch ihre Hausaufgaben machen oder fernsehen oder tun, was auch immer sie hinter dem »Privat – Kein Zutritt«-Schild in ihrem Zimmer macht. Für Pen ist es kaum vorstellbar, dass anderswo weiterhin Dinge passieren, dass das gewöhnliche Leben weitergeht, das Leben nach Stundenplan, das durch nichts mit diesem Augenblick, diesem Gefühl, verbunden ist. Pen balanciert auf einem Hocker mit Holzbeinen und einem Polster aus einer Art weichem Samt. Die Hocker sind alle unterschiedlich. Der von Alice, direkt neben ihr, hat einen lederbezogenen Sitz und Beine aus Metall. Jo sitzt auf der Bank, mit dem Rücken zur Wand, und überblickt den Tisch wie eine Predigerin.

»Technische Lösungen – immer heißt es, Technologie wird uns retten, dabei treibt Technologie es auch voran. Das Ding da in deiner Hand ist kein Handy, das ist eine Bombe, die am laufenden Band unser CO_2-Budget sprengt. Wir müssen auf null Emissionen kommen. Es klingt unmöglich, alle halten uns für verrückt, aber das ist die Wissenschaft. Die Wissenschaftler erforschen die Luft, den schmelzenden Permafrost, die Nutzung fossiler Energieträger. In diesem Land wird immer noch Torf verbrannt, um Himmels willen.«

»Um Humus willen«, sagt jemand, begleitet von allgemeinem Stöhnen. Pen sieht in seine Richtung, weiß aber nicht, wie er heißt. Sie denkt daran, wie sie sich den Tag vorgestellt hatte: nur sie und Alice und die Stadt um sie herum und wie sie einander verstehen würden. Sie überlegt, ob das immer noch möglich ist. Was will man von einem anderen Menschen? Ist es dasselbe oder mehr als das, was man von sich selbst will?

»Torf hat miese CO_2-Werte, aber wir verbrennen ihn und setzen Gase von Jahrtausenden frei. Wir müssen eine Führungsrolle übernehmen, damit die Welt die wahre Gefahr erkennt, statt die CO_2-Budgets anderer Länder aufzukaufen und Emissionen bloß nach Übersee zu verlagern. Wir dürfen die Augen nicht vor der Krise verschließen, sie breitet sich aus, infiziert uns wie ein Virus, die Todeszahlen sind enorm. Was im Sudan passiert, ist unvorstellbar, die Sahara wächst jedes Jahr so stark, und in Darfur sterben so viele Menschen und werden vertrieben.«

Es wäre ganz leicht, Alice zu berühren.

»Würden da weiße Menschen sterben, dann würde es die Welt vielleicht mitkriegen und etwas tun. Afrika stößt am wenigsten CO_2 aus, leidet aber am stärksten unter den Folgen. Das ist Klima-un-gerechtigkeit. Klimaungerechtigkeit, darüber sollten wir reden.«

Alle murmeln vor sich hin, lächeln angespannt und mit geschlossenen Lippen, keine fröhlich zusammengekniffenen Augen. Jo trinkt einen großen Schluck Bier. Pen wird warten, bis wieder jemand spricht, und dann wird sie den Arm neben Alice' Arm auf den Tisch legen, den kleinen Finger anheben und Alice' Hand berühren. Berühren.

Aber dann spricht Alice als Nächste.

»Weil Klimawandel an den Schulen praktisch überhaupt nicht unterrichtet wird, ich meine, wir werden in dieser Welt leben müssen, aber es steht nicht mal auf dem Stundenplan, wir bekommen keine ökologische Bildung. An unserer Schule wird kaum irgendwas recycelt. Es tut sich rein gar nichts.«

Pen denkt an das Schülerkomitee zum Thema Klimawandel, an den Schulstreik, den Sozialkundekurs zur Weltgesundheit letztes Jahr – sprach das nicht alles dafür, dass sich doch etwas tut? Aber aus Loyalität nickt sie.

Alice sieht Jo an, und Jo lächelt, und die beiden stecken die Köpfe zusammen, und Pen denkt an alles, was verloren gehen wird.

»Vierhundert Milliarden«, sagt Pen. Blicke richten sich auf sie. »Vierhundert Milliarden Tonnen Eis hat Grönland verloren.«

Ihre Stimme klingt wie ihre Stimme.

»Dreiundneunzig Prozent, das Meer absorbiert dreiundneunzig Prozent der zusätzlich durch Treibhausgase verursachten Wärme. Sechzig Prozent der Korallenriffe werden in den nächsten zehn Jahren akut bedroht sein. Sechsundzwanzig Prozent des CO_2, das wir produzieren, wird mit zweiundzwanzig Millionen Tonnen täglich von den Meeren aufgenommen, wodurch der Säuregehalt der Meere um dreißig Prozent ansteigen wird.«

Pens Finger hüpfen auf ihrem Schenkel. Aber das ist einfach, ein Kinderspiel, und die Worte fließen, denn Fakten sind ihre Verbündeten. Pen spürt Alice' Blick auf sich, und er brennt richtig auf ihrer Haut.

»Die Temperaturen in der Arktis liegen schon jetzt über dem Gefrierpunkt, spätestens bis 2050 werden sie auf fünf Grad Celsius steigen. 2016 hatten wir die geringste Meereisausdehnung, die je gemessen wurde, aber das wird normal werden, und bis 2050 dürfte Grönland komplett eisfrei sein, was zu einer Schmelz-Kettenreaktion führt, wodurch die Meeresspiegel weltweit um einen halben bis anderthalb Meter ansteigen und vier Millionen Menschen ihr Zuhause verlieren. Auch bis 2050: bis zu siebenhundert Millionen Klimaflüchtlinge.«

Eine Pause entsteht. Das Blut rauscht durch Pens Adern, denn alle haben zugehört, sie waren still und haben zugehört, selbst die, die geredet haben, während Jo sprach. So fühlt es sich an, wenn sich Leute für dich interessieren, wenn sie dich respektieren, dich mögen. Dieses Gefühl. Alice strahlt sie an, sieht die anderen an, sagt: »Zahlen sind echt ihre Stärke«, als würde Pen irgendwie ihr gehören.

Jos Miene ist ernster, obwohl an den Augenwinkeln immer noch Fältchen sind, was freundlich heißt. Jo sagt: »Das ist fantastisch, genau solche Fakten brauchen wir. Wow, Pen, du müsstest auf die Bühne, du hast so eine ernsthafte Art zu sprechen, dir würden die Leute zuhören.«

Pen schüttelt den Kopf, sie hat selbst nicht gewusst,

dass sie etwas sagen würde, und ist deshalb immer noch vollgepumpt mit Adrenalin. Jo lächelt jetzt richtig, und die anderen unterhalten sich wieder, sprechen über ein neues Irland oder eine neue Welt oder die alte Welt, für Pen ist jetzt alles eins. Der junge Mann, der das mit dem Humus gesagt hat, steht auf und fragt Jo: »Noch eins?« Und Jo nickt und hebt ihr Glas. »Cheers.« Dann wendet sie sich wieder an Pen. »Deine Mutter ist eine so tolle Dozentin, das scheint in der Familie zu liegen.«

»Was hast du bei ihr belegt?« Pen hat eine normale Frage gestellt.

»Viktorianische Lyrik, wow, das fand ich toll. Alles. ›Setzt du dich hin, im Abendrot‹, unglaublich, man merkt richtig, dass sie Feuer und Flamme ist.«

Ohne darüber nachzudenken, rezitiert Pen: »›Morgens und abends, locken Goblins die Mädchen herbei.‹« Alice beobachtet sie. Und Alice lag falsch, Pens Stärke sind nicht Zahlen, sondern ihr Gedächtnis.

»*Goblin Market!* Ja! Oder Barrett Browning: ›Ich liebe dich mit dem Atem, dem Lächeln und den Tränen meines ganzen Lebens.‹ Bäm!«

Und Pen fährt fort: »›Ich … schreibe die Geschichte für mein bess're Selbst, wie wenn du dein Porträt für einen Freund malst, der es aus seiner Lade holt und ansieht, nachdem er dich schon lange nicht mehr liebt, um zu verbinden, wer er war und ist.‹«

Niemand von den anderen achtet auf sie, während die Zeilen in der Luft verklingen. Weiter hinten am Tisch läuft ein Gespräch über Meeresspiegel, Klimaleugner und die Flucht der Weißen, aber hier, bei ihnen, existieren nur Pen und Alice und Jo, und Pen steht im Mittelpunkt.

 »Das ist unglaublich«, sagt Alice. »Ich wusste nicht,

dass du so gut Gedichte vortragen kannst.« Und Pen, die jetzt schon so lange nach einem Weg sucht, mit Alice zu reden, staunt wieder darüber, wie die Worte eines anderen Menschen zu ihren eigenen werden können.

»Barrett Browning ist politisch, das hat mir Dr. … ich meine, das hat mir deine Mutter beigebracht. Es gibt ein Gedicht über weinende Kinder im Land der Freien, das gerade jetzt super auf einer Kundgebung funktionieren würde, weil wir genau das sind. Vielleicht brauchen wir eine offizielle Klimadichterin.«

Pen mag den Klang von Versen, sie mag, dass man dabei zuerst den Rhythmus erfasst und dann die Worte. Sie mag, dass einem der Rhythmus verrät, wie sich die Dichterin oder der Dichter gefühlt hat. Der Rhythmus sagt ihr, was sie fühlen soll.

»Hey Leute«, Jo erhebt die Stimme, »Pen hat mich da auf etwas gebracht«, ein Lächeln in Pens Richtung, »nämlich auf die Idee, eine irische Klimadichterin zu ernennen.« Sofort sagt jemand etwas von Hierarchielosigkeit, und Jo lächelt Pen wieder an. »Keine Hierarchie. Eine Stimme für uns alle.«

Pen sieht immer noch Alice an, sie hofft, dass jetzt wieder ganz wird, was vorhin während Pens Episode kaputtgegangen ist. Alice schaut in ihr Glas, dann wieder in den Raum, über die Tische hinweg. Ihr Bein ist geschätzt fünf Zentimeter von Pens entfernt. Nur eine winzige Bewegung wäre nötig, eine minimale Verschiebung nach rechts.

Über Jos Kopf hinweg sieht Pen durch das Fenster ein Eckchen Himmel, unten begrenzt durch den Rand der Sitzbank und oben durch die kleine Tafel, auf der die regionalen Biersorten aufgelistet sind, die Alice sich gewünscht hatte.

Pens Bein rutscht vier Zentimeter nach rechts.

Dann noch einen Zentimeter.

Alice sieht sich um, sieht Pen direkt an. Und es ist keine Einbildung. Pen spürt einen leichten Druck, Alice drückt ihr Bein gegen Pens.

Die Welt ist still und wunderschön vor Liebe.

Sanctus.

17:58 Uhr

Die Flugbegleiterin schreitet durch den Gang, fragt nach Duty-free-Wünschen und fordert die Passagiere auf, »den Rufknopf zu drücken, wenn Sie etwas erwerben möchten«. Wenigstens hat Aidan den Fensterplatz, auch wenn seine Knie gegen den Vordersitz gepresst werden, der Preis für den weiteren Horizont. Er sieht hinunter auf die flackernden Lichter, überprüft die Flugroute. Sie sind über Nordwales. Er blättert im Bordmagazin, ein paar Seiten sind herausgerissen, als hätte ein früherer Passagier die Reisetipps für Haarlem oder München aufbewahren wollen. Ruth machte das manchmal und stopfte zu Hause lauter Orte und Dinge in einen Ordner, die man irgendwann in der Zukunft besuchen oder unternehmen könnte, eine Liste, die man unmöglich jemals würde abarbeiten können. »Wozu das alles?«, hatte er gefragt, doch sie hatte nur mit den Achseln gezuckt und geantwortet, er werde eines Tages noch froh darüber sein.

Aidan sieht zu dem Mann auf dem Gangplatz. Er hat sich während des ganzen Fluges kaum bewegt, kaum aufgesehen, förmlich am Bildschirm geklebt. Der Sitz zwischen ihnen ist frei, wenigstens ein bisschen mehr Platz. Aidan ist dankbar für die Stille. Ob sie am Ende diesen peinlichen Tanz aufführen werden, bei dem sich alle gegenseitig hektisch anrempeln, um herauszufinden, wer seine Jacke und Tasche am schnellsten aus dem Gepäckfach herausholt? Er fragt sich, ob der Mann neben ihm, ob irgendjemand ihm ansehen kann, wie verloren er sich immer noch fühlt.

»Wir können es schaffen. Bitte, Ruth. Sieh mich doch an.«

Das war vor einem Jahr auf dem Supermarktparkplatz gewesen, der Kofferraum voller Lebensmittel, und ihnen gegenüber hatten sie eine fünfköpfige Familie aus einem Kombi steigen sehen, ein Kind nach dem anderen kletterte vom Rücksitz. Sie hatten sie gezählt, eins, zwei, drei. Aidan sah, wie Ruths Schultern herabsanken, wollte ihr sagen, er wisse, dass es nicht fair sei, aber das hätte keinem von ihnen geholfen.

»Aidan, ich bin so müde.«

»Ich weiß.« Er hatte innegehalten und riskiert, einen anderen Ton anzuschlagen. »Wir könnten in Urlaub fahren, nach Wexford vielleicht oder nach Spanien? Eine Pause würde uns guttun.«

»Das sagst du nur, weil du glaubst, dass sich dadurch unsere Chancen erhöhen.«

»Ich sage es, weil wir beide eine Auszeit brauchen. Spazieren gehen, ein bisschen Sonne tanken, mal aus allem rauskommen. Nett essen gehen, Tapas vielleicht.«

»Aber keinen Wein zum Essen, richtig?«

»Kein Wein wird uns nicht umbringen, Ruth.«

»Ich wünsche mir einfach ein bisschen Zeit, ich zu sein. Wir zu sein.«

»Das meine ich doch. Das könnten wir.«

Die Eltern hielten das kleinste Kind zwischen sich an den Händen und schwangen es hin und her, die beiden älteren schoben den Einkaufswagen. Aidan sah ihnen nach, bis sie um die Ecke bogen und aus ihrem Blickfeld verschwanden. Dann fing er von Neuem an.

»Du hast so hart gearbeitet, Ruth. Du solltest dich nicht so übernehmen. Es ist nicht verkehrt, eine Pause zu brauchen. Und wenn wir uns ein bisschen erholt haben, dann … ja, dann stehen unsere Chancen besser.«

»Und wenn es wieder nicht funktioniert, Aidan? Wenn es wieder eine Fehlgeburt wird oder nur ein weiterer erfolgloser Zyklus? Ich kann das nicht mehr.«

»Jetzt könnte der richtige Zeitpunkt sein, Ruth. Jetzt könnte es klappen.« Der Satz kam ganz automatisch. »Es muss nur einmal klappen.«

»Ich habe es satt, Aidan. Wir haben es viermal versucht.«

»Ruth«, Aidan sprach mit ruhiger Stimme. »Ich glaube, wir könnten Erfolg haben, wenn wir es noch einmal versuchen.«

»Und wenn nicht?« Ruths Kinn lag fast auf dem Lenkrad. »Wenn es nicht klappt, Aidan? Was machen wir dann?«

In diesem Stadium hatte sie immerhin noch mit ihm gesprochen. Er hatte sich eingeredet, es wäre nur eine weitere Pause. Manchmal hatte er sogar in Gedanken Forenposts verfasst: Es hat geklappt! Die Pause war genau das, was wir brauchten. Es war ein langer Weg, aber er hat sich gelohnt! Die Wirklichkeit wagte er nicht in Worte zu fassen: Muss meine Frau schon wieder um einen weiteren Zyklus anflehen. Fürchte, wir schaffen es nie. Wann würde feststehen, dass es keinen fünften Zyklus gab? Dass es keine Pause war, sondern das Ende?

Unter ihm kommt Land in Sicht, die Küstenlinie von Dublin, die vorspringenden Umrisse von Howth, ein blinkender Leuchtturm am Ende der Bucht. Ein mahlendes Geräusch, das Fahrwerk wird ausgefahren. Der Druck der Schwerkraft hält sie in ihren Sitzen, widersteht dem Sog nach links, als das Flugzeug in die Kurve geht. Der Mann auf dem Gangplatz legt die Hand auf seine Tasche, damit sie nicht vom freien Mittelsitz rutscht, obwohl die Flugbegleiterin ihn gebeten hatte, sie unter dem Vordersitz zu verstauen. Sie sind jetzt so dicht über dem Boden, und da ist dieser eigenartige Moment, als das Flugzeug zuerst langsamer zu werden und dann wieder zu beschleunigen scheint, zweifellos kontrolliert durch den Piloten, aber es kommt ihm vor, als liefe etwas falsch. Die Klappen an den Tragflächen richten sich auf, bremsen das Flugzeug, die Räder setzen auf, heben noch einmal ab, dann haben sie vollen Bodenkontakt.

Aidan denkt daran, wie sehr er Ruth geliebt hat, wie sehr er sie immer noch liebt. Er denkt daran, was er alles verlieren wird. Wenn er ehrlich ist, kann er ihr nicht vorwerfen, dass sie nicht weitermachen konnte, aber das ändert nichts an seiner Wut auf sie. Es ist so schwer, wenn die Person, die eigentlich sein Leben und die Liebe mit ihm teilen sollte, ihre gemeinsame Vorstellung von diesem Leben aufgibt.

18:01 Uhr

Alice und Pen stehen vor dem Pub. Das Angelusläuten ist noch nicht verklungen. Pen hatte vorgeschlagen, nach draußen zu gehen, und Alice hatte leicht überrascht ausgesehen, war aber mitgekommen, als Pen aufstand.

»Alles okay mit dir?«, fragt Alice.

Pen schüttelt den Kopf, nicht, um nein zu sagen, sondern um das Vorhin zu verdrängen, als nicht alles okay war, um das Vorhin vom Jetzt zu trennen. Wenn Alice sie richtig ansähe, würde sie erkennen, dass sie jetzt eine neue Pen ist.

»Ich habe etwas für dich, zum Geburtstag. Ein vorzeitiges Geburtstagsgeschenk«, beginnt Pen. Sie konzentriert sich auf den Schultersaum an Alice' Jacke. »Eine Überraschung.«

»Wow, ich hatte ja keine Ahnung«, sagt Alice. Sie klingt ein bisschen zurückhaltend, aber es passiert nichts Schlimmes auf ihrem Gesicht.

»Eine Konzertkarte. Ich habe mir – uns – zwei Konzertkarten gekauft. Für heute Abend.«

»Wow«, sagt Alice, aber lächelt sie irgendwie? »Ich meine, was für ein Konzert?«

»Du magst doch Florence so gern?«

»Aber sie ist nicht auf Tour …«

»Nein, aber es gibt eine Band, in der ein Mitglied von Florence mitspielt, die sind von der Arktisforschung inspiriert. Sie sammeln Geld für Greenpeace.« Pen riskiert einen Blick. Alice sieht aus, als könne sich ihr Gesicht nicht so recht entscheiden, wie es gucken soll. »Es ist eine Art Mischung aus Kammermusik und Jazz.«

Alice' Miene ist immer noch unentschlossen.

»Es ist schwer zu erklären, aber sie sind wirklich richtig gut. Ich hab uns zwei Tickets besorgt, sie spielen in der National Concert Hall, da gibt es Sitzplätze, und es ist nicht dunkel, ist also ungefährlich, und wir können unterwegs etwas essen, es gibt ein vegetarisches Lokal, ich hab es auf der Karte markiert.«

Und Pen atmet, und dann sagt sie das, wovor sie Angst hat. »Das«, sie sieht Alice kurz an, »das ist dann ein Date.«

Pen möchte Alice erzählen, dass sie die Gruppe bei einem Tiny-Desk-Concert im Internet gesehen hat, wie cool das war und dass sie den Sound mochte und die Art, wie sie über ihre Musik sprachen. Dass Pen dadurch mehr über Musik lernen wollte. Im Grunde war es wie Zählen, aber auf eine Art, die nicht nach Zählen aussah. Sie möchte *Ricercar* sagen. Das Wort klingt gut in Pens Mund, und sie will gerade …

»Was?«, fragt Alice.

Pen sind die Worte ausgegangen. Sie kann nicht erklären, dass *Ricercar* eine Instrumentalkomposition aus der Renaissance ist, eine Vorform der Fuge, die Worte wollen nicht herauskommen, in ihrem Mund und ihrem Kopf und ihren Ohren und ihrem Herzen dreht sich *Ricercar* im Kreis, weil sie und Alice eine menschliche Fuge sind, und das will sie ihr sagen, dass die Fuge in gewisser Weise Liebe ist, Alice spielt nämlich Klavier, sie müsste es also verstehen, aber das sagt sie nicht, denn Alice hat das Gesicht abgewandt.

Alice sieht Pen nicht an, auch nicht die Straße oder die Bäume auf der anderen Straßenseite, sie sieht auch nicht zum Himmel, um am verbleibenden Licht abzulesen, wie spät es ist, oder … atmet Alice überhaupt? Und dann sagt sie etwas.

»Es tut mir leid. Es tut mir leid, Pen. Ich dachte, wir sind einfach gute Freundinnen. Ich … das will ich nicht. Es liegt nicht an dir, es liegt an mir. Ich bin …«

Sind Alice' Augen feucht? Sie glänzen nämlich, und jetzt sieht sie Pen an, starrt sie an und sagt nichts mehr, aber ihr Blick ist jetzt härter und tut weh. Pen liest ihn. Viel zu viel. Nicht genug. Nichts.

»Das Konzert ist heute Abend.« Pens Stimme klingt verändert, als käme sie nicht aus ihrer eigenen Brust, ihrem eigenen Mund. Alice, ihre beste Freundin, die Eine, die neben ihr auf dem Bett gelegen hat, die mit ihr geatmet hat, sie berührt hat …

»Ich kann nicht«, sagt Alice. Sie weicht zurück.

Pen ist noch nie geschlagen worden. Nicht einmal, wenn Claire sagt: »Jetzt gehst du wirklich zu weit, Pen«, oder: »Du machst mich wahnsinnig, Pen«, oder: »Ich brauche nur fünf Minuten Pause, Pen«. Niemand hat sie je geschlagen, auch wenn es manchmal kurz davor war, aber so muss es sich anfühlen, wenn man einen Schlag auf die Brust bekommt, sie spürt es im ganzen Körper, denn Pen bewegt sich nicht, aber gleichzeitig fliegt sie, katapultiert von einem Hieb auf den Solarplexus, durch Raum und Zeit. Und in der echten Welt gibt es nicht genug Sauerstoff.

Alice hat nein gesagt. Das hatte Pen nicht geplant, sie hatte gedacht, Alice würde vielleicht Fragen stellen oder

Pen umarmen wollen oder dass irgendetwas anderes passieren würde, aber nicht das. Alice hat nein gesagt. Eigentlich hat Alice nicht mal nein gesagt, sie hat gesagt …

Keine Luft.

Trotzdem atmen.

Ihr ist, als würde sie die Stimme der Frau von vorhin hören. Ein und aus. Und Pen versucht, die Anweisung zu befolgen, auch wenn sie die Augen nicht zumachen kann, weil sie sonst das Gleichgewicht verliert, also schaut sie stattdessen auf den Bürgersteig, auf die Stelle, an der Alice gestanden hat, und flüstert, »Ein und dann aus«, und irgendwie schafft es der Atem in ihren Körper und wieder heraus.

Ein Schauer überläuft sie, ist das die Kälte, oder zittert sie einfach nur? Ihre Jacke und ihr Rucksack liegen drinnen auf dem Hocker, sie hatte sie neben Alice liegen gelassen, gegenüber von Jo und neben jemandem, dessen Namen sie nicht weiß, war er Sam genannt worden?, sie weiß es nicht, das ist kein Problem, ihre Tasche ist in Sicherheit, aber ihre Füße zu bewegen, das ist ein Problem. Das Fenster ist gleich da drüben, und sie kann den Nebentisch sehen, aber ihr Tisch wird von dem Schild mit den bescheuerten Biersorten verdeckt. Ihr Tisch. Verdeckt.

Pen ist nicht mehr auf der Straße. Pen steht hinter ihrem Hocker. Keine Ahnung, wie sie da hingekommen ist, wie kann es sein, dass sie hier ist? Aber Alice sitzt nicht auf ihrem Platz. Pens Jacke und ihr Rucksack sind da. Alice' Jacke ist auch da. Joe spricht mit Sam-oder-so.

»Wo ist Alice?« Pen benutzt die laute Stimme.

»Entschuldige? Oh, ich dachte, sie wäre mit dir draußen?«, sagt Jo.

»Nein, nein, sie ist wieder reingekommen«, sagt Sam-oder-so und zeigt in den hinteren Bereich der Bar. »Toilette?«

Pen bleibt stehen und sieht, dass sich Jos Gesicht bewegt und sich ihre Lippen bewegen, aber sie hört die Worte nicht, weil das Summen in ihrem Kopf so laut ist. Was Jos Gesicht macht, heißt *besorgt*, aber das Wort dringt nur aus großer Ferne zu ihr, und Pen denkt nur ein und aus und hofft, dass das Schwindelgefühl weggeht, denn noch schlimmer, als dass Alice nein gesagt hat oder dass Alice nicht hier ist, wäre es, wenn Alice sie umkippen sieht und Pens Mutter anrufen und sich um Pen kümmern muss, das wäre dann wieder wie in dem Schrank, aus dem sie, als die Tür aufging, wie ein Tier herausgerobbt ist und stöhnende Laute von sich gegeben hat, und alle sind vor ihr zurückgewichen.

Alice' Gesicht taucht über den Köpfen der anderen auf. Jo zeigt auf sie. Alice kommt auf sie zu und sieht Pen an. Und sie berührt Pen. Sie berührt Pen, als sie sich hinsetzt, aber nicht absichtlich, sondern auf eine achtlose Art, wie man den Körper eines Fremden streift, wenn er einem im Weg steht, und Pen ist nicht sicher, wer von ihnen heftiger zurückzuckt. »Oh«, sagt Alice. »Dein Handy hat geklingelt.« Pen sieht nur Alice' Schulter, ihr Gesicht ist Jo zugewandt, Pen kann es nicht lesen und liest es doch.

»Alice.«

Ein Flüstern.

»Alice.«

»Viel Spaß bei dem Konzert, Pen. Vielleicht nehmen sie das zweite Ticket an der Kasse zurück.«

»Oh, was für ein Konzert?«, fragt Jo, wendet dann aber den Blick ab, als Alice und Pen schweigen, was heißt, dass sie immer noch etwas gemeinsam haben, selbst wenn dieses Etwas darin besteht, dass sie nichts sagen.

Pen tritt einen Schritt zurück.

Vielleicht gucken die Leute, aber das ist nicht mehr wichtig, das steht nicht mehr auf der Liste der Dinge, die wichtig sind.

18:20 Uhr Das Museum schließt. Ruth bleibt an der Tür stehen und weiß nicht recht, wohin. Nach Hause? Noch nicht. In den Fenstern auf der anderen Straßenseite gehen die Lichter an.

Im Pub ist es ruhig, es ist noch früh, aber eine Gruppe hat Tische zusammengeschoben, die Leute lachen und werden sicher bald laut, das spürt man schon. Der junge Mann an der Theke nickt Ruth zu, und sie geht zum Bestellen zu ihm.

»Immerhin haben sie einen trockenen Tag erwischt«, sagt der Barmann und greift nach einem Glas. Ruth sieht ihn verständnislos an. »Für die Proteste«, sagt er, deutet auf den Fernseher, in dem der bunte Demonstrationszug Schilder und Transparente hochhält. »Hier kommen viele Studierende her. Die sind nett, die tun keinem was, sage ich immer.« Ruth lächelt nur schwach, und der Barmann weiß, sie gehört zu jenen, die nur hier sind, weil sie eben irgendwo sein müssen. Er wird sie nicht mit der Frage behelligen, welche Sorte Gin sie möchte, sondern geht auf Nummer sicher und entscheidet sich für Dingle.

»Setzen Sie sich«, sagt er. »Ich bring's Ihnen an den Tisch.«

Das Glas hinterlässt einen nassen Abdruck auf dem

Bierdeckel. Ruth schwenkt es in der Hand, damit sie hört, wie das Eis klirrt. Sie trinkt langsam, starrt ins Nichts. Ist es das, was du willst, hatte er gefragt, aber eigentlich war es keine Frage gewesen, keine Bitte, keine Forderung. Er vermied damit, zu sagen, dass es nicht das war, was er wollte.

Die Gruppe an der Tür jubelt, als neue Leute dazustoßen, und Ruth ist überrascht, dass sie an einem Montagabend so ausgelassen sind, vielleicht ist es die Abschiedsfeier eines Kollegen oder ein Klassentreffen. Der Barmann geht zu ihnen, fragt sie mit ausgebreiteten Armen nach ihren Wünschen, verdient sich sein Trinkgeld.

Aidan hatte gesagt, sie sei nicht einfach, aber war nicht auch das ein Ausweichmanöver? Eine Tarnung für das, was er eigentlich sagen wollte, nämlich dass sie ihm ohne Kinder nicht genug ist.

In ihrer Tasche vibriert es, und Ruth holt das Handy heraus, obwohl sie es am liebsten ignorieren würde. Eine verpasste Nachricht.

GELANDET.

Ruth hatte es nicht piepsen gehört, oder, nein, das Handy war noch vom Museum auf Stumm geschaltet, daran lag es.

Er kommt also nach Hause.

Was heißt das überhaupt? Hör auf damit. »Stopp! Hör auf damit!«, hatte ihre Mutter gerufen und meinte damit, dass ein Thema beendet war. Wieder lässt Ruth das Eis in ihrem Glas klirren, hebt es zu einem ironischen Toast und versucht, so zu tun, als ob sie nicht allein in einer Bar in den Eingeweiden ihrer Ehe wühlte. Warum hatte sie das nicht kommen sehen? Warum hatte sie Aidan so falsch eingeschätzt? Sie war doch schließlich Psychologin.

Sie wird ihm von der Affäre erzählen, das wird die Sache besiegeln, dann wird er sie garantiert verlassen. Oder vielleicht zieht sie selbst aus. Ruth stellt sich vor, wie sie die Worte zu ihm sagt: »Ich ziehe aus.« Den zustimmenden Ausdruck auf seinen Zügen. Wenigstens behielte sie auf diese Art ein bisschen Kontrolle. *Ich bin der Kapitän meines Schicksals.* Ging die Gedichtzeile so? Was für ein beschissener Witz. Noch ein Schluck. Vielleicht bleibt sie einfach hier und lässt sich langsam volllaufen.

Sie wird also ausziehen, okay. Stell dir vor, was danach kommt, Ruth. Sie müsste sich eine eigene Wohnung nehmen, vielleicht näher bei der Arbeit. Sie wollte schon immer in der Nähe eines Parks wohnen, vielleicht dann am Phoenix Park. Sie wird wieder anfangen zu joggen oder lange Spaziergänge unternehmen, bestimmt könnte sie im Park sogar Yoga machen. Aber dann müssten sie das Haus verkaufen. Diese Vorstellung ist nicht so einfach. Wie viel an so einer Entscheidung dranhängt. Bräuchte sie einen neuen Anwalt? Ein neues Testament? Und sie müssten ihren Besitz aufteilen. Ruth zeichnet vor ihrem inneren Auge die Gegenstände aus, ihrs und seins. *Lass das, Ruth. Du weißt, wie gefährlich es ist, sich etwas herbeizudenken.*

Es wäre leichter, wenn sie weniger zu verlieren hätten. Ruth denkt daran, es ist noch gar nicht so lange her, wie Aidan sich früher immer räusperte, damit sie von dem aufsah, was sie gerade tat, er sie einfach nur anlächelte und sie zurücklächelte. »Buh!«, sagte er dann, und sie lachte über das alberne Wort, lachte, weil sie so glücklich waren. Und sie bekamen nicht genug davon, miteinander zu reden, manchmal bis spät in die Nacht, sie redeten, als gäbe es nichts Wichtigeres auf dieser Welt als die Worte des anderen. Jetzt war da eine Wüste, Worte und Gesten und Liebe waren ausgetrocknet, aber früher hatten sie vor Glück gestrahlt. Wie hatten sie dieses kostbare Gut wegwerfen können?

Vielleicht waren sie zu glücklich gewesen. Sie hatten Sex gehabt, wie andere atmeten, nicht nur am Anfang, sondern über Jahre. Mit einer reinen, ungetrübten Freude daran, beim anderen sie selbst sein zu können. Nach dem Sex wurde Aidan schläfrig, sein Gesicht entspannt und ungeschützt. Ruth wartete eine Weile, die Beine an die Brust gezogen, und wenn sie es wagte, sich zu bewegen, ging sie zum Pinkeln ins Bad, sah im Spiegel ihr gerötetes Gesicht und lächelte. Ich bin hier, ich werde geliebt. Dann ging sie langsam ins Schlafzimmer zurück und ließ das Bild auf sich wirken. Und mit noch leicht feuchten Fingern zog sie eine Linie von seinen Zehen bis zu seinen Lippen und sah, wie sein Gesicht erwartungsvoll zuckte. Das kommt ihr jetzt so weit weg vor.

Das Handy auf dem Tisch vibriert, und mit Bewegungen wie unter Wasser drückt sie auf die Taste.

IM TAXI.

Ruth nippt an ihrem Drink, täuscht Ruhe vor, die sie nicht empfindet. Und wenn es wirklich vorbei ist?

Lauf weg!

Bleib!

Sie denkt an den Tag vor drei Jahren. Den ersten Tag in der neuen Praxis. Es war nach dem zweiten, dem abgebrochenen Zyklus gewesen. Damals hatte die lähmende Angst eingesetzt, die Angst, keine Kinder bekommen zu können. Ruth erinnert sich daran, wie nervös sie an dem Morgen gewesen war, wie sie früher in die Praxis gekommen war, frischer Kaffee, Blumen (geruchlos) und die weichste Taschentuchmarke. Wie sie dasaß und darauf wartete, dass dieser andere Teil ihres Lebens begann. Zwanzig Minuten vor der ersten Klientin hatte ihr Handy vibriert, und sie hatte sich gerügt, weil sie es nicht ausgeschaltet hatte, aber es war eine Nachricht von Aidan gewesen: SCHAU IN DEIN MÄPPCHEN. Sie hatte geglaubt, es wäre ein Witz, weil er sie oft damit aufzog, dass sie immer ein Mäppchen dabeihatte wie ein Schulmädchen. Aber als sie es öffnete, fand sie darin einen gelben Notizzettel und faltete ihn auseinander. *Ich glaube an dich.* Mehr stand da nicht. Was würde sie dafür geben, nicht für ein Baby, sondern um *das* zurückzubekommen.

Wieder vibriert ihr Handy, und sie drückt die Taste, um den Bildschirm zu aktivieren.

SEHEN WIR UNS ZU HAUSE?

Das Fragezeichen macht den Unterschied. Etwas so Kleines kann über dein Schicksal entscheiden. Ruth ist auf den Beinen, bevor sie weiß, was sie tut. Fast wirft sie dabei den Tisch um. Der Stuhl quietscht über den Boden, die Pubtür knallt hinter ihr zu, die kühle Luft draußen trifft sie wie ein Schlag. Am Kanal wird es um diese Uhrzeit rappelvoll sein, denkt sie, besser, sie geht Richtung Cuffe Street und nimmt dort ein Taxi.

Während Ruth eine Gruppe Einkaufsbummler überholt, stellt sie sich vor, wie Aidan auf dem Rücksitz eines Taxis sitzt, den Daumen über dem Display. Er würde sich gegen den Hafentunnel entscheiden und die Fahrt durch

Drumcondra riskieren, er würde die Straßen betrachten. Wenn man vom Flughafen kommt, zeigt sich Dublin nicht von seiner schönsten Seite, aber vielleicht hat er beim Anflug die Bucht gesehen. Ruth überquert am Anfang der Dawson Street die Ampel, geht den Weg zurück, den sie gekommen ist, vorbei an der freien Fläche hinter den Palisaden, ist das wirklich erst heute gewesen? Es fühlt sich an wie in einem anderen Leben. Vielleicht hatte Aidan gemerkt, dass seine SMS zu … was? … zu schroff waren, zu bestimmend, zu sehr wie ein Test? … und vielleicht denkt er jetzt an sie, während er in ihr gemeinsames Leben zurückfährt.

Ruth hasst die Menschen, die ihr im Weg stehen, als sie das Green umrundet. Bitte lass unerwartet wenig Verkehr sein, wünscht sie. Bitte lass mich vor ihm da sein, lass mich zu Hause sein, wenn er ankommt. Ihr Atem geht jetzt stoßweise, aber sie ist schon an der Unitarierkirche vorbei, und da vorn ist die Ecke, und wenn es einen Gott gibt, wird sie dort ein freies Taxi finden. Sie streckt die Hand aus, und ein Wagen schert aus und hält am Bordstein. Ruth steigt zu dem Fremden ins Auto, nennt ihre Adresse. Beim Losfahren fällt ihr ein, dass sie das Buch nicht abgeholt hat, aber das ist nicht wichtig.

Hatte sie wirklich geglaubt, sie würde ihn verlassen? Oder ihn einfach so gehen lassen? Vorbei am Technikinstitut und dem Turm der Kathedrale, scharf links abbiegen, rote Bremslichter vor ihnen. Hatte sie wirklich geglaubt – noch heute Morgen –, dass es vielleicht das Beste wäre, dass es nicht das war, was sie wollte, dass es nichts mehr gäbe, woran es sich festzuhalten lohnte, wozu sie sagen musste: Nein, das gehört mir? Doch jetzt. Jetzt ist es, als wäre die Liebe in ihren Körper zurückgekehrt.

Sie passieren mehrere Ampeln, die Straße steigt leicht an, und Ruth schaut wieder auf ihr Handy, auf den Text mit dem Fragezeichen, und es kommt ihr vor, als wäre es seit, ach, seit Jahren das erste Mal, dass er ihr eine echte Frage stellt. Ob sie zu Hause sein wird.

Da ist was dran, denkt Ruth, als sie an Leonard's Corner vorbeikommen und die Brücke vor ihr liegt, dieselbe Brücke wie heute Morgen und doch anders, denn jetzt fährt Ruth nach Hause. Es ist schon etwas dran, denkt Ruth: Wenn man sich zwingt, den Schmerz zu fühlen, dann kann man auch die Freude spüren. Das wird sie Aidan sagen, und er wird sie skeptisch ansehen, aber es ist ihr ernst, und vielleicht reicht ihre Überzeugung für sie beide. Ruth beugt sich vor, bittet den Fahrer, links am Park vorbeizufahren und auf das Five Points zuzuhalten.

Der Wagen biegt in den Brigthon Square ein, auf beiden Seiten parkende Autos, über die ersten Bremsschwellen, dann links abbiegen. »Hier ist es«, sagt sie zum Fahrer, und er nickt ihr im Spiegel zu. Der Wagen hält am Straßenrand, und als Ruth zum Haus hinüberblickt, überkommen sie in letzter Sekunde Angst und Zweifel. Das Licht ist an. Er ist vor ihr da, sie kommt nach Hause, und er ist schon da, aber kann sie denn überhaupt wirklich nach Hause kommen? (Eines Abends hatte Aidan gesagt: »Ich kann mir ein Leben ohne Kinder nicht vorstellen.« Und sie hatte erwidert: »Ich schon.«)

Sie will nicht aussteigen, sie will dem Fahrer sagen, er soll weiterfahren, sie irgendwo anders hinbringen. Doch sie bezahlt den Fahrpreis, öffnet das Tor, die Scharniere quietschen, und Ruth denkt, oh, das hört er bestimmt, und jetzt ist sie fast an den Stufen, sucht den Schlüssel, und sie sieht durch das große Fenster, wie er mitten im

Wohnzimmer steht und sich umschaut. Sie schließt die Haustür hinter sich, mit einem leisen Zittern nimmt das Haus sie zur Kenntnis, und sie kommt ins Zimmer, und er blickt sie an, und sie will ihn in den Arm nehmen, weil sein Gesicht so offen und so traurig und so verloren aussieht. Und fast muss sie lachen, so wie man lacht, wenn man richtig große Angst hat, denn jetzt, endlich, ist der Sturm da.

Ruth steht Aidan gegenüber und sieht in sein Gesicht. Sie lacht nicht, sie ist jetzt ganz ernst. Denn jetzt ist der Gedanke da. Der, den sie nicht zugelassen hatte. Da ist er.

Er liebt sie nicht mehr.

18:20 Uhr

Sie liebt dich nicht. Sie erwidert deine Liebe nicht. Und alles, was dafür steht, wie du dich fühlst und wie es dir geht und sogar dafür, wer du bist. Alice liebt dich nicht, und das ist wie schwarze Vorhänge, die einen Rand um alles bilden, und du kannst nur zwischen ihnen existieren, und der Raum dazwischen wird immer enger und enger, und das Summen in deinem Kopf ist immer noch da, und vielleicht wirst du ohnmächtig.

Du gehst, ohne etwas zu sehen, du gehst durch eine Straße, während dir die Tränen übers Gesicht laufen, und wirst nicht gesehen. Du gehst an einem Gebäude vorbei, von dem du irgendwie weißt, dass es St Mary's ist, und erkennst es nur an den Schlafsäcken auf den Stufen. Du bist ein Körper im Raum, und die Zeit kollabiert, und niemand sieht es, nur du, und du kannst nichts sehen, weil deine Augen voller Tränen sind, die dir über die Wangen laufen und vom Kinn tropfen und salzig in deinen Mund rinnen.

Du siehst erst wieder etwas, als du an eine Kreuzung kommst und die Hupe hörst und merkst, dass du auf die Fahrbahn gelaufen bist und der Außenspiegel des Autos dich fast gestreift hat. Und es ist, als würde das deinem Körper passieren, und plötzlich wird dir bewusst, dass du auf der Straße bist, und da sind lauter andere Körper, lauter andere Leben, alles Menschen mit Zielen, die für dich unsichtbar, aber unbestreitbar vorhanden sind. Sie gehen irgendwohin, kommen irgendwoher, treffen sich mit jemandem. Frauen tragen Taschen, zur Seite geneigt, Männer bewegen sich elastischer, Hände in den Taschen. Die Kinder sind in einer anderen Welt, beeil dich, mach langsamer, hör auf damit. Sie tragen Kleidung, verschiedene Farben, hauptsächlich schwarz oder grau, sie sind wichtig, aber auch irgendwie gewöhnlich.

Dir fällt auf, dass alle Handys haben, alle sprechen oder lauschen, halten sie in der Hand, gucken, bleiben auf dem Laufenden, alle sind sie gewappnet. Frauen mit Gesichtern wie Masken, Männer mit Caps und Beanies, die jungen, dann gibt es eine Lücke, eine Trennlinie, und jetzt siehst du es, du hast es noch nie zuvor bemerkt, aber jetzt siehst du junge Menschen und alte Menschen, wo sind die dazwischen, die Menschen, die keine Schuhe mit schief abgelaufenen Sohlen tragen, keine Einkaufstüten? Du suchst nach einem vertrauten Gesicht, einem Rücken, den du wiedererkennst, du nimmst niemanden wahr, aber die anderen nehmen dich wahr. Eine Mädchenclique vor einem Geschäft, lebhaft, laut und fröhlich. Unter der Brücke der Connolly Station, vielleicht steigst du in einen Zug und fährst nach Hause? Oder vielleicht fährst du irgendwo anders hin, zur Südspitze der Bucht vielleicht, um dann am Steinstrand zu stehen und aufs Meer hinauszuschauen, auf das immer saurer werdende, ansteigende Meer. Oder du fährst nach Norden, die paar Stationen zu ihr nach Hause, und setzt dich dann in den Fairview Park, wo ihr beide mal gepicknickt habt, da sitzt du und schaust und wartest. Aber unter den Bäumen würdest du Angst kriegen, und vielleicht nimmt sie ja einen anderen Weg nach Hause. Du könntest auch in der Bahn sitzen bleiben, weiterfahren bis Howth oder noch weiter, über die fast eingestürzte Brücke, und stattdessen dort aufs Meer schauen, immer will man das Meer sehen. Aber dann wärst du immer noch allein, also wendest du dich vom Turm und vom Bahnhof ab, und jetzt bist du in Straßen, die du nicht kennst, und folgst deinem Gefühl, aber deine Gefühle können ja nur falsch sein, weil du-so-autistisch-bist, und sie hat nein gesagt und dich angesehen wie …

Wieder kommst du an Mädchen vorbei, die auf Geländern sitzen, und sie rufen dir etwas zu, aber du bist woanders, ein kleiner Buggy mitten auf dem Bürgersteig, und du machst einen Bogen darum, dir fällt auf, dass kaum Autos auf der Straße sind, und außerdem fällt dir die Mischung aus alten und neuen Häusern auf, und die alten sind hübscher, und wie kann man ein gebrochenes Herz haben und trotzdem solche Dinge wahrnehmen? Die Welt müsste auseinanderfallen oder zu Ende sein, und du selbst müsstest blind sein, weil du sie nicht mehr sehen kannst, weil sie dich angesehen hat wie …

An dieser Straße liegt ein Spielplatz, da sind Bäume und Natur, auch wenn sie eingepfercht und eingezäunt und nur in rechteckiger Form zulässig ist, und jemand fährt mit einem Scooter auf dem Bürgersteig und rollt auf dich zu, und du bleibst stehen, und er hat einen schwarzen Pullover an und schwarze Jeans, und du hast genug Zeit, um zu bemerken, dass seine Augen irgendwie blau sind, und er trifft dich mit dem Ellbogen am Arm, und du bleibst stehen, und eine Dame berührt dich an der Schulter und fragt »Geht's dir gut?«, und du sagst nichts, aber dein Gesicht ist noch nass, und die Frau sagt zu dem Mann neben sich »Ich glaube, sie ist nicht ganz da«, weshalb du »Entschuldigung« sagst, und deine Stimme funktioniert noch, und dann sagst du »Vielen Dank«, weil sie freundlich war, und gehst weiter.

Das ist ein Schild: N1, N2 und ✈.

Die großen Fenster am Haus an der Ecke sind voll mit Werbeanzeigen für Geschäfte, die es hier geben könnte, aber jetzt findet man hier Wasch- und Bügelservices, jahrelange Erfahrung, und den Hill 16 Pub, was bedeutet das? Es geht bergauf, das bedeutet es. Jetzt wieder alte Häuser, schlicht und hoch, und wieder ein Platz mit Bäumen, so viele Bäume in der Stadt.

Du siehst einen Turm und könntest rechts abbiegen oder geradeaus gehen, aber dein Körper wendet sich nach links in Richtung des steinernen Turms, und du siehst die Schilder von B&Bs, und vielleicht warst du schon mal mit deiner Mutter hier in dem kleinen Theater, wo du dir ein Stück ansehen musstest, in dem ein alter Mann weinte, weil ein junger Mann ihn nicht lieben konnte. Und anschließend hat Claire dir ein Eis gekauft, und du hast es gegessen, zuerst die Schokolade geknackt und dann das cremige Innere gelutscht, das eigentliche Eis.

An der Ecke ist ein Geschäft mit grün-gelbem Mosaik, in dem Zeitungen verkauft werden, und ein geschlossener Laden mit dem Namen Tip Top Cakeshop, und du schaust nach oben zu den Straßenschildern, und die Straßen heißen *Great irgendwas*, was auf Englisch nicht nur groß bedeutet, sondern manchmal auch schwanger und manchmal verliebt. *I was great with her.* Aber sie hat dich angesehen wie …

Die Kirche vor dir ist in ein Gerüst gehüllt, und dann

kommt wieder ein Platz, wieder mit Bäumen, und du weißt noch von einem Schulausflug, dass das der Garten der Erinnerung ist, aber du verstehst nicht, wie sich ein Garten an etwas erinnern kann. Und dahinter siehst du das Museum, in dem du auch schon mal warst, das mit der LED-Installation davor, eine Frau, die läuft, immer in Bewegung ist, immer erleuchtet, und du bist wie sie, du läufst und läufst, und du bist nicht wie sie, denn sie empfindet nichts, sie ist nur eine Maschine.

Das Törchen zum Platz ist geschlossen, ein paar Männer lungern herum, zwischen ihnen steht eine Tasche auf dem Boden, sie trinken aus Dosen, und du beobachtest sie, während du an der Ampel auf Grün wartest. Im umzäunten Bereich siehst du das Wasserbassin, das sich bis ganz zum Ende erstreckt, und da sind Stufen und verschnörkelte Metallfiguren, das sind die zu Schwänen verwunschenen Kinder. Du kennst dieses Gefühl: gefangen zu sein, dass das Außen nicht zum Innen passt, dass etwas von außen kommen muss, um einen zu befreien.

Es wird dunkler.

Vielleicht ist sie im Pub, und vielleicht ist sie bei Jo, und vielleicht ist sie bei dem Jungen, der keinen Namen hat. Also gehst du bergab, und da sind viele Menschen, weil du endlich in der O'Connell Street bist, also gehst du unter den quadratischen Bäumen hindurch, an Säulen und Türmen vorbei. Du hast Hunger und bleibst an einem Geschäft stehen, einem Stand eigentlich, weil es dort so duftet. Das Mädchen mit dem Haarnetz frittiert heißen Teig für dich und tunkt ihn in Zucker, und du nimmst die Tüte, und es ist heiß und süß und knusprig, und du solltest so etwas nicht essen wegen des Blutzuckers, aber du brauchst das jetzt, weil scheiß auf die Regeln, weil sie dich angesehen hat wie …

Warum?

Du kommst wieder zum Fluss, und du stehst auf der Brücke und schaust Richtung Meer, das du nicht siehst. Es gibt eine neue Brücke, die Claire dir gezeigt hat, weil sie endlich-mal-nach-einer-Frau-benannt ist. Aber du kannst nur daran denken, dass du hier umkehren und zurückgehen könntest. Du könntest umkehren und zurückgehen und alles zurücknehmen oder entschuldige oder etwas anderes sagen, was du nicht so meinst, oder stehen oder sitzen und dich klein fühlen, es gibt so viele Arten, sich klein zu fühlen. Das alles könntest du tun, und vielleicht würde sie dich dann wieder mögen. Vielleicht. Vielleicht wäre es genug, einfach in ihrer Nähe zu sein. Aber du blickst auf die Lichter auf dem Wasser und die Lichter an dem hässlichen Turm, der-nicht-mehr-hässlich-ist, weil er jetzt hübsch beleuchtet ist, und wen interessiert schon das CO_2, wenn es so hübsch aussieht, und du siehst die Eisenbahnbrücke und das alte Zollamt dahinter und die Straßenbahnschienen, die vor dir liegen. Und irgendwie bedeutet das alles zusammen, dass du nicht zurückgehen willst.

Herz aus Stein, Löwenherz, Herz aus Gold, Herzenswunsch, Herz und Seele, hör auf dein Herz, schütte jemandem dein Herz aus, trag dein Herz auf der Zunge, setz dich mit ganzem Herzen für etwas ein, sprich von Herzen, gewinne jemandes Herz, hab ein großes Herz, das Herz der Stadt, ein gebrochenes Herz.

Du weißt, der Schmerz in deiner Brust kommt davon, dass du müde bist und nicht tief genug atmest. Du weißt, die schweren Glieder kommen davon, dass du Zucker gegessen hast und müde bist und nicht tief genug atmest. Du weißt, du fühlst dich verloren, weil du dich nicht an deinen Plan gehalten hast und du Pläne machst, damit du dich sicher fühlst. Aber du weißt auch, dass der Schmerz in der Brust und die Schwere und das Verlorensein daher kommen, dass du ein gebrochenes Herz hast, und manchmal ist die Metapher die Wirklichkeit.

Menschen gehen – gehen, gehen, gehen.

Also kannst auch du gehen.

Du nimmst dein gebrochenes, zuckervolles Herz und gehst über die Straße mit der Ampel und den Autos und den Menschen, und du gehst vorn am Trinity College vorbei und folgst den Straßenbahnschienen, und du siehst die Lücke, wo früher das Haus war, und die beleuchteten Kräne, und deine Beine beschweren sich, weil dein gebrochenes Herz so viel Kraft kostet, und du könntest einfach umfallen, aber du gehst trotzdem weiter, vorbei an der Buchhandlung und dem Hibernian Way und dem Mansion House, bis du die Kuppe erreichst und vor Stephen's Green stehst. Diesmal hast du keine Vision, du siehst keine ausgebleichten oder vergifteten Bäume. Der Park ist geschlossen. Also überquerst du die Schienen und gehst außen um den Park herum, und der Zucker hält deinen Kreislauf in Gang, und eigentlich weißt du sowieso nicht, wie sich Ausgeglichensein anfühlt, also gehst du weiter, während sich alles um dich dreht, du gehst zwischen den Autos hindurch und an den Zäunen entlang, bis du ans andere Ende kommst und wieder über die Straße gehst. Auf dem Schild an der Wand steht *Earlsfort Terrace*.

Du siehst nach vorn und gehst weiter und versuchst, nicht zu stolpern, und dann siehst du die steinernen Verzierungen der Tore und die Konzerthalle, und sie ist erleuchtet.

Sie ist für dich erleuchtet. Ein Gedanke, den du nicht für möglich gehalten hättest, nachdem sie dich angesehen hat wie …

Und dein Handy vibriert. Zum wievielten Mal eigentlich?

Rausholen und aufs Display sehen, obwohl es sich anfühlt wie Hoffnung und Verzweiflung auf einmal.

WO BIST DU?

WO BIST DU?

WO BIST DU?

Hier.

Und du weißt, du solltest antworten, weil Claire sich Sorgen macht und Claire auf deiner Seite ist. Aber du weißt auch, dass du tust, was du tun musst, und sie würde es nicht verstehen, weil sie nicht für möglich hält, dass du dich verlieben könntest, und das ist traurig und wahr und einsam, aber du wirst diese Liebe nicht aufgeben, nicht einmal, nachdem sie dich angesehen hat wie …

Und du gehst die Stufen hinauf, und ein Mann öffnet dir die Tür, für dich, und es ist hell, aber es ist nicht sehr voll, also ist es okay, und du siehst das Schild vom Ticketschalter, und du gehst durch den Raum zwischen den Säulen und nennst vor dem beleuchteten Fenster deinen Namen, und du bekommst einen braunen Umschlag, auf dem *P. O'Neill* steht, und du öffnest den Umschlag, und die Frau am Schalter weist dir die Richtung, und du gehst durch die Türen und siehst die Kronleuchter und noch mehr Türen, an denen eine Frau dein Ticket kontrolliert und dich fragt, ob noch jemand bei dir ist, und du sagst nein, was dir fast das Herz zerreißt, aber jetzt bist du drin, und du findest das M und die 17, und das ist dein Platz, und du könntest auch auf der 18 sitzen, aber du siehst den Platz und denkst, dort hätte sie gesessen. Aber sie hat nein gesagt und dich angesehen wie …

19:45 Uhr

Die Stille im Haus war tröstlich und erdend gewesen, Aidan hatte sie geatmet und gedacht, wie gut es tat, nach Hause zu kommen, in sein Zuhause, es zu riechen und zu spüren. Der Kamin und der Sims, die Möbel, darin lag etwas Festes, etwas Unverändertes und Unveränderliches, das ihm sagte, dass er hierhergehörte. Es war eine Erleichterung, allein zu sein. Als er das Tor quietschen hörte und dann Ruths Schlüssel im Schloss, ging er ihr nicht entgegen, um sie zu begrüßen. In den Sekunden, bevor sie durch die Wohnzimmertür trat, wünschte er, sie würde sich umentscheiden und zuerst nach oben gehen oder einfach wieder weggehen. Lass mir das hier, wünschte er sich stumm.

Doch nein, Ruth steht jetzt mit ihm in diesem Zimmer, ein Störfaktor, und wieder steigt Verärgerung in Aidan auf, weil sie immer auf einer Reaktion besteht, weil sie immer genau dann gehört und gesehen werden muss, wenn *sie* es will, ohne Rücksicht auf ihn oder seine Gefühle.

Endlich sieht Aidan seine Frau an. Ruths Gesicht ist gerötet, sie hält den Schlüssel noch in der Hand, als hoffe sie, damit noch etwas anderes öffnen zu können.

»Ich wollte zu Hause sein, um dich willkommen zu heißen«, sagt sie.

»Das habe ich nicht erwartet.«

»Du hast mir gefehlt«, sagt sie.

Das lässt Aidan im Raum stehen, weil er noch nicht bereit ist, es ist noch zu früh, um auszusprechen, dass sie ihm nicht gefehlt hat.

»Wie war dein Flug?«, fragt sie.

»Wie immer.« Aidan wundert sich, wieso sie nicht merkt, dass er nicht reden will, dass er die Stille braucht. »Bin durch das neue Terminal gegangen. Noch keine Spur vom Brexit. Aber da drüben reden sie von nichts anderem, und die Werbebranche weiß nicht, ob sie jetzt überall den Union Jack draufkleben oder ihn ganz weglassen soll. Es scheint, als würde niemand sagen, was er oder sie wirklich denkt. Man weiß nie, was das Gegenüber gewählt hat«, sagt Aidan achselzuckend.

»Und London? Wie war das Wochenende?«

»Schön.« Sag nichts weiter, ermahnt er sich. Rede nicht bloß aus Nervosität oder weil jemand die Leere füllen muss. Erzähl ihr nichts von den Drinks am Freitagabend und dem Kater am Samstag. Erzähl ihr nicht vom Zimmerservice. Nicht vom Spaziergang heute oder den vielen Stunden Selbsthass an diesem Wochenende. Erzähl ihr nichts von alldem.

Eine kleine Falte zwischen ihren Brauen. »Gut, super«, sagt sie.

»Es war schön«, sagt Aidan, »mal nur an sich selbst denken zu müssen.«

Jetzt zuckt Ruth die Achseln. Sie zieht die Jacke aus, und als sie sich umdreht, um die Jacke über einen Stuhl zu hängen, kommt sie ihm für einen kurzen Augenblick wie eine Fremde vor. Einschüchternd. Sie geht zur Tür, öffnet sie und verlässt den Raum. Fast unfreiwillig folgt er ihr, durch den Flur, in die Küche. Sie steht mit dem Rücken zu ihm vor dem Spülbecken. Geistesabwesend nimmt sie ein Glas aus dem Regal, ohne auch nur hinzusehen, den Blick aus dem Fenster gerichtet.

Ruth dreht das Wasser auf, ohne zu fragen, ob er auch etwas möchte. So viel zum Willkommenheißen.

»Hast du Hunger?«, fragt er ihren Rücken, um das Schweigen zu brechen. »Mir war nicht nach Flugzeugessen, ich bin am Verhungern.«

Der Kühlschrank ist leer, er hat bereits nachgesehen, sie hat meist nichts im Haus. Ruth dreht sich zu ihm um und fängt für einen Moment seinen Blick auf, und dann, er kann förmlich sehen, wie sie umschaltet, öffnet sie den Kühlschrank und schüttelt den Kopf.

Es ist einfacher, nichts zu sagen. Nur die Nummer zu wählen.

»Hallo, eine Bestellung, bitte.« Das Geräusch ist zu laut hier in der Küche. Doch Ruth starrt schon wieder aus dem Fenster, oder vielleicht auch auf das Glas, in dem sie sich beide spiegeln. Unscharf erkennt er die Umrisse der weißen Rosen, die immer noch blühen. Nach dem katastrophalen Anfang war es doch noch ein warmer Sommer geworden.

»Danke.« Aidan legt auf. »Sie brauchen vierzig Minuten.«

Es kommt ihm empörend lang vor.

20:13 Uhr

ICH KANN NICHT GLAUBEN, DASS DU MEIN VERTRAUEN SO MISSBRAUCHST, PEN, WIR HABEN EINE ABMACHUNG

GEHT ES DIR GUT? ANTWORTE MIR

PEN, WO BIST DU?

Da sind zwei Geigen, wobei eine größer ist als die andere, also ist es vielleicht eine Viola. Und eine kleine Gitarre. Ein Cello. Ein Kontrabass. Irgendwie zwei Klaviere. Jedes Instrument macht andere Laute, aber daraus entsteht kein Chaos im Kopf, es ist vielmehr, als würden sie der Welt einen Sinn geben, weil das der Klang der Welt ist. Und die Noten steigen auf und ab, auf und ab, zusammengehalten von einer unsichtbaren Linie. Wie klingt die Welt? Ein tiefes Klagen der Streicher, eine sanfte Trommel, ein Tastenanschlag auf dem Klavier, und zusammen ergibt das den Klang von Verbundenheit. Pen folgt den Klängen, immer tiefer und tiefer, bis ein Shaker sie wieder emporhebt und der Mann am Klavier den Kopf vor und zurück wiegt.

Alice sitzt neben ihr, und Pen nimmt ihre Hand, und Alice drückt ihre Finger, und sie sind eins.

Alice sitzt nicht neben ihr, und Pen ballt die Fäuste auf den Oberschenkeln, wappnet sich gegen dieses Gefühl.

Die Musiker wechseln die Instrumente und beginnen ein Stück, das der Bandleader *Protection* nennt, er sagt, es wäre jedes Mal anders, wenn sie es spielen, weil sie an irgendeinem Punkt den Faden verlieren. Pen fragt sich, wie das passieren kann, weil es doch bestimmt aufgeschrieben, geplant wurde, und wenn sie trotzdem den Faden verlieren, heißt das vielleicht, dass sie es wollen.

Pen hat Claire geantwortet.

OKAY. IM KONZERT. WAR EINE ÜBERRASCHUNG FÜR ALICE.

Doch das Vibrieren hörte nicht auf. Und obwohl der Platzanweiser beim Hineingehen gesagt hatte: »Bitte schalten Sie Ihr Handy aus«, wusste Pen, dass sie mit Claire sprechen musste. Es war schon okay, dachte sie, weil es noch früh war und niemand außer ihr in dieser Reihe saß.

»Hi, Mum.«

»Pen, ich hab dir die Demo erlaubt, ja, aber ein Konzert?«

»Hmmm.« Das sagt Pen, wenn sie nicht weiß, was sie erwidern soll.

»Warum hast du mir nichts davon gesagt? Ich hab mir Sorgen gemacht.«

»Hmmm.«

»Es gibt Montagabendpizza, die magst du doch so gern.«

Die Stimme ihrer Mutter klang angespannt, die Töne wechselten zwischen hoch und tief, spitz und stumpf.

»Das ist wirklich nicht in Ordnung, Pen. Und was gibst du Soraya damit für ein Beispiel?«

Claire seufzte, und Pen dachte, dass es nicht fair war, jemand anderen zu verletzen, wenn man selbst verletzt war, aber genau das hat sie mit Claire gemacht, als sie nicht nach Hause gekommen war.

Jetzt spielt die Band ein Lied mit dem Titel *Found Harmonium*, und Pen denkt, oh, das ist keine Musik für Verlorene. Das Harmonium sieht aus wie eine Kiste, es müsste eigentlich ein Klavier sein, aber es klingt wie Wind in den Bäumen, in lauten Bäumen, wie eine Orgel, ja, das ist das richtige Wort. Die Musik ist wie eine Flut winziger Augenblicke.

Claires Stimme wurde lauter.

»Ich fahre in die Stadt und hole dich und Alice ab, keine Widerrede, junge Dame.«

Diese Stimme hatte Pen schon ewig nicht mehr gehört.

»Alice ist nicht hier.«

»Was, Pen?«

»Ich bin allein. Und«, Pen schaute zur Decke, »andere Teenager machen so was ständig, allein irgendwo hingehen. Das ist nicht gefährlich, Mum.«

Claire atmete hörbar aus, so lange, dass Pen staunte, wie viel Luft in ihrer Lunge war, dann Stille, dann nur Atmen, und Pen stellte sich vor, wie ihre Mutter im Flur an der Wand lehnte, die Autoschlüssel in der Hand.

»Okay, Pen, okay«, sagte Claire. »Du hast nichts getrunken, oder?«

»Nein.«

»Und du kommst mit dem Bus um neun nach Hause. Ist mir egal, was da los ist, du kommst nach Hause, und wenn es unheimlich ist oder du Panik kriegst, dann nimm dir einfach ein Taxi, und ich bezahle es, wenn es hier ist. Okay?«

»Okay.«

»Das heißt nicht, dass alles vergeben und vergessen ist, Pen. Das wird noch Konsequenzen haben«, sagte Claire, doch dann änderte sich der Klang ihrer Stimme. »Nicht, dass dich der Jäger holen kommt.«

Und da wusste Pen, dass es wirklich okay war. Denn die verrückte Art, wie Sprache funktionierte, konnte sie immer noch zum Lächeln und ihre Mutter zum Lachen bringen. Pen war ein Teenager, kein Fuchs, und sie hatte auch keine Gans gestohlen, sie hatte noch nie etwas gestohlen.

Der Mann auf der Bühne wendet sich ans Publikum, und sein Gesicht ist ganz klein und weit weg, aber sie kann es trotzdem erkennen, und er sagt, dass das nächste Lied *The Life of an Emperor* heißt, und mit einem Mal sieht Pen einen blauen Himmel mit Zirruswolken vor sich und schneebedeckte Ebenen bis zum Horizont, und die Noten füllen den Raum zwischen Schnee und Himmel, und die Musik selbst wird beinahe sichtbar, wenn man darüber nachdenkt, die Schwingungen und Luftströmungen zwischen dem Körper des Instruments und dem des Menschen, der sich über das schwingende Holz beugt, seinem Kopf, seinem Ohr, seinem Körper und den Körpern der anderen.

Pen sitzt zwischen lauter Menschen, und niemand erwartet von ihr, dass sie etwas sagt oder einen bestimmten Gesichtsausdruck annimmt. Sie riskiert einen Blick zu den Menschen in ihrer Nähe. Ihre Gesichter sind leer, unlesbar. Was heißt, dass sie in diesem Moment alle einfach sie selbst sind. Pen fragt sich, ob die anderen dasselbe sehen wie sie. Wenn sie ganz still sitzt und die

Schwingungen über sich hinwegströmen lässt, erhebt sich in dem freien Raum über ihren Köpfen ein Gebäude aus Säulen und Luft. Und sie fragt sich, ob die anderen auch sich selbst und ihr Leben sehen.

Die Noten fließen in ihren Körper, und die Musiker blicken nicht direkt ins Publikum, sondern auf ihre Instrumente und Notenständer. Sie sehen die Menschen nicht an. Pen stellt sich vor, dass manche von ihnen so sind wie sie. Still.

Einmal hatte Alice Pen ein vollgeschriebenes Notizbuch gezeigt, lauter Listen mit Wörtern. Pen hatte gestutzt. »Das sind alles Dinge, für die ich dankbar bin«, sagte Alice. »Meine Eltern meinen, ich soll diese Listen schreiben, wenn ich traurig bin.« Sie hatte eine Pause gemacht, Pen hatte abgewartet.

»Das soll mir Halt geben.«

»Funktioniert es?«

»Nicht so, wie sie es gern hätten. Sie wollen, dass es mir gut geht.«

»Eltern wollen immer, dass es einem gut geht.« Pen dachte daran, wie ihre Mutter sie jede Woche zu der Therapiefrau fuhr. »Aber sie verstehen es einfach nicht.«

Alice sagte, sie sei es müde, so zu tun, als ob, und Pen hatte das Gefühl gehabt, Zutritt zu ihrem Raum des Nicht-so-Tuns erhalten zu haben.

Alle glauben, Alice sei nicht still, Alice sei das Gegenteil von Pen, aber das liegt daran, dass sie im So-tun-als-ob-Raum sind und Pen nicht. Alice hat Pen erklärt, sie mache bei dem mit, was die anderen machen, weil sie sich einfügen wolle und das ihr Weg sei, nicht gesehen zu werden (niemand sieht dich an). Alice ist nicht wie die anderen, obwohl sie hübsch und beliebt ist und man deshalb leicht den falschen Schluss ziehen kann, dass sie gern damit angibt, aber die echte Alice ist still. Und deshalb mag Pen sie. Mochte. Mag.

»Sieh auf deine Hände, Pen.« Das sollte ihr ein Gefühl von Kontrolle vermitteln. Ihre Hände auf den Oberschenkeln, rosig, schimmernde Fingernägel auf Jeansstoff. Alice hatte sie gefragt, ob sie irgendwas damit mache, Maniküre oder so, »du hast wirklich schöne Nägel, Pen«. Aber Pen sagte: »Nein, sie wachsen einfach so.« Alice sagte, ihre Mutter gehe mit ihr zusammen zur Maniküre, *Mädelsausflug* nannte sie das, und sie verzog das Gesicht, als sie das sagte, und Pen stieß eine Art Lachen aus, das war praktisch das erste Mal, dass sie richtig miteinander gesprochen, sich etwas anvertraut hatten.

Aber keine Schwingungen, kein Vibrieren von ihr.

Keine Nachricht, die sagt: Warte auf mich. Keine Nachricht, die das Nein zurücknimmt. Den Blick. Die kalte Schulter.

21:15 Uhr

Die Bewegungen sind einstudiert und doch irgendwie unsicher. Aidan sieht, wie Ruth die Teller einsammelt und in die Spülmaschine stellt. Er klappt die Deckel der Takeaway-Kartons zu, stopft sie in den Mülleimer. Hört seinen eigenen Atem und das Ticken der Küchenuhr. Sie haben kaum ein Wort gesprochen.

»Möchtest du Tee?«

Aidan nickt und überlegt, sich unter einem Vorwand nach oben zu stehlen und seine Sachen auszupacken.

Ruth füllt den Wasserkocher, stellt ihn auf den Sockel, legt den Schalter um. Aidan steht da, tritt von einem Bein aufs andere, lehnt sich an die Kücheninsel, den Blick auf den Wasserkocher gerichtet. Es ist das Gefühl wie bei einem ersten Date. Oder einem letzten.

Der Wasserkocher schaltet sich mit einem Klacken aus, doch Ruth rührt sich nicht.

»Soll ich das machen?« Aidan erlaubt sich, eine Spur genervt zu klingen.

Ruth dreht sich zu ihm um, und er sieht die Tränen in ihren Augen, und für einen Moment schweigen beide.

»Was ist los, Aidan?«

»Willst du mir wirklich sagen, dass du das nicht weißt?«

Es hat angefangen.

»Möchtest du noch Tee?«, fragt Ruth.

»Okay.«

Ruth gießt Wasser in zwei Tassen. Rührt um. Drückt die Teebeutel aus. Gibt Milch dazu. Sie reicht Aidan die Tasse. Beide achten darauf, sich nicht zu berühren, und als ihm das auffällt, zuckt sein Arm leicht zurück. Tee schwappt über. Es hat keinen Zweck, er kann es nicht aussprechen. *Er muss es aussprechen.*

»Ich glaube, ich kriege ein Geschwür im Mund«, sagt Aidan und sieht, wie Ruth das Gesicht verzieht.

»Oh nein«, sagt sie, streicht ihm über die Finger.

Und einen Augenblick lang glaubt Aidan, ohne zu zögern, dass sie keine Angst voreinander haben, dass Ruth ihnen beiden Trost spenden kann, indem sie seine Hand streichelt, und dass diese eine Handlung alles zwischen ihnen heilt, und vielleicht braucht er es dann nicht auszusprechen. Als sie die Hand zurückzieht, fühlt er sich beinahe nackt.

Ruth kann ihre Hand nicht auf seiner lassen, weil sie so leblos auf der Arbeitsfläche liegt und er ihre Berührung anscheinend gar nicht wahrnimmt. So ist es immer, o Gott, so fühlt es sich jedes Mal an, wenn sie den Kontakt sucht, so kalt, so kalt, so kalt.

Egoistisch ist das Wort, das Aidan sagen möchte. Egoistisch. Aber wie könnte er das? Ruth hatte recht, es ist *ihr* Körper. Herrgott, jetzt lächelt sie. Er weiß, dass es nur ein Reflex ist, sie macht das, wenn sie nervös ist. Ihre Mutter hat das wahnsinnig gemacht, hat sie ihm erzählt, und ausnahmsweise ist er mit dieser Frau einer Meinung, denn wenn man Ruth so sieht, ist es schwer zu glauben, dass sie einen ernst nimmt. Dass sie auch nur ansatzweise ahnt, wie sehr es ihm das Herz zerreißt.

Ruth denkt, *ich glaube an dich*, und lächelt, aber Aidan sieht aus, als wolle er sich abwenden, und dann wird dieser Moment verloren sein, und auch sie wird verloren sein. Ihre Hand fällt wieder auf seine, landet klatschend auf der Arbeitsfläche und seinen Knöcheln, und beide sind überrascht von dieser Bewegung, die von ihrer Hand ausging.

»Egoistisch.« Aidan weiß, dass er es laut gesagt hat, denn ihr Gesicht zieht sich zusammen. »Du bist egoistisch gewesen. Bist es noch. Egoistisch.«

»Wann?« Jetzt lässt Ruth die Hand aus reiner Sturheit auf seiner liegen.

»Als du entschieden hast, dass nur deine Meinung zählt, dass es allein dein Körper ist. Dass es … dass es … vorbei ist.«

»Ich konnte das nicht mehr, Aidan.«

»Und was ist mit mir?«

»Du hast okay gesagt.« Ruth seufzt. »Du hast gesagt, es sei okay für dich, Aidan. Du hast gesagt, ja, wir machen eine Pause.«

»Du hast geweint und geschrien, du warst … weißt du noch … du hast mit den Fäusten auf dich selbst eingeschlagen, überallhin, ich dachte, du verletzt dich. Ich hatte Angst. Deshalb habe ich ja gesagt. Aber das«, und er zieht die Hand unter ihrer weg, um den Finger auf sie zu richten, »das ist keine Pause! Also was bleibt mir jetzt für eine Wahl, ich bin der Arsch, der dich bedrängt, es weiter zu probieren, der dich dazu zwingt, schwanger zu sein ...«

»Du meinst wohl eher, *nicht* schwanger zu sein?« Sie starrt ihn streitlustig an. »Wieder nicht schwanger! Wir haben es doch versucht, und es war alles umsonst.« Sie hat die Arme ausgebreitet, eine allumfassende Geste.

»Es war nicht umsonst.« Etwas in Aidan krampft sich zusammen. »Wir haben es versucht, für uns, für unser Kind.«

»Glaubst du, ich weiß das nicht?«

»Ich bin mir nicht sicher, was du weißt, Ruth. Ernsthaft.« Aber sie bewegt sich kein Stück, und Aidan entscheidet sich, es rauszulassen: »Auf der Geschäftsreise«, sagt er und deutet mit einer nach hinten weisenden Handbewegung auf die jüngste Vergangenheit, »auf der Reise hat mich einer der Männer gefragt – man denkt, Männer werden so etwas nicht gefragt, aber das stimmt nicht –, einer der Männer hat mich gefragt, ob ich Kinder hätte. Und wenn das passiert, versteinere ich jedes Mal innerlich. Was soll ich diesem Mann sagen, den ich nicht mal besonders gut kenne? Dass wir es wollten, dass wir es versucht haben, aber kein Glück hatten? Ich habe es nicht über die Lippen gebracht. Ich konnte nicht einmal nein sagen.«

»Was hast du gesagt?«

»Ich habe nur den Kopf geschüttelt«, und er wiederholt die Geste.

»Bestimmt hat er es verstanden.«

»Scheiße, das hat er nicht. Weißt du, was er gesagt hat? Er hat gesagt: ›Das ist echt schlau von dir. Kinder sind ein Albtraum, Kumpel. Du hast so ein Glück, dass du tun und lassen kannst, was du willst.‹ Und dann hat er mir auf die Schulter geklopft. Ich hätte ihm eine reinhauen können.«

»Oh, Aidan, das tut mir so leid.«

»Ach, ja?« Er lässt das einen Moment lang in der Luft hängen. »Wir hätten es in Spanien oder Prag versuchen können, da sind die Ergebnisse besser. Andere schaffen es doch auch.«

»Und wieder andere gehen daran kaputt.«

»Und was ist mit uns? Was ist mit uns, Ruth? Sind wir glücklich? Ja, du schon. Dir geht's *gut*. Sieh dich nur an, du siehst nach vorn, nur ich bin auf der Strecke geblieben.«

Er keucht fast schon vor Feindseligkeit. Sie stehen auf entgegengesetzten Seiten des Raums wie Boxer in ihren Ecken.

»Ich war heute allein im Krankenhaus, Aidan.«

Er sieht verständnislos aus, dann dämmert es ihm. »Das war heute.«

»Das war heute. Mir geht's gut, falls du's wissen willst.«

»Tut mir leid, ich habe es vergessen. Entschuldige. Ich meine, das ist gut.« Aidan reibt sich den Hinterkopf, versucht etwas zu lösen. Warum herrscht immer so ein Wettkampf zwischen ihnen? Als hätte sie seinen Gedanken gehört, seufzt Ruth und schiebt ihre Tasse auf dem Untersetzer hin und her.

»Findest du mich wirklich egoistisch? Mit meinem misshandelten Körper, mit den täglichen Spritzen, mit den Hormonschwankungen? Egoistisch? Für dich ist das leicht, du stehst daneben und hältst meine Hand, aber du musst nichts davon selbst durchmachen – oh ja, in einen Becher wichsen, wie demütigend für dich, aber die Sonden und die Nadeln und alles, das war in mir, in meinem Körper – es war so erniedrigend für mich, und du hast nie auch nur gefragt, du hast immer nur gesagt, am Ende würde es das alles wert sein, aber du hast mich nicht gesehen, du hast nicht gesehen, was mir das abverlangt hat, weil du es so wolltest. Die Egoistin hier bin nicht ich.«

»Das ist nicht fair. Ich war da, aber du wolltest nie reden, du bist einfach ins Bett gegangen oder hast mich angefaucht, und ich … ich habe dich allein gelassen, weil du es so wolltest.« Er kann sie nicht ansehen, kann nur auf seine Füße starren, er schämt sich mehr, als er es für möglich gehalten hätte, denn er ist doch im Recht, oder nicht, seine Gefühle zählen doch auch? Erinnerst du dich nicht mehr, will er sie fragen, bringt es aber nicht fertig, weißt du nicht mehr, wie wir uns in diesen Monaten gefühlt haben, als wir Eltern waren? Er hatte geglaubt, sie wären ein Team, aber dann, vor einem Jahr, hatte Ruth ihn vor der Arztpraxis angeschrien, sie hatte geschrien, dass sie das nicht mehr tun würde, und da wusste er, dass er allein dastand.

»Ehrlich, Ruth, manchmal kommt es mir vor, als ob du es überhaupt nicht bedauerst.«

»Bedauern?«

»Wie es ausgegangen ist. Dass du erleichtert bist, dass es nicht funktioniert hat. So kannst du alles in deine Praxis stecken.«

Ruth will ihn schlagen, will ihm sagen, das muss ja wohl ein Witz sein, verdammte Scheiße. Sie atmet aus. »Weißt du, wie man uns nennt? Frauen wie mich? Menschen wie mich, Gebärmütter wie meine, nennt man eine feindliche Umgebung.«

»Aber es hat einmal funktioniert. Wir hatten bloß Pech.«

»Es gab so viele Tage, an denen ich schon kämpfen

musste, um überhaupt aus dem Bett zu kommen«, sagt Ruth. »Wenn mich jemand fragte, wie es mir geht, war das jedes Mal wie ein Angriff, und ich musste immer sagen ›gut‹. Ich habe das nicht mehr ausgehalten.«

»Und was ist mit meinem Körper?«, will Aidan wissen. »Du hast nie nach mir gefragt. Dass mir alles wehtat von der Schlaflosigkeit. Dass ich Tag für Tag diese Emotionen mit mir herumtrug. Und ich habe auch Tests gemacht, nicht so schlimme wie du, aber trotzdem, und mich die ganze Zeit gefragt: ›Liegt es an mir?‹« Er unterbricht sich, doch Ruth sieht ihn an. »Und im Krankenhaus, in der Klinik, da hast du die Beratung abgelehnt – wusstest du, dass ich darum gebeten habe?«

»Wann?«

»Später. Ich bin später noch mal hingefahren. Ich habe einen Termin gemacht, und die Therapeutin hat wohl uns beide erwartet. Als sie die Tür öffnete und ihr klar wurde, dass ich allein gekommen bin, sah sie mich an, als hätte ich etwas Unanständiges gesagt. Partner sind anscheinend nur zusammen mit der Mutter zugelassen.«

»Aidan. Das wusste ich nicht. Wirklich … es tut mir leid.«

»Du hast mich im Stich gelassen.« Aidan ist lauter geworden, als er wollte, und sieht den Schreck auf Ruths Gesicht.

»Es tut mir leid«, fängt Ruth wieder an, aber nein, sie kann das nicht, sie darf nicht in diesen Tut-mir-leid-tut-mir-leid-tut-mir-leid-Kreislauf geraten, das ist, als würde sie sich selbst auslöschen. Sie nimmt sich einen Moment. Was können sie noch tun? Sie sieht ihn an, doch er starrt wieder auf den Boden.

»Und wenn wir es noch mal versuchen, Aidan?«

Aidan sieht auf, sieht sie an, er traut seinen Ohren nicht.

»Wenn wir es noch mal versuchen?«

Die Laute verbinden sich zu einer Bedeutung, ihm wird bewusst, dass sie ihn etwas fragt. *Hoffnung. Angst.*

»Was wäre, wenn ich ja sagen würde«, fährt Ruth fort, »wenn ich sage, ja, wir machen weiter. Wenn wir es versuchen, wirklich versuchen, und noch einmal alles geben? Wenn wir das tun und es trotzdem nicht funktioniert.« Ruth hält inne. »Aidan? Könntest du dann aufhören?«

Die Frage ist nicht fair. Aidan räuspert sich. Sie ist nicht fair, denn wenn sie es noch einmal versuchen und es nicht funktioniert, wäre er am Ende. Was jetzt in ihm aufsteigt, ist weder Hoffnung noch Angst, sondern Verzweiflung. Er muss sich am Rand der Arbeitsfläche festhalten. Was sagt sie gerade?

»Stell dir vor, wir wären wirklich Zeitreisende. Ich weiß, das ist verrückt. Aber was wäre, wenn wir in der Zukunft wären, in einer anderen Zukunft, und ich sage dir, ja, wir haben es noch einmal versucht und unsere ganze Hoffnung in diesen letzten Anlauf gesetzt, und trotzdem, trotzdem hat es nicht funktioniert, Aidan.« Ruth zittert vor Anstrengung. »Was, wenn wir fünf oder sechs oder sieben Zyklen gemacht hätten und es trotzdem nicht funktioniert hätte?«

Aidan geht unter, er kämpft nicht mehr gegen die Flut von Gefühlen an, er ertrinkt darin.

»Ich kann mir diese andere Zukunft vorstellen. Mit jedem Mal hätten wir mehr und mehr von uns selbst verloren und trotzdem nicht bekommen, was wir uns wünschen. Und du würdest trotzdem vor mir stehen und mehr fordern. Wie oft wäre dir genug?« Ruth macht eine Pause, in der Luft hängt der Nachhall der Worte, die der schlimmste Albtraum ihres Mannes sind. »Du hättest nie aufgegeben, Aidan.«

Er atmet nicht. Er ist unter Wasser.

»Wir haben es versucht. Wir haben alles probiert, Aidan.«

Seine Lunge schmerzt.

»Wir haben es immer wieder versucht, wir haben nur jedes Mal die falsche Antwort bekommen.«

Das wird er nicht überleben.

»Wir haben die Antwort bekommen, die wir nicht wollten.«

Sein ganzer Körper ist jetzt überflutet.

»Ich musste den Schlussstrich ziehen.«

Sie ist auf ihn zugekommen, steht jetzt neben ihm und sieht ihn an, und Aidan kann nichts sagen, kann nicht weinen, kann nicht atmen.

»Und das macht mich so traurig. Auch ich trage diese Trauer in mir. Aber du musst mir verzeihen, Aidan. Uns beiden.«

Als wäre er ein Teil der Fluten geworden.

»Aidan, hör mir zu. Ich verzeihe dir.«

Vielleicht geht die Flut ganz leicht zurück.

»Es ist nicht deine Schuld, Aidan. Nichts davon ist deine Schuld. Niemand ist schuld.«

Sein Scheitel taucht auf.

»Aidan, du musst mir verzeihen. Und dir selbst auch.«

Er atmet.

»Wir können das durchstehen«, sagt Ruth, die Hände bittend geöffnet. »Wenn wir es versuchen. Wenn wir das stattdessen versuchen.«

Er räuspert sich, nimmt die trockene Luft wahr. Er ist in ihrer gemeinsamen Küche, seine Hand liegt auf dem Holz der Arbeitsfläche, die er und Ruth für ihr Zuhause ausgesucht haben. Das Zuhause, von dem er geglaubt hatte, er würde mit seinen Kindern darin leben.

»Du musst uns beiden verzeihen, Aidan«

»Zeitreisende«, sagt er.

»Vielleicht«, sagt Ruth leise. Sie muss wissen, dass sie zu weit gegangen ist.

Aidan steht bewegungslos da und betrachtet, was von der Lüge übrig ist, nachdem die Flut sie fortgespült hat. Von der Lüge, die er sich Tag für Tag selbst erzählt und die er so lange als Schutzschild benutzt hat. Die Hoffnung, die zugleich eine Lüge war, dass es *beim nächsten Mal* klappen würde. Er sieht Ruth an, sieht die verschmierte Wimperntusche unter ihren Augen, die Haarsträhnen, die sich aus dem Knoten gelöst haben, die Brillenabdrücke auf ihrer Nase.

»Wir sind Zeitreisende, Ruth«, sagt Aidan und hört wieder das Rauschen des Wassers. »Aber wir reisen nicht vorwärts, sondern rückwärts.« Er hält inne, spürt die Wellen in seinem Inneren. Er sieht Ruth an, ihr schutzloses Gesicht, sieht, wie sehr sie sich bemüht, und es ist wahr, sie hat alles gegeben. Aber der Schmerz ist zu groß.

»Wir reisen mit dieser Zeitmaschine in die Vergangenheit. Kannst du dir das vorstellen? Wir reisen zurück an den Punkt vor anderthalb Jahren, als du sagtest, dass du eine Pause brauchst. Weißt du noch?«

Ruth nickt schwach.

»Und in dieser magischen Vision, Ruth, kannst du da zurücknehmen, was du über unseren letzten Embryo gesagt hast?«

Ruth sieht ihn an.

»Kannst du in dieser Zeitreise-Vision ungeschehen machen, was du über unseren letzten Embryo gesagt hast?«

»Was, Aidan?« Ruth bewegt die Schultern, wie um etwas abzuschütteln. »Wovon redest du?«

»Ich habe gesagt, wir können ihn nicht zurücklassen, wir können nicht aufhören, solange noch ein Embryo übrig ist.«

»Wir haben ihn nicht ›zurückgelassen‹. Wir haben ihn benutzt. Er hat sich nicht eingenistet.«

»Aber davor. Als ich dich anflehte, als ich sagte, da sind unsere Zellen, unser Fleisch und Blut in diesem Gefrierschrank. Weißt du noch, was du da gesagt hast?«

Ruth schüttelt nur den Kopf.

»Du hast gesagt, ›Wenn der Gedanke an dein Fleisch und Blut in einem Gefrierschrank so schlimm für dich ist, können wir die Klinik bitten, es zu entsorgen‹.«

Er merkt, wie es sie trifft. Sieht, wie das Gewicht der Erinnerung zurückkommt.

»Ich hatte Angst, Aidan.«

»Oder«, und jetzt spricht Aidan aus, was er nie zuvor auch nur zu denken gewagt hat, »vielleicht wolltest du in Wahrheit nie ein Baby.«

Ruth steht still da und hält sich fest, aus Angst, sie würde bei der kleinsten Bewegung in Stücke zerspringen. Es ist immer der Mensch, der einen am besten kennt, der einen am klarsten sieht, der einen am meisten liebt, der sich dann umdreht und einen am tiefsten verletzt.

Den ganzen Tag über haben sich die Stimmen in ihrem Kopf abgewechselt.

Lauf weg! Bleib!

21:25 Uhr LEESON STREET (PEMBROKE STREET)

LEESON STREET BRIDGE

46A Oberdeck, erste Reihe.

SUSSEX ROAD
MOREHAMPTON ROAD (MARLBOROUGH ROAD)
BUS GARAGE
DONNYBROOK CHURCH

Der Bus macht seine üblichen Geräusche, der laute Motor, wenn es bergauf geht, das klappernde Fenster, lachende Jugendliche auf den hinteren Sitzen, der tickende Blinker, wenn er hält, die Türen wisch-wap, die Stimme, die den Tarif ansagt, man kann nicht hören, woher, das Piepen der Fahrkarten, das Stampfen auf der Treppe, wenn sie nach oben kommen, sich festhalten, wenn der Bus losfährt und beschleunigt, das Rempeln und Schieben, wenn sie sich setzen, und dann wieder nur der Motor. Heul, brumm, wrumm.

WELLINGTON PLACE. *Dauerwellington-Place.* Damit kann Pen Soraya zum Lachen bringen, und das ist ein gutes Gefühl. Und dank diesem Gedanken ist es auf einmal nicht mehr so wichtig, dass Pen das Konzert früher verlassen und sich an Leuten vorbeidrängeln musste, deren Gesichter nicht besonders erfreut aussahen, dass sie den Saal verlassen musste, während die Musik hinter ihr weiterspielte. Aber vielleicht hat Pen trotzdem bekommen, was sie brauchte, denn sie spürt die Schwingungen noch in ihrem Körper, und das bedeutet, dass sie die Musik mit nach Hause nimmt.

STILLORGAN ROAD. NUTLEY LANE. Die Überführung zur Uni, an der ihre Mutter arbeitet, die Green-Apple-Tankstelle, die vielen Apartmentblocks, noch hinter einem Bretterzaun, der für elegantes Wohnen im Süden Dublins wirbt. »Was soll daran so ›elegant‹ sein?«, fragt ihre Mum jedes Mal. »Es sind bloß Wohnungen mit Blick auf eine zweispurige Straße.« Wohin fahren die ganzen Autos? So viele Häuser, so viele Leben, in jedem Haus, in jedem Auto, und jeder Mensch hält sein eigenes Leben für besonders. WOODBINE ROAD. SEAFIELD ROAD. WOODLANDS AVENUE. Spüren, benennen, erkennen. Speichere sie in deinem Körper, zusammen mit der Musik.

STILLORGAN BYPASS, Silben mit einem hässlichen Klang. Die Stillorgan-Bowlingbahn, in der Pen mal einen Zusammenbruch hatte und jemand das filmte und Claire sich beim Geschäftsführer beschwerte und der sagte: »Hören Sie, gute Frau, niemand zwingt Sie, mit ihrem verrückten Kind hierherzukommen.« Mehr Apartments. »Uninspirierend«, sagt Dad in ihrem Kopf, und es ist seltsam-komisch, dass ihre Eltern-die-nicht-mehr-zusammen-sind immer noch Dinge sagen, die sich gleich anhören. Und noch komischer und noch seltsamer ist es, wird ihr klar, dass beide falschliegen. Denn die Leben darin, die sind elegant, und sie sind inspirierend. MERVILLE ROAD, GALLOPING GREEN.

Foxrock Church, da war die Trauerfeier für das kleine Mädchen. Die Besucher hatten alle leere Gesichter gehabt, und Claire hatte anschließend gesagt, »So sieht Erschütterung aus, Pen«, und ihre Stimme hatte sehr müde geklungen. Die Therapiefrau war auch in der Kirche gewesen, also muss sie die Familie ebenfalls gekannt haben. Man soll seinen Therapeuten außerhalb der Sitzungen nicht ansprechen, das hatte was mit Privatsphäre zu tun, was gut war, weil es in der Kirche ziemlich voll war und Pen lieber draußen auf dem Parkplatz blieb, aber jedes Mal, wenn der Bus an der Foxrock Church abbiegt, denkt sie an die vielen Menschen, die an jenem Tag gekommen waren, um zusammen traurig zu sein. Sie weiß, dass Claire auch daran denkt, denn manchmal sagt sie leise den Namen des Mädchens und blinzelt ganz viel, und Pen glaubt, sie versucht, sie irgendwie am Leben zu erhalten, weil Menschen auch Schwingungen sind. In der nächsten Sitzung hatte Pen herzliches Beileid gesagt, und die Therapiefrau hatte sich bei ihr bedankt und dann gesagt, dass es guttäte, zu weinen und Trauer zuzulassen. Dabei sprach sie eigentlich nicht von sich selbst, das weiß Pen. Manchmal benutzt die Therapiefrau Beispiele von anderen, und es geht dann nämlich in Wirklichkeit um sie. Es kann schwierig sein, Glück zu zeigen, aber bei Traurigkeit ist es noch schwieriger. Das ist wie ein Gewicht auf dem Brustkorb. Alice nennt es *das große Blau*. Pen hat das Wort nachgeschlagen und es Alice erzählt, und die meinte, auf Latein gefiele es ihr besser: *Magnum caeruleum*. Vielleicht muss Pen endlich aufhören, *Therapiefrau* statt Therapeutin zu sagen. Anscheinend gehen ziemlich viele Leute zu Therapeutinnen oder Therapeuten.

»Stehst du auch manchmal unter der Dusche und lässt das heiße Wasser einfach auf dich draufprasseln?«, hatte Pen Alice einmal gefragt. Alice hatte genickt und gesagt: »Ich stelle das Düsending an der Dusche ein und richte es auf meinen Nacken, und wenn man dann die Augen zumacht, weiß man nicht mehr, wo der Körper aufhört und das Wasser anfängt«, und darauf hatte Pen wiederum genickt. Da hatte sie sich Alice so nah gefühlt, dass sie ihr fast erzählt hätte, wie sie manchmal unter der Dusche die Narben von den Schnitten an ihren Oberschenkeln berührte. Wie ihr Herz davon anfing zu pochen, sie sich aber auch leer fühlte. Das war der Sinn des Ritzens, es leerte alles Schlechte aus einem aus, aber dann ging das Gute auch weg. Das hatte ihr die Therapeutin erklärt.

Das Ritzen hatte nach der Sache bei Lauren angefangen, und Pen hatte es gar nicht sehr oft gemacht, aber eines Tages war Soraya in ihr Zimmer gekommen, als Pen nicht angezogen war, und hatte das getrocknete Blut auf ihren Beinen gesehen. »Mum«, hatte Soraya geschrien, und Pen war richtig wütend auf sie geworden und hatte gebrüllt und geweint, aber jetzt weiß sie, dass ihre kleine Schwester das Richtige getan hat.

An einem der folgenden Abende hatte Claire mit ihnen beiden geredet. Sie hatte ihnen gesagt, Sandy würde jetzt bei John-von-der-Arbeit übernachten, bis er eine eigene Wohnung hätte, und auch sie müssten umziehen. Soraya hatte geweint, aber Pen hatte nur genickt und okay gesagt. Nachdem Soraya ins Bett gegangen war, hatte Claire Pen gebeten, noch ein bisschen zu bleiben. Dann hatte sie gesagt: »Pen, ich möchte einen Deal mit dir schließen.« Pen sei doch eine kluge Seele, und jetzt, ohne ihren Vater, werde sie sozusagen zur zweiten Erwachsenen im Haus, obwohl sie erst fünfzehn sei. Also müsse Pen eine gewisse Verantwortung übernehmen, nicht nur Aufgaben im Haushalt, sondern auch innerhalb der Familie, *für* die Familie. Claire hatte langsam und sanft gesprochen und dabei nicht Pen angesehen, sondern aus dem Fenster geschaut. Die ganze Zeit wollte Pen fragen, was passiert war, warum ihr Dad auszog, war es ihretwegen? Aber sie tat es nicht, weil sie wusste, dass Claire sagen würde, nein, Liebes, es ist nicht deinetwegen, manchmal-sind-zwei-Erwachsene-und-so-weiter-und-so-fort. Obwohl die Antwort wahrscheinlich doch ihretwegen lautete. Also hatte sie dem Deal zugestimmt, der besagte, dass sie alle ihr Bestes füreinander geben und keine Geheimnisse voreinander haben würden, weil die Familie an erster Stelle stand. Und Claire hatte recht gehabt, es wurde besser. Vielleicht war Pen ruhiger, seit Dad nicht mehr da war und es keine Streitereien mehr gab. Vielleicht half die Therapie, das Gefühl, dass sie nicht verkehrt war, sondern einfach nur sie. Vielleicht hatte Claire auch mit einer anderen Sache recht, nämlich damit, dass man nur man selbst sein konnte, wenn man andere an sich heranließ, wenn man zuließ, von anderen gesehen zu werden.

DEAN'S GRANGE CROSS. Pen sitzt auf ihrem erhöhten Platz und blickt über die Stadt, hier haben sie früher, vor dem Umzug, gewohnt, aber Pen mag es, dass das neue Haus näher am Meer ist, und als sie neulich zu Claire sagte, sie könne jetzt jeden Tag am Wasser entlanggehen und es mache ihr deshalb nichts aus, dass sie keinen

Garten mehr hatten, da war Claires Gesicht ganz glatt geworden, und Pen hatte gedacht, dass es gut gewesen war, das zu sagen.

BAKER'S CORNER, KILL AVENUE FIRE STATION, CARRIGLEA COURT und die Kunstakademie, auf die Soraya immer zeigt, wenn sie daran vorbeikommen, weil sie Dinge herstellen möchte, und Claire sagt dann: »Wie komme ich nur zu so wundervollen Töchtern?« Pen dachte immer, dass es nicht stimmte, dass Claire in Wirklichkeit nicht so über sie dachte. Das hatte sie auch einmal bei der Therapeutin erwähnt. »Glaubst du das wirklich?«, hatte die Therapeutin gefragt. Und Pen hatte den Kopf geschüttelt. »Kannst du es aussprechen?«, fragte sie. »Nein«, antwortete Pen, und als die Therapeutin sie weiter mit ihrem sanften Gesicht ansah, sagte Pen: »Meine Mum findet mich wunderbar.«

Den Knopf drücken, die Treppe hinuntergehen, neben dem Fahrer stehen. Der Bus wird ohne sie weiterfahren, durch die York Road und die Crofton Road bis zum Bahnhof, wo Pen heute Morgen war. Heute Morgen, als alles möglich schien.

TIVOLI ROAD. Woher kam der Name Tivoli? »Oh, gute Frage, Pen«, hatte Claire gesagt und über Kopenhagen und Paris und Rom gesprochen, und das liebt Pen an ihrer Mutter, sie weiß so viel und kann ihnen auf so viele Arten erklären, dass ihnen die Welt offensteht.

Pen biegt in ihre Straße ein, sieht den Schlüsseldienst und den Mechaniker. Sandy sagt immer, sie hätten Glück gehabt, weil sie zum richtigen Zeitpunkt gekauft hätten, aber es klingt nicht nett, wenn er das sagt, und als Soraya davon berichtete, meinte Pen, vielleicht hieße das, dass er eifersüchtig sei, und dann meinte Claire: »Tja, harter

Brocken.« Pen denkt daran, wie Claire alten, hart gewordenen Käse reibt und Brot damit überbackt und er dann wieder weich wird, und vielleicht ist ihr Dad auch so und braucht etwas, das ihn weicher macht, aber das ist weder Pen noch Soraya oder Claire.

Das Licht über der Haustür brennt, und Pens Schlüssel fügt sich ins Schloss, und ihre Mutter steht im Flur.

»Du bist da.«

Pen sieht ihre Mutter an, sieht die schmale Treppe, den Haufen Schuhe neben der Fußleiste. Und es ist zu viel.

Pen geht auf ihre Mutter zu, senkt den Kopf und bettet ihn an Claires Schlüsselbein, und dann ist sie wirklich zu Hause. So stehen sie da, in dieser Berührung, wieder zusammen atmen, wieder sein, in der Stille sein, was Pen gut kann und ihre Mutter nicht. Pen hebt den Kopf und entdeckt Soraya auf den oberen Treppenstufen, sie lehnt am alten, wackligen Geländer und sagt nichts, steht nur da, in ihrem rosa Schlafanzug, und seufzt leise und geht dann wieder in ihr Zimmer.

»Mum«, flüstert Pen an Claires Schulter, und sie weiß nicht, was sie sagen soll, aber vielleicht ist »Mum« genug.

22:00 Uhr

Alice steht an der Ecke und wartet, dass die Fahrbahn frei wird. Vielleicht geht sie besser ein Stück weiter bis zur nächsten Ampel, aber vielleicht kommt ja bald eine Lücke im Verkehr. Sie ist ein bisschen betrunken.

»War mit Pen alles okay?«, hatte Jo gefragt, und Alice hatte genickt. Danach fiel es ihr leicht und gleichzeitig schwer, im Pub zu bleiben und den Gesprächen zuzuhören, auch wenn sie selbst im Grunde nicht viel sagte. Als die anderen weiterzogen, um sich in der Talbot Street Pommes zu holen, schien es ihr selbstverständlich, mitzukommen. »Wusstest du«, sagte Jo, »dass die meisten Kartoffeln, die in den Imbissen verarbeitet werden, gar nicht aus Irland stammen?« Ein paar rissen Witze über die Große Hungersnot, und Alice lachte mit, obwohl sie eigentlich an Pen dachte. Warum war sie nicht einfach mit ihr mitgegangen?

»Wir gehen jetzt zurück zu den Zelten«, sagte Jo, nachdem sie ihre Pommes und Spice Burger vertilgt hatten. »Wir hätten gar nicht so lange wegbleiben sollen.«

Alice nickte, ihr fiel auf, dass die anderen ein Stück abseits standen.

»Kommst du mit?«

Alice wandte den Blick ab. »Ich sollte wohl nach Hause.«

»Früh ins Bett?«

»Denke schon.« Alice hatte das Gefühl, dass sie noch etwas sagen sollte, Jo sah aus, als würde sie auf etwas warten. »Aber es war wirklich cool, danke.«

»Sollen wir Handynummern austauschen?«, fragte Jo. »Dann können wir in Kontakt bleiben, wegen Demos und so.«

Alice nickte, sagte jedoch: »Mein Akku ist leer, sorry.« Obwohl mit ihrem Handy alles in Ordnung war.

»Dann gib mir einfach deine«, sagte Jo, das Display leuchtete auf.

»086«, begann Alice, obwohl ihre Nummer in Wahrheit mit 087 anfing.

Ein Bus hält, und da erst merkt Alice, dass sie an einer Haltestelle steht. Hier kommt sie nie über die Straße. Sie geht ein Stück weiter.

»Hey! Hey, du! Weißt du, wo's hier nach Marino geht?«

Ein Auto hat am Bordstein angehalten, und ein Mann beugt sich zum Beifahrerfenster. Grauer Wagen, vielleicht silbern, bei der gelben Straßenbeleuchtung ist das schwer zu erkennen. Der Fahrer lächelt. Also geht Alice zu ihm.

»Entschuldigung?«

»Weißt du, wo ich lang muss?« Der Mann deutet auf die Straße. »Ich will nach Marino.«

»Oh, klar, das ist …«

Was stimmt an diesem Bild nicht?

Mann. Lächelt. Leuchtende Anzeigen am Armaturenbrett. Mantel zusammengeknüllt auf dem Beifahrersitz. Er beugt sich vor, eine Hand auf den Sitz gestützt. Alice bückt sich, um ihn anzusehen, und sieht es. Es.

 Seine andere Hand.

»Oh.« Alice ist wie erstarrt.

Seine andere Hand bewegt sich. Vorne an seiner Jeans. Die Hand. Auf und ab.

»Oh.« Alice weicht ruckartig zurück. Ihr wird übel. Weg von dem Auto und dem lüsternen Mann.

Sie steht da und sieht sich um, kein Mensch in direkter Nähe, vielleicht sollte sie schreien. Aber sie findet ihre Stimme nicht.

Ganz langsam rollt der Wagen näher zur Bordsteinkante. Das Fenster ist wieder auf einer Höhe mit Alice.

Runterholen. Das war das Wort. Sie fühlt sich seltsam, so als wäre sie zwei Personen auf einmal. Eine, die sieht, was geschieht, und die andere, der Körper, der sich nicht vom Fleck rühren kann, um sich in Sicherheit zu bringen. Alice' Blick fällt wieder in das Fenster. Und da bemerkt sie noch etwas. Er lächelt immer noch und bewegt immer noch die Hand, und sein Blick ist noch lüsterner. Alice weiß – weiß, ohne zu wissen, woher –, dass ihre Reaktion ein Teil von dem ist, was er will.

Alice weicht zurück, taumelt leicht, bleibt stehen. Sie möchte sich ganz klein machen. Sie möchte weinen. Sie wünscht sich, so sehr, dass Pen jetzt hier wäre. Die starke, liebe Pen.

Und dann sagt der Mann: »Hey, steig ein.«

Was soll sie tun?

»Alles okay, Liebes?«

Eine Frau steht neben Alice, und sie hat die Frage noch nicht ganz ausgesprochen, als der Wagen schon davonbraust.

»War das so ein Perverser?«

»Ja. Ich meine. Ja, er hat …« Und Alice deutet vorn auf ihre Hose.

»Was für ein Arsch!«

»Ja«, sagt Alice, die sich jetzt wieder wie sie selbst fühlt. »Danke, Sie waren …«

»Ein junges Mädchen wie du sollte sich vor so etwas in Acht nehmen.«

»Ich bin auf dem Weg zur Bahn«, sagt Alice. Sie kommt sich dumm vor. Die Frau nickt.

»Dann mal los, jetzt ist ja alles gut.«

»Danke, tschüss.«

Im Bahnhof ist wenig Betrieb, aber es ist auch schon nach zehn, vielleicht ist das normal. Alice passiert die Ticketschranke und folgt dem Gang bis zur Abzweigung. Rechts von ihr die Treppe, geradeaus die Unterführung unter den Gleisen hindurch. Sie schaut auf die Anzeige.

Nach Howth 3 MIN.

Nach Bray 1 MIN.

Sie kann in beide Richtungen fahren. Nach Hause? Oder zu Pen?

Die Anzeige für den Zug nach Bray flackert und erlischt.

22:26 Uhr

»Möchtest du mir erzählen, was passiert ist?«

Sie sitzen auf dem Sofa, und die Töne in Claires Stimme klingen weich.

Pen kann nicht sprechen.

»Hattest du Streit mit Alice?«

Pen kann nicht sprechen.

»Du kannst nicken, Pen.«

Pen senkt den Kopf auf die Brust.

»Bei der Kundgebung? Am Telefon schien sie sehr besorgt um dich zu sein. Gott, ich wünschte, du wärst danach nach Hause gekommen oder ich hätte dich abgeholt.«

Nichts davon ist eine Frage, also gibt Pen keine Antwort.

»Wollte Alice nach Hause fahren?«

Kopfschütteln.

»Wann wollte Alice nach Hause?«

Achselzucken.

»Pen, ich brauche mehr Informationen. Du wolltest mit Alice auf ein Konzert, das war ein Geheimnis, aber sie wollte nicht mit?«

Claires Stimme klingt jetzt härter, die Töne sind spröder. Pen nickt.

»Dann hat Alice sich also anders entschieden und ist

nach Hause gefahren, und du bist allein in der Stadt geblieben?«

Pen schüttelt den Kopf.

»Was genau meinst du, Pen?«

»Im Pub.«

»Du warst im Pub?«

Die Töne von Claires Stimme werden höher. Pen nickt.

»Alleine?«

Pen schüttelt den Kopf.

»Mit wem? In welchem Pub? Ja, du bist sechzehn, Pen, aber Pubs?« Pen rückt ein Stück von Claire weg. »Okay, okay.« Claire hebt die Hände.

Wenn Pen nur irgendwie ihren Kopf öffnen und ihre Mutter hineinsehen lassen könnte, aber das geht natürlich nicht. Oder wenn andere Leute ihre Köpfe öffneten, damit Pen hineinsehen könnte, aber das ist genauso unmöglich. Claire wartet, während Pen auf den Boden starrt.

»Du warst also im Pub, und Alice wollte nach Hause und nicht ins Konzert. Aber du wolltest die Band hören oder was das war, also bist du allein hingegangen. Meine Güte, Pen.«

»Alice ist nicht nach Hause gefahren.«

»Wie meinst du das?«

»Sie ist im Pub geblieben.«

»Moment, was?!«

Die Töne steigen jetzt noch höher. Pen rührt sich nicht.

»Du hast Alice im Pub gelassen? Ganz allein?«

Die Töne fallen, das ist ernst. Nicken. Schütteln.

»Nicht allein.«

»Mit wem?«

»Jo.« Pause. »Und andere.«

»Jo?«

»Deine Studentin.«

»Meine Studentin? Ich habe Hunderte ... ah, okay, Klima-Jo aus dem zweiten Jahr.« Claire atmet. »Pen, hat Alice getrunken?«

Töne rauf und runter, rauf und runter. Nicken.

»Hast du seitdem von ihr gehört«

Elend. Kopfschütteln.

»Kannst du sie jetzt anrufen?«

Noch elender. Kopfschütteln.

Pens Mutter steht auf, holt ihr Handy vom Couchtisch und scrollt.

»Gib mir Alice' Nummer.«

Töne runter, eindeutig runter. Pen beugt sich vor. »Nein, Mum.«

»Komm mir nicht mit ›Nein, Mum‹. Du willst mir nicht erzählen, was passiert ist.« Und die Töne sind jetzt alle auf einer Höhe. »Okay, Jo ist eine gute Studentin, aber was denkt sie sich dabei, mit Kindern in Pubs zu gehen?«

Pen hat keine Ahnung, was sie auf diese Frage antworten soll.

»Bitte, Pen, gib mir ihre Nummer. Nur damit ich weiß, dass sie okay ist.«

Einen Moment lang rührt Pen sich nicht. Dann hält sie ihrer Mum ihr Handydisplay hin. Claire schaut abwechselnd auf Pens und ihr Handy und tippt die Ziffern ein. Drückt auf den grünen Hörer. Schüttelt den Kopf. Legt auf.

»Bin nicht durchgekommen.«

Claire hat ihr verwirrtes Gesicht. Pen schaut auf ihr Display, drückt auf den grünen Hörer, lauscht. Der-Teilnehmer-hat-sein-Handy-ausgeschaltet.

Alice' Akku ist nie leer, und sie schaltet nie das Handy aus.

Alice, die sich abwendet, Alice im Pub, Alice-ich-nehm-ein-Bier, Alice betrunken, Alice allein mit jemandem, der nicht nett ist. Alice in Gefahr. Pen atmet nicht mehr. Wieder drückt sie den grünen Hörer. Ihre Mutter sitzt neben ihr und streicht ihr über den Rücken.

»Atme ein und aus, einatmen, ausatmen. Okay, Pen.«

Und Pen ist der schlechteste Mensch auf der Welt, weil ihr nicht eine Sekunde lang der Gedanke gekommen ist, dass nicht Alice sie verlassen hat, sondern sie selbst es war, die weggegangen ist.

»Einatmen, ausatmen.«

Streich, streich. Stim, stim, aber nicht sanft, die flache Hand auf das Bein, eher stam-stam-stam.

»Bestimmt geht es ihr gut.«

Streich, streich, stam-stam-stam-stam-stam.

Sie hat Alice zurückgelassen.

22:31 Uhr

»Erinnerst du dich daran«, fängt Ruth an, »als ich damals Fieber bekam und noch mal zum Ultraschall ins Krankenhaus musste? Und dass es nach dem Ultraschall hieß, es seien noch Gewebereste in der Gebärmutter?« Aidan sieht sie an, er wirkt, als bekäme er keine Luft, und in einer anderen Situation würde sie ihn fragen, ob alles okay ist, ob ihm alles zu viel ist, aber sie wird ihm nicht noch einmal die Hand reichen.

»Tut mir leid, ich weiß nicht genau, was du meinst«, sagt Aidan.

»Nach der Fehlgeburt, nachdem man mir sagte, da seien noch Reste in der Gebärmutter.« Ruth beobachtet, wie er die Erinnerung hervorkramt. Sie selbst kann sie beide wie aus großer Ferne in dem dämmrigen Raum sitzen sehen, der mit den heruntergelassenen Jalousien wie eine Höhle wirkt. Wie konnte er die Warnung vor einer Sepsis vergessen haben, den besorgten Gesichtsausdruck, wie eilig die Hebamme einen Arzt holte?

»Sie waren besorgt wegen, na ja, Rückständen, und es hieß, ich müsse eine Ausschabung machen lassen. Erinnerst du dich jetzt?«

Aidan nickt halb, halb schüttelt er den Kopf.

»Also fuhr ich am nächsten Tag ins Krankenhaus. Als

ich danach wieder zu mir kam, hast du an meinem Bett gesessen, und die Schwester sagte, ich kann nach Hause, wenn ich aus eigener Kraft zur Toilette gehen kann. Du musstest mir helfen, aber ich habe es geschafft. Wir nahmen ein Taxi, und zu Hause bin ich direkt ins Bett gegangen. Erinnerst du dich?«

Auf Aidans Zügen liegt nichts als Trauer, weil sie ihn zwingt, sich an die schlimmste Woche seines Lebens zu erinnern.

»Ich glaube, ich habe …« Ruth macht eine Pause, weil sie sonst vielleicht zerbricht, weil sie womöglich jeden Moment in eine Million kleine Stücke zerspringt. »Ich hatte das Gefühl, als wäre das Maß an Dingen, die ich ertragen konnte, einfach voll. Als wäre ich durch die ganzen Untersuchungen und dann die Operation irgendwie missbraucht worden. Oder ich bin daran kaputtgegangen, vielleicht eher das.«

Aidan schüttelt den Kopf, ob vor Kummer oder um zu widersprechen, ist schwer zu erkennen.

»Es war, als hätten sie einen lebensnotwendigen Teil von mir selbst entfernt. Ich hatte das Gefühl, mich zu verlieren«, versucht Ruth es noch einmal. »Ich weiß natürlich, was ein Psychologe sagen würde: dass ich ein Baby verloren habe und einen Kontrollverlust erlebe und meine Gefühle eine Reaktion darauf sind, dass all diese Dinge gegen meinen Willen geschahen.« Ruth holt Luft. »Aber ich wollte mir das nicht sagen lassen, ich wollte keine Erklärungen. Ich wusste nur, dass ich mir das nicht mehr antun durfte.«

»Es tut mir leid, Ruth.« Aidan spricht leise. »Aber wäre nicht genau deswegen ein Beratungsgespräch sinnvoll gewesen?«

»Ich weiß. Ich weiß, du hast ja recht.« Ruth stimmt ihm zu, doch das Gefühl in ihrem Inneren ändert sich nicht. Ist es zu viel verlangt, ihren Mann auf ihrer Seite wissen zu wollen?

»Aber ich hatte das Gefühl, mein Körper wusste es auch. Hör mir zu, Aidan. Ich hatte das Gefühl, als hätte ich die Ausschabung nicht machen lassen dürfen. Ich weiß, das ist irrational, aber ich konnte spüren, dass sich etwas in mir verändert hat. Als ob sie zu viel aus mir herausgeschabt hätten. Ich habe dir nie etwas davon gesagt und auch den Ärzten nicht, aber ich habe immer wieder darüber nachgedacht. Ich bin *kaputt.* Mein Körper und mein Geist spiegelten dieselbe Tatsache wieder. Ich wusste, dass es nie klappen würde, weil ich dafür einfach nichts mehr in mir hatte. Verstehst du das, Aidan? Kannst du das nachvollziehen?«

Schweigend stehen sie da. Das Wasser ist weg, die Luft ist weg, jetzt sind nur sie beide hier, zusammen allein, versehrt und mit blutendem Herzen.

»Ruth, das ergibt keinen Sinn. Dieser Eingriff wird bei Tausenden Frauen durchgeführt, wenn sich dadurch etwas ändern würde, wäre das bekannt. Die Ärzte wüssten es, sie hätten beim letzten Zyklus etwas gesagt.« Aidan macht eine Pause, um sich zu sammeln. »Und das Gefühl ist ganz natürlich. Herrje, das geht mir doch auch so. Aber wenn wir aufgehört hätten, wäre es davon doch auch nicht weggegangen.«

Wieder Stille. Aidan betrachtet seine Hände und die Wand, alles, wie es scheint, nur nicht Ruth.

Sie hat ihm jetzt alles gesagt. Also warum kommt er immer noch nicht auf sie zu? Warum ist es immer noch nicht genug?

22:32 Uhr

Das schrille Geräusch kommt nicht von Pen.

»Atme weiter, Pen«, sagt Claire über die Schulter, sie ist auf dem Weg in den Flur. Die Haustür klickt. »Oh, Alice!«

Und Pen steht auf, aber ihre Füße wollen sich nicht bewegen. Pen geht trotzdem in den Flur, ohne ihre Füße, vielleicht bleiben sie im Wohnzimmer, und da ist sie. Da ist Alice. Ihre Mutter hat Alice die Hände auf die Schultern gelegt und zieht sie ins Haus. *(Ecce! In pictura est puella!)*

»Alles gut, keine Sorge.« Obwohl die Töne von Claires Stimme allen verraten, dass sie sich sehr wohl Sorgen gemacht haben.

Pen sieht in Alice' Gesicht. Sie hat kein Wort dafür, wie Alice aussieht, nur dass es so ähnlich ist wie Soraya, wenn sie etwas von Pens Sachen kaputt gemacht hat.

»Dein Handy war aus«, sagt Pen und hört den scharfen Klang ihrer eigenen Stimme.

Und Alice antwortet, aber nicht Pen, sondern Pens Mutter. Irgendwas mit Netzabdeckung, und Pen kann nicht zuhören und nichts aufnehmen, denn für zehn Sekunden oder eine Minute oder länger war Alice verletzt oder verschwunden oder tot. Und jetzt ist Alice am Leben.

»Ich mach uns Tee«, sagt Claire, nickt Pen zu und

schließt dann die Küchentür, die sonst nie zu ist, aber jetzt von Pens Mutter geschlossen wird.

Alice riecht nach Bier und draußen.

Alice sagt nichts, und Pen ebenfalls nicht.

Ein Augenblick. Keine Töne, nur Atmen. Dann lächelt Alice ein sehr schwaches Lächeln.

Alice hat ihr Handy und die Kopfhörer in der Hand. Sie hält Pen einen der beiden Stöpsel hin, und daran ist nichts ungewöhnlich, außer dass Alice jetzt einen ganz neuen Ausdruck im Gesicht hat. Alice geht einen Schritt auf Pen zu und dann noch einen, und jetzt ist sie ihr so nah, dass Pens Lippen Alice' Pony streifen könnten, wenn sie sich vorbeugen würde.

Alice hebt die Hand und steckt Pen behutsam den linken Kopfhörer ins Ohr. Den anderen setzt sie sich selbst ein, damit sie gemeinsam hören können. Alice sieht Pen ins Gesicht, so nah, so nah, und dann schaut sie aufs Handy und drückt Play.

Zuerst ein pulsierendes Keyboard, ein gleichmäßiger Beat. Fast kann sie in diesen Tönen wieder den Wind hören. Eine hohe Stimme, die das Wort »sweet« einen ganzen Takt lang halten kann, dann »gentle« und »sensitive«. Und es ist das schönste Geräusch der Welt, wenn Kate Bush das Wort »obsessive« singt, als wäre es eine heroische Eigenschaft.

Alice betrachtet Pens Gesicht. Versucht, sie zu lesen.

Gitarre.

Refrain. »Three«, die Töne steigen heiter an. »Point one four.«

Das Lächeln auf Alice' Gesicht wird breiter, sie wiegt sich in Pens Richtung, und sie hören sich zusammen Pens Lieblingssong an. Pens Mutter steckt kurz den Kopf aus der Küche und macht die Tür wieder zu.

22:50 Uhr

»Liebst du mich?«

»Ruth … was? Natürlich.«

»Bist du sicher?«

»Was soll das? Ja.«

»›Ja.‹« Ruth hebt die Hände und lässt sie wieder fallen. »Was heißt das für dich, Aidan? Was hat das überhaupt zu bedeuten, wenn du so reagierst?«

»Wenn ich wie reagiere? Und was ist mit dir? Ehrlich, du tust so, als wäre das bloß irgendeine Entscheidung, ›es nicht mehr zu versuchen‹. Aber es ist unser Leben, unser ganzes Leben.«

»Du bist so wütend auf mich.« Ruths Worte sind nur ein Flüstern.

»Ich bin nicht mal … ich bin nicht wütend, Ruth. Ich bin enttäuscht.«

»Es tut mir leid, Aidan.«

»Es *tut dir leid*, ehrlich? Das hört sich an, als ob wir Fremde wären. Als ob du mit alldem nichts zu tun hättest.«

»Hast du nicht gehört, was ich eben gesagt habe, Aidan? Weißt du nicht, dass ich mir selbst Vorwürfe mache?«

»Es geht ja nicht um Schuld. Es war ein Eingriff, und der war notwendig. Du hast es gerade gesagt, niemand hat Schuld daran.«

»Du verstehst nicht, worum es geht.«

»Ruth, ich wollte dir nie die Schuld geben.«

»Aber so kommt es mir vor, Aidan. Hör dir doch mal zu, was du alles zu mir sagst! Als wäre ich nur ein Brutkasten für dich.« Ruth kann nicht glauben, dass sie das tatsächlich ausspricht. »Ein kaputter Brutkasten.«

Aidan sieht sie nur kopfschüttelnd an, aber immerhin sieht er sie endlich an.

»Du bist nicht kaputt, Ruth. Aber vielleicht möchtest du das. Vielleicht kannst du es dann leichter vor dir selbst rechtfertigen. Ich weiß es nicht. Tut mir leid, so meine ich das nicht.« Wieder schüttelt Aidan den Kopf.

Ruth hält es nicht mehr aus, und sie hat keinen Plan, keine Wahrheit, keine Antwort und keine Ahnung, was sie tun soll. Sie beugt sich vor, bettet die Stirn auf die Kücheninsel zwischen ihnen wie eine Schutzflehende. Das harte Holz blendet die Welt aus.

»So kann ich nicht mit dir reden«, sagt Aidan.

»Was soll ich denn sagen?« Ruths Stimme klingt gedämpft. »Willst du hören, dass ich glücklich bin?«

Er sieht die Kopfhaut zwischen ihren Haaren, die zur Seite gerutscht sind und auf die Holzfläche fallen, die Haut ist grau und rosa, und eigenartigerweise möchte Aidan sie streicheln. Er schaut zum Fenster, zu ihrem Spiegelbild, Ruths Kopf auf der Arbeitsplatte, er über ihr aufragend, beide verzerrt. Wie hat er es nur so weit kommen lassen können?

»Ruth.«

»Ich kann so nicht atmen.« Sie richtet sich auf. Ihr Gesicht ist gerötet, die Nasenspitze weiß, sie wischt sich über die Augen. »Erinnerst du dich an die Alhambra, letztes Jahr?«

Warum macht sie das immer? Ihre Schuldgefühle wegen der Fehlgeburt oder dieser furchtbaren Spanienreise? Worum ging es wirklich?

»Erinnerst du dich?«, fragt sie. »In Malaga hatten wir Probleme mit dem Bus.«

»Du hattest die Karten organisiert«, sagt er gegen seinen Willen.

»Ich weiß noch, wie ruhig du geblieben bist«, sagt Ruth. Sie selbst hat hektisch auf ihrem Handy herumgetippt, die Buchung aufgerufen, die Schrift auf dem winzigen Bildschirm herangezoomt. »Und du meintest, wir sind am richtigen Ort, und wenn wir einfach abwarten, würde alles gut.«

Aidan nickt.

»Das war, nachdem wir aufgehört hatten«, sagt Ruth, denn es war nach dem vierten Zyklus gewesen.

»Ich dachte, wir würden weitermachen. Später. Das dachte ich«, sagt Aidan.

»Erinnerst du dich an den Nasridenpalast?«, fragt Ruth, denn jetzt sagt die Stimme in ihr: *Bleib*. Aidan sieht sie verständnislos an, aber sie gibt nicht auf. »Wie heiß es war und wie ich ständig damit drohte, in diese Springbrunnen zu klettern?« Aidan gewährt ihr ein weiteres Nicken. »So könnte es wieder sein«, sagt Ruth.

»Wie, Ruth?«, fragt Aidan.

»Gut. Glücklich.«

Aidan schaut Ruth an, und da ist wieder dieser leere Ausdruck.

»Ich meine nicht nur im Urlaub«, sagt Ruth, »ich meine, es war gut, weil du bei mir warst.« Ruth hält inne, weil Aidan ihr kein Stück entgegenkommt und sie unschlüssig ist, wie sie den nächsten Teil in Worte fassen soll. »Und trotzdem wusste ich …«, ihre Stimme schwankt unter lange zurückgehaltenem Schmerz, »ich wusste, dass etwas fehlte. Die ganze Zeit dachte ich daran, wie viel schöner es wäre, das alles einem Kind zu zeigen, die geschnitzten Paravents und die geheimen Zimmer, und die Babyfüßchen ins kühle Wasser baumeln zu lassen. Immer wieder zuckten diese Bilder von uns mit unserem Kind durch meinen Kopf. Ich wünschte mir, dass wir als Familie dort wären.«

Aidan kennt dieses Gefühl. Er hatte sich dasselbe gewünscht. Genau dasselbe.

»Das hast du mir nie gesagt.« Seine Stimme klingt zu scharf.

»Ich wusste nicht, wie. Und ich konnte mich nicht überwinden, wieder davon anzufangen.« Ruth sieht ihn an. Sie lehnt an der Anrichte, stützt sich mit einer Hand ab.

»Ich dachte, es wäre dir egal.« Aidan sieht sie jetzt direkt an. Und plötzlich erinnert er sich. Nicht an Granada, sondern an das Krankenhauszimmer. Daran, wie er sich gefühlt hatte, dass er am Ende gewesen war.

Ruth schüttelt schwach den Kopf.

»Ich dachte, du wärst darüber hinweg«, sagt Aidan. Es sind die alten Vorwürfe, aber ohne Überzeugung. »Du hast die ganze Zeit gearbeitet.«

»Ich vermisse die Kinder, die wir nicht haben«, sagt Ruth, und wieder treten ihr Tränen in die Augen. »Ich werde unser Kind nie kennenlernen, es nie in den Arm nehmen oder mich mit ihm unterhalten oder sehen, wie es in die Welt hinausgeht. Ich werde es nie lieben können. Ich glaube nicht, dass ich je darüber hinwegkommen werde, Aidan. Ich glaube nicht, dass ich je aufhören werde, darum zu trauern.«

Wenn man die Worte, auf die man so lange, *zu lange*, gewartet hat, endlich laut ausgesprochen hört, ist es fast nicht zu ertragen. Wenn man hört und begreift, dass man mit seinem Verlust nicht allein ist. Wie hatte er sich einreden können, dass sie nichts empfand? Aidan blickt seine Frau an, und endlich spürt er die Liebe in seinem Inneren wie einen schmerzlich traurigen Stich. Sie konnten nicht mehr so weitermachen, also hatte sie Stopp sagen müssen.

»Ich vermisse sie auch«, sagt Aidan. »Wir beide vermissen sie.«

22:51 Uhr

Pens Mutter sagt, Alice könne über Nacht bleiben, aber jetzt müssten sie ins Bett, weil morgen Schule sei und Claire morgen nicht zu spät kommen werde, nur weil sie heute meinten, die Stadt unsicher machen zu müssen. Und obwohl die Worte streng sind, kommt es Pen vor, als würde Claire lachen, als würden sie beide dasselbe denken: Das ist Glück. Pen sagt, sie schläft auf dem Boden, und Alice kann ihr Bett haben, und Claire lächelt wieder, sagt aber, sie dürfen nicht, auf gar keinen Fall, herumalbern oder reden oder was auch immer. Dann nickt Claire und sagt, Alice wird hier unten auf dem Sofa schlafen, und sie wird es gleich zurechtmachen. Dann erinnert sie Alice daran, dass sie ihre Eltern anrufen muss, um zu fragen, ob das okay ist, weil Claire sich nicht über die Regeln anderer hinwegsetzen will. Bei diesen Worten hört Pen Claires vernünftige Elternstimme und lächelt innerlich.

Alice und Pen haben Tee getrunken und zwei Portionen Käsetoast mit Marmite (nur Pen, Alice mag kein Marmite) gegessen. Alice und Pen haben geredet, aber auch nicht geredet. Was okay ist. Alice braucht gar nichts zu sagen. Denn Pen weiß zwar immer noch nicht genau, was hier vor sich geht, aber diese Art Nichtwissen ist irgendwie ein gutes Gefühl. Das Gegenteil vom Kleiderschranktag.

»Da war ein Mann im Auto«, sagt Alice jetzt, den Blick auf den Boden gerichtet, und Pens Herz zieht sich zusammen. »Er hatte seinen, seinen *Penis* ausgepackt, und das war …«, Alice schaudert, »es war ekelhaft, Pen.«

Pen weiß nicht, was sie sagen soll, deshalb legt sie behutsam die Hand auf Alice' Nacken. Ihre Hand liegt auf Alice' Haaren, und das fühlt sich richtig an. Alice bewegt sich nicht, ein Moment verstreicht, und Pen legt die Hand wieder auf ihr Bein. Sie atmen wieder.

»Ich wusste nicht, was ich tun sollte«, sagt Alice mit leiser Stimme. »Deshalb bin ich hergekommen.« Sie sieht kurz Pen an, ehe sie den Blick wieder abwendet.

»Wo war das?«, fragt Pen.

»Direkt bei Connolly, weißt du, um die Ecke vom Pub.«

Pen weiß und nickt. »Wenn man am Bahnhof Connolly einsteigt, sind es elf Stationen von hier.« Was das Falscheste ist, was sie sagen kann.

»Ja«, sagt Alice und sieht aus, als würde sie sich entspannen.

»Okay, ihr zwei«, ruft Claire aus dem Flur. »Wir werden alle nicht jünger, ab ins Bett.«

Pen leiht Alice einen Schlafanzug und gibt ihr die unbenutzte Zahnbürste, die Claire zum Nimm-zwei-zahl-anderthalb-Rabatt gekauft hatte. Pen und Alice putzen sich die Zähne, schweigend, aber auf-die-gute-Art-schweigend. Pen und Alice beugen sich gleichzeitig vor und schlagen fast mit den Köpfen zusammen. Pen und Alice bewegen sich gleichzeitig, stoßen an den Hüften zusammen, ihre Hände berühren sich versehentlich. Es ist unbeschreiblich.

Alice zieht sich im Badezimmer um, und Pen zieht

sich in ihrem Zimmer um. Pen fragt sich gerade, ob sie auf dem Treppenabsatz warten soll, als Alice an ihre Tür klopft.

»Komm rein.«

Pens Herz hämmert heftig, als Alice die Tür öffnet, und wie sie so dastehen und sich ansehen, glaubt sie, Alice müsste es hören können, aber das ist unmöglich, die Schwingungen sind nur in Pens Innerem. Alice schaut Pen an, und das ist der längste Blickkontakt, den Pen je hatte. Alice senkt den Blick zuerst, als wollte sie sich ihre Füße genauer ansehen. Ihre Zehen sind klein und hellrosa, und die Nägel sind kurz und perfekt.

»Ich komme mir wirklich blöd vor. Ich hätte zu dem Konzert mitkommen sollen. Es war so lieb von dir, mich damit zu überraschen.«

»Schon okay.«

»Ich bin froh, dass es dir gefallen hat, dass die Band … gut war. Vielleicht können wir beim nächsten Mal zusammen hingehen.«

Pen nickt.

»Ich glaube, die Sache mit dem Date hat mich so durcheinandergebracht.«

»Wir können Freundinnen sein, wenn du das möchtest.«

Sag nein, sag bitte, dass du das nicht möchtest. Sag, du willst mich.

»Ich mag dich so sehr. Pen, du weißt gar nicht, wie sehr, wie wichtig du mir bist.«

»Aber du magst Jo.« Das hatte Pen nicht sagen wollen. Alice' Gesicht blickt zu ihr auf, ihre Augen sind größer als sonst.

»Jo? Nein, ich meine, sie ist nett. Ich bin nur … Sie

sind anders, weißt du? Und sie kennen mich nicht. Deshalb kann … deshalb konnte ich bei ihnen auch anders sein.«

»Du kannst bei mir anders sein.«

»Ich weiß. Aber auch wieder nicht«, sagt Alice. »Ich weiß nicht genau, was ich meine.«

Pen verlagert das Gewicht von einem Bein aufs andere. Und die Stille, die jetzt da ist, ist eine andere als vorher. Alice sieht sich um, und zum ersten Mal hat Pen das Gefühl, dass nicht sie es ist, der die Worte fehlen. Die Therapeutin erinnert Pen immer daran, dass es nicht nur ihr so geht, dass sich jeder manchmal schwertut und manche Worte schwieriger auszusprechen sind als andere.

»Willst du es aufschreiben?«, fragt Pen.

Und Alice sieht zu ihr auf, und es kommt Pen so vor, als läge Hoffnung auf ihrem Gesicht. Hoffnung und Flehen. Pen geht zu ihrem Schreibtisch, es ist eine Erleichterung, etwas tun zu können, sich auf etwas zu konzentrieren, das nicht Alice ist und doch Alice ist.

»Ich habe Papier hier.«

Doch Alice' Finger huschen über ihr Handy. Sie sieht auf und drückt auf den grünen Pfeil.

Pens Handy piept. Pen geht die zwei Schritte zum Bett, nimmt das Gerät, drückt die Taste, die sie zu Alice' Nachricht bringt. Und dann liest Pen etwas, das sie noch nicht wusste:

ICH MAG **NIEMANDEN**. NICHT AUF DIESE ART.

Pen schweigt. Pen schaut auf das Display. Sie liest die Nachricht mehrmals. Sie weiß, was die Worte bedeuten, und sie weiß es nicht. Als würde sie auf den Text blicken, hätte aber vergessen, wie man liest.

 »Du magst mich nicht.« Feststellung, keine Frage.

Pen kann Alice nicht ansehen, weiß nicht, was ihr Gesicht macht, und würde auch nicht wissen, was es bedeutet. Wieder piept ihr Handy.

ICH MAG DICH. ICH MAG DICH SO SEHR. ABER ICH FÜHLE NICHTS.

Pen sieht auf. Alice' Augen schimmern, ihr Gesicht ist weiß. Jetzt sagt sie etwas:

»Mir gefällt die Vorstellung, jedenfalls glaube ich das. Wenn die Mädchen darüber reden, du weißt schon, über Jungs und so, und sie anzufassen oder was, finde ich das eklig, weil ich immer dachte, ich stehe auf Mädchen. Aber bei Mädchen ist es dann auch so, die ganzen Sachen, die andere erzählen oder die Bilder oder so im Internet, das alles *bedeutet* für mich nichts. Ich kann mir nicht vorstellen, ich kann mir nicht vorstellen …«

Alice verstummt.

Pen weiß, wie es ist, wenn man stecken bleibt, wenn man dasselbe vor Augen hat wie alle anderen, aber etwas völlig anderes sieht. Sie sagt: »Ich weiß«, obwohl es nicht stimmt.

»Es ist, als würde der Teil, der das Sehen mit dem Fühlen verbindet, bei mir nicht funktionieren.« Alice sieht Pen an.

Pen denkt daran, wie Alice ihr diese Nachricht geschickt hat.

»Tut mir leid, mehr kann ich nicht sagen.«

Pen hört diese Worte von Alice, und sie bewegt sich nicht.

»Ich habe versucht, es meinen Eltern zu erklären. Dass ich mich anders fühle als die anderen, aber sie … sie sind nicht wie Claire. Sie lassen mich bloß ein Gefühlstagebuch führen, als wäre es nicht weiter wichtig.«

Pen ist in ihrem Körper und sagt ihrem Körper, ihrem Gehirn: Tu irgendwas.

»Aber du hast mich berührt.« Pen bewegt den Kopf Richtung Bett, und da ist es wieder, Alice, die sie umarmt, Alice' Fingerspitzen auf ihrem Körper.

Aber Alice schüttelt den Kopf. »Ich dachte, wenn ich es versuche ... Wenn ich es versuche, könnte ich so sein wie die anderen. Aber ich ...« Und jetzt laufen Alice' Augen über, ihre Schultern heben sich, sie schlingt die Arme um sich. »Ich bin so dumm.«

Pen atmet. Ein und aus. Alice-will-sie-nicht. Aber nein, das ist nicht die richtige Antwort. Denn Alice mag nicht *sie* nicht, Alice mag niemanden.

Alice sagt: »Ich glaube, man nennt das Ace.«

Und Pen nickt wieder.

»Also, asexuell, aber ... ich mag nicht mal das Wort benutzen, weil ich gar nicht weiß, ob ich das bin. Ich meine, vielleicht wachse ich da ja noch raus, vielleicht bin ich nur eine Spätzünderin?«

Und diesen Gedanken kennt Pen so gut. Dass dieses Etwas in ihr drin, dieses Etwas, das sie anders macht, einfach weggehen wird.

Alice ist nicht Alice. Oder nicht die Alice, für die Pen sie gehalten hat, nicht *ihre* Alice.

Aber Alice ist definitiv noch Alice. Auch das ist wahr.

Pen könnte heulen, weil sie jetzt niemals mit ihr zusammen sein kann.

Aber Alice ist hier in ihrem Zimmer. Alice ist bei ihr.

Pen schaut auf ihr Handy, auf ihre Finger, die das Handy festhalten.

Atmen.

 Nachrichten. Neu.

Atmen.

Tippen.

Atmen.

Und eine Sekunde lang zögert sie, weil auch geschriebene Worte schwierig sind.

Senden.

Umdrehen und Alice ansehen, die du liebst.

Alice' Gesicht.

Alice' Tränen auf ihrem Gesicht.

Sie liest Pens Text.

Es ist alles, was Pen weiß und denkt und empfindet, und es ist keine Antwort auf Alice' Frage, aber alles, was sie ihr geben kann.

Denn im echten Leben sieht Liebe so aus.

DU BIST GENUG.

23:07 Uhr Aidan kippt die letzten Reste des Abendessens in den Biomüll, wobei etwas danebengeht. Er reißt ein Stück Küchenpapier ab und bückt sich, um den Mülleimer abzuwischen. Da kann er auch gleich den Beutel wechseln. Ruth kümmert sich nie um die Mülleimer, wenn er sie ließe, würde sie in einem Haus mit überquellendem Müll leben. Aidans Vater ist genauso. Sein Dad hat das mit der Hausarbeit nie auf die Reihe gekriegt, als er alles selbst machen musste, was früher seine Frau erledigt hatte. Am Ende war es das Einfachste gewesen, eine Putzfrau für ihn zu engagieren, obwohl sein Dad sie angeblich furchtbar findet. »Sie stellt meine Sachen um«, brummelt er jede Woche. »Das ist ihr Job«, sagt Aidan dann. Draußen ist es kalt, und Aidan läuft eilig durch den Garten, hebt den braunen Deckel an, lässt den Beutel hineinfallen. Noch ziemlich leer. Der Deckel fällt knallend zu.

»Was machen wir jetzt?«, hatte Ruth gefragt.

»Weiter reden, schätze ich«, sagte Aidan. »Zur Beratung gehen.«

»Herausfinden, wie wir weitermachen.«

»Irgendwie so was.«

Als Aidan noch klein war, hatte sein Vater niemals seinen Stolz zum Ausdruck gebracht. »Dafür bin ich nicht verantwortlich«, sagte er immer, »das ganze Lob gebührt meinem Sohn.« Es war also untypisch für ihn gewesen, als er bei ihrer Verlobungsfeier um einen Moment Ruhe bat. Er sprach davon, wie er seinen Sohn als Kind hatte im Sandkasten spielen sehen, wie lange das her sei. Er habe zugesehen, wie Aidan geduldig Sand in den Eimer gefüllt, ihn umgestülpt, die Oberseite glatt geklopft habe. Jede Sandburg ein persönlicher Triumph, jeder einstürzende Turm ein tief empfundener Verlust. Er sprach davon, dass Aidan die zerbrochenen nicht platt klopfte, sondern, wie es seine Gewohnheit war, zur nächsten überging. »Damals wusste ich«, sagte er, »dass mein Sohn ein anständiger Kerl werden würde.« Und dann hatte sein Vater vorgetragen: »Funkel funkel kleiner Stern / welch strahlend heller Schimmer / heut seh'n es alle, nah und fern / Ich sah es schon immer.« Und Aidan war verblüfft gewesen, und zwar so sehr, dass er den Augenblick ruinierte und seinen Vater, statt ihm zu danken, fragte, ob er den Reim in einem Glückskeks gefunden hätte.

Aidan schließt die Hintertür ab und legt den Schlüssel in die Schale auf dem Regal. »Wann schenkt ihr zwei mir Enkelkinder?«, hatte sein Vater nach der Trauung sofort wissen wollen und sich gefreut, als sie beide erröteten. Dann kamen die Ärzte und die Behandlungen, und sein Dad war klug genug, nicht weiter nachzufragen. Aber vor einiger Zeit war ihm etwas herausgerutscht, etwas in der Art, dass sie das große Ganze verstehen würden, wenn sie erst Kinder hätten. Es entstand eine Pause, als alle den Fehler bemerkten. Und Ruth, statt abzulenken oder darüber hinwegzugehen, wie sie es normalerweise tat, fing an zu weinen. »Nein, nein, nein«, schluchzte sie immer wieder. Und Aidans Vater nickte und legte Ruth die Hand auf die Schulter. Einen Moment lang sperrte sie sich dagegen, doch dann lehnte sie sich bei ihrem Schwiegervater an. »Ist schon gut«, sagte er, klopfte Ruth sacht auf den Rücken und blickte über ihren Kopf hinweg Aidan an, und in seinen Augen lag eine so offene Trauer, dass beide Männer eilig den Blick abwandten. »Ist schon gut«, sagte er noch einmal, und Aidan hatte danebengestanden und seine Frau und seinen Vater angesehen und sich gewünscht, dass auch ihm jemand Trost spendete.

23:08 Uhr

Alice schaut immer noch auf ihr Handydisplay, weil sie es nicht schafft, Pen anzusehen. Es entsteht eine winzige Pause, in der sie hören kann, wie sie beide atmen oder wie sie beide die Luft anhalten. Pen bewegt sich leicht, und Alice denkt, ich muss weitermachen.

»Es tut mir so leid wegen heute Abend, dass ich dich in der Stadt allein gelassen habe. Ich wollte es dir so oft sagen, habe aber nie die richtigen Worte gefunden.« Alice unterbricht sich, weil es schwer ist, der besten Freundin zu sagen, dass man Angst hat, von ihr für verrückt gehalten zu werden, und sie dann vielleicht diese ganzen gemeinen Sachen zu ihr sagt, die sie verletzen würden. Und besonders schwer ist es, wenn man so-gut-wie-sicher weiß, dass die beste Freundin einen küssen möchte. Alice hofft, dass Pen jetzt nicht denkt, sie hätte die ganze Zeit gelogen.

Pens Mutter klopft an die Tür. »Zwingt mich nicht, die böse Mum zu spielen«, sagt sie, und Alice und Pen lächeln, und es ist das erste Lächeln, seit Alice *Ace* gesagt hat.

»Okay«, erwidert Pen, was sie meistens sagt, und sie hören Claire die Treppe hinuntergehen.

»Tut mir leid, dass ich nicht …« Alice verstummt.

»Hast du …«, fängt Pen an. »Willst du denn nie, mit niemandem?«

Alice schüttelt den Kopf, aber jetzt fällt das Reden leichter. »Es ist, also, wenn ich versuche, mir zwei Personen zusammen vorzustellen, dann ist es, als wäre keine der beiden ich. Als würde ich von außen zusehen, und eine davon hieße Alice, und sie sieht mir auch ähnlich, aber sie kann nicht ich sein. Nicht ich in meinem eigenen Körper. Vielleicht ist das so ähnlich wie ein Zusammenbruch?«

Pen zuckt die Achseln und nickt gleichzeitig.

»Und ich, Gott, das ist so peinlich, ich mag es, wenn ich erregt bin und so, du weißt schon, da unten, und es ist okay, wenn ich mich selbst berühre. Aber wenn mich jemand anderes berührt, ist das ein ganz eigenartiges Gefühl, so als wäre es nicht mein Körper. Weil ich es nicht will.«

»Okay«, sagt Pen. Und dann: »Ich glaube ehrlich gesagt, das ist normal.«

»Schon. Aber erinnerst du dich an diese Party?« Alice stockt einen Moment, weil Pen nie auf Partys geht. »Na ja, diese Sonnwendfeier, und da war dieser Typ, und alle sagten, wir wären total perfekt zusammen. Aber ich bin früh nach Hause gegangen, und dann haben die anderen Sachen wie ›Zicke‹ und so was in mein Profil geschrieben.«

Pen nickt, sagt aber nichts, und genau das ist einer der Gründe, warum Alice so gern mit ihr zusammen ist, sie versucht nicht, über einen hinwegzureden. Plötzlich fühlt Alice sich sehr müde und irgendwie alt. Sie macht einen Schritt auf Pen zu. »Pen? Wäre es okay, wenn wir uns umarmen?«

Pen sieht nicht aus, als würde sie irgendetwas tun. Dann nickt sie.

Alice kommt noch einen Schritt auf sie zu und legt die Arme um Pen.

Pen ist warm und stark. Alice spürt, wie die Müdigkeit vergeht.

Pen legt die Arme um Alice, und es ist genau so, wie sie es sich vorgestellt hat. Und vollkommen anders. Pen denkt an Claire und daran, was sie gesagt hatte, als Pen fragte, ob sie enttäuscht sei, sie als Tochter zu haben. »Ach, Pen. Man bekommt nicht immer das, was man wollte«, hatte Claire geflüstert und gleichzeitig geweint und gelächelt. »Manchmal bekommt man stattdessen etwas anderes.«

Alice ist wie ein Vögelchen in Pens Armen. Ein Bündel Zweige, ein Sack voller Federn.

Alice ist in Pens Armen.

23:40 Uhr

Ruth betrachtet sich im Spiegel und verlagert das Gewicht auf ein Bein, damit sie nur die Hälfte ihres Gesichts sieht, so ist es besser. Es ist gut, denkt sie, dass man sich nicht selbst sehen kann, wenn man weint, weil man dann noch heftiger weinen würde. Ruth hat dasselbe Gefühl wie immer nach einem Streit: Sie ist verletzt, hat zu viel gesagt, will alles zurücknehmen. Und sie ist auch erleichtert. Ich habe mich geöffnet, denkt sie.

Liebe ist etwas so Unbegreifliches. Kann man sagen, dass man nach so langer Zeit immer noch in jemanden verliebt ist? Kann man jemanden noch lieben, nachdem er einen so tief verletzt hat? Ruth drückt Zahncreme auf die Zahnbürste mit den abgewetzten Borsten. »Ich werde nie Mutter sein«, sagt sie zu ihrem Spiegelbild und fängt an, sich die Zähne zu bürsten, bevor sie überhaupt eine Antwort darauf geben kann. Sie spuckt ins Becken, spült mit Wasser aus dem Hahn nach, blickt wieder in den Spiegel. Und dann hört sie die Stimme ihrer Mutter: »Hast du gedacht, das wird alles ein Spaziergang?«

Von unten hört Ruth ein Klicken, das muss Aidan sein, der das Licht im Flur ausschaltet. Ja. Seine Schritte auf der Treppe. Geh an mir vorbei, geh nicht an mir vorbei. Sie hält den Atem an, als er auf Höhe der Badezimmertür ist, doch er geht über den Treppenabsatz eine Etage höher, in ihr Schlafzimmer. Wieder hört sie ein Klicken. Die Nachttischlampe. Ruth stellt sich vor, wie er das Zimmer betrachtet, den nicht ausgepackten Koffer, der an der Kommode lehnt, das ungemachte Bett. Das Rascheln, als die Vorhänge zugezogen werden. Sie schaltet das Badezimmerlicht aus und zieht die Tür sacht hinter sich zu. Zögert auf der Treppe. Sie wird noch nicht sofort zu ihm gehen.

Durch das Fenster der Abstellkammer sieht sie den gelben Schein der Straßenlaterne, gebrochen durch den Baum davor, ein Muster aus Licht und Dunkelheit. Gegenüber das Dach des Parkplatzwächterhäuschens, die Maschen des Tennisplatzzauns, Hecken und geparkte Autos. Die Straße glänzt, als hätte es geregnet, während sie stritten, untergingen und sich retteten.

Ein Klappern auf der Treppe, aber nicht in ihrem Haus, eines der Nachbarskinder ist noch wach, oder vielleicht läuft einer der Eltern eilig die Treppen hinauf, um nach ihnen zu sehen.

Ruth hätte gehen können, das könnte sie immer noch. Aber jedes Mal, wenn sie heute den Widerhall ihrer eigenen Stimme im Kopf gehört hat – *lauf weg, bleib* –, war sie geblieben, hatte sich angenähert, sich doch für die Abhängigkeit entschieden.

Wieder ein Geräusch aus dem Schlafzimmer, doch Ruth zögert noch immer. Sie braucht noch eine Minute. Eine Minute noch, um aus dem Fenster zu schauen und zu beobachten, wie die Schatten auf die Straße fallen. Eine Minute noch, um auch alle Schatten zu betrachten, die ins Haus hineinfallen. Eine Minute noch einfach nur sein.

Und wenn diese Minute um ist, wird sie zu ihm gehen. Sie wird zu ihrem Mann gehen und die Hand auf seine Brust legen, Haut auf Haut. Und wenn er nicht vor ihr zurückweicht, wenn er sie ansieht oder ihre Berührung erwidert, wird sie sich an ihn schmiegen und sagen: Ich weiß, was ich will. Lass uns wieder wir sein.

23:53 Uhr

Es ist spät.

Pen weiß nicht, wie viel Uhr es ist oder wie lange es genau her ist, seit Alice nach unten gegangen ist. Wie lange, seit sie sich im Arm gehalten haben.

Claire sieht das Licht hinter der Tür und schiebt sie ein Stück weiter auf. Pen ist sechzehn, aber sie ist immer noch ihr kleines Mädchen.

»Ist mit Alice alles okay?«, fragt ihre Mum, und Pen nickt, weil es zu kompliziert ist, obwohl es gleichzeitig ganz einfach ist, jetzt ist alles ganz klar. Das *große Blau*, das Alice manchmal überkommt. Die Angst auf ihrem Gesicht, wenn ihr ein Junge oder Mädchen zu nahe kommt. Dass sie im Mittelpunkt steht, aber immer sagt, sie fühlt sich als Außenseiterin.

Claire kommt ins Zimmer. »Seid ihr beide nur Freundinnen, oder darf ich fragen …?«

Pens Hals brennt. Ein kleines Kopfschütteln. Alice ist nicht *ihre* Alice. Aber es ist nicht Pens Aufgabe, das zu erzählen.

»Sie mag mich als Freundin«, sagt Pen.

»Rutsch mal rüber.« Pens Mutter quetscht sich zu ihr aufs Bett. Sie sieht Pen nicht an, nur ihre Schultern berühren sich, und das ist okay.

»Ach, Pen. Ich weiß, das fühlt sich jetzt vielleicht nicht so an, aber eine beste Freundin ist die wichtigste Beziehung, die man im Leben hat.«

Claire macht eine Pause, und Pen weiß, dass ihre Mutter noch etwas sagen wird.

»Wenn du reden willst, oder irgendetwas anderes«, Claire zögert, »ich meine, Reden ist besser als Ritzen.«

»Mum!«

»Entschuldige, Pen. Es ist nur, es ist okay …«

»Das werde ich nicht tun!«

»Okay, das ist gut zu hören. Das war keine Kritik, Pen.«

Und das ist seltsam-komisch, ihr war nämlich überhaupt nicht der Gedanke gekommen, sich zu ritzen. Pen fühlt sich ganz ruhig. Ihr Plan hat nicht funktioniert, aber vielleicht war das eben so, wenn es um Liebe ging. Das Haus knackt und ist still, knack, still, knack, still, überall um sie herum.

Claire reibt Pens Knie durch die Bettdecke. »Darf ich?«

Pen nickt, denn das ist mehr als okay. Etwas in Pens Herz, nein, ihr ganzes Herz, entspannt sich. Und sie wünscht sich, sie könnte dieses Gefühl an Alice weitergeben.

»Ich bin stolz auf dich, Pen. Weil einem Liebe nämlich Angst machen kann, aber du bist das Risiko trotzdem eingegangen.«

»Okay«, sagt Pen.

»Na dann, Schlafenszeit. Nicht alle von uns sind Teenager mit unendlich viel Energie.«

Pen lauscht auf Claires Stimme. Sie klingt wieder heiter, und die Töne sind warm und freundlich. Das heißt, alles wird wieder gut.

23:55 Uhr

Sie haben das schon viele Hundert Male zuvor getan. Ruth geht zwei Schritte auf ihren Mann zu, hört seinen Atem in der Stille, schwer, als würde er etwas heben. Es ist so vertraut, so eingespielt, wie sie die Hand auf seine Brust legt und mit einem Finger auf und ab streicht. Er dreht den Kopf leicht, sie bewegt ihren nach vorn, ihre Lippen berühren sich, und dieser Akt, dieser Kuss, ist schon fast obszön. Aidans Lippen öffnen sich, und ihre Zunge dringt in seinen Mund, was für ein seltsames Ritual, denkt Ruth, während sie über seine Zunge streicht. Ein Kuss.

Unwillkürlich drängen seine Lenden in ihre Richtung. Aidan fragt sich, wann es das letzte Mal passiert ist, dass sie Verlangen nacheinander hatten. Warte, möchte er sagen, warte. Ruth zieht ihr Shirt hoch, entblößt ihre Haut vor ihm, und er will plötzlich die Lippen auf diese weiche, nackte Fläche drücken. Seine Finger beben.

Ruth öffnet ihren BH. Vielleicht ist das zu viel, vielleicht geht es zu schnell. Warte, möchte sie sagen, warte. Doch ihre Hände bewegen sich, ihr Körper wird von seinem angezogen. Aidan streckt die Hand aus, berührt sie. Während sie sich lieben, denkt Ruth, das ist wundervoll, doch die Worte bleiben nicht in ihrem Kopf und bedeuten ohnehin nicht das, wovon Ruth sich wünscht, dass sie es täten.

»Hey«, sagt Aidan, das Gesicht neben ihr auf dem Kissen. Er streicht sich langsam eine Haarsträhne aus den Augen.

»Hey«, sagt Ruth. »War das gut?«

»Ja.« Aidan atmet lange und tief aus, schließt für einen Moment die Augen. »Aber mein Gott, bin ich jetzt erledigt.«

Er zieht die Decke über sie beide, verhüllt die Beweise, und Ruth muss leise über diesen Mann lächeln, der Gespräche nach dem Sex schon immer gehasst hat. »Langer Tag«, erlaubt sie sich zu sagen.

»Ja.«

Ruth sieht zu ihm hinüber, er hat die Augen geschlossen. »Ich könnte uns Wasser holen, möchtest du?«

»Nein, alles gut.«

Auf dem Weg in die Küche kommt ihr das Haus verändert vor, wieder heimischer vielleicht. Zurück im Schlafzimmer bleibt Ruth einen Augenblick in der Tür stehen und beobachtet Aidan. Er schläft wie jemand mit reinem Gewissen. *Grüble nicht darüber, Ruth, lass es einfach so, wie es ist.*

Aber es ist nicht leicht, Menschen so sein zu lassen, wie sie sind, das war es nie. Ruth schlüpft ins Bett, denkt an die Zeremonie und die Worte, die sie aufgeschrieben hatten, an die Hoffnung, die Vollkommenheit, daran, wie er sie angesehen hatte. Und wie er heute Abend die Augen geschlossen hatte, als sie miteinander schliefen. Er fickt mich, er fickt mich nicht, er fickt mich. Sex, denkt Ruth, als sie den Kopf aufs Kissen legt, Sex kann nicht alle Probleme lösen. Aber es hatte etwas bedeutet. Unten hat er behauptet, sie hätte ihn verlassen. Und doch sind sie hier, und es gibt kein Anderswo und kein andermal und niemand anderen.

Sie haben immer darüber gescherzt, dass Aidan für sie sorgte, dass er für sie kochte, sie hegte und pflegte. Aber wie ihr jetzt klar wird, wollte Ruth eigentlich nie, dass es nur ein Scherz ist. Es hatte ihn erschreckt zu hören, dass auch sie trauerte, sein Gesicht hatte ihn verraten. Wenn du das nicht weißt, wollte sie sagen, dann kümmerst du dich überhaupt nicht um mich. Sie ist jetzt so müde davon, das alles hin und her zu wälzen, und rückt ein Stück von ihm ab. Aidan seufzt, dreht sich auf die Seite, um sich an sie zu kuscheln, und sein Atem geht wieder tiefer. Er war nicht aufmerksam gewesen. Aber sie auch nicht.

Aidan verstand es nicht, nicht ganz: dass Ruths Arbeit nicht so sehr Trost für sie war, als vielmehr ein Weg, etwas Neues zu erschaffen. Etwas, das sowohl außerhalb ihrer selbst existierte als auch aus ihrem Inneren kam. Es lässt sich schwer in Worte fassen, aber sie will es um ihrer selbst willen, und sie will es mit nach Hause bringen und es mit Aidan besprechen, es mit ihm teilen. Alles. Weil sie etwas nicht wirklich gehört oder gefühlt oder erlebt hat, solange sie nicht Aidan davon erzählt hat. Und das ist die Offenbarung des Tages, obwohl es schon immer eine Tatsache war: Der einzige Weg nach vorn besteht darin, sich ganz und gar darauf einzulassen. Kein Weglaufen mehr.

Ruth fühlt sich ihm jetzt so nah, sein Atem streicht sanft über ihren Nacken. Sie wird eine Familie haben.

Selbst wenn diese Familie anders aussehen wird, als sie es sich vorgestellt hat.

Was hatte sie heute Nachmittag zu diesem Mädchen gesagt? Nenne etwas, das du sehen kannst. Ruth betrachtet die Umrisse der Vorhänge und des Kleiderschranks und denkt: Das ist mein Leben. Nenne etwas, das du spürst. Die Bettdecke, die um meine Beine gewickelt ist. Mein Leben, das um mich herum Gestalt annimmt. Nenne etwas, das du berühren kannst. Aidan. Endlich Aidan.

Eine Zukunft.

Die Uhr zeigt fast eins. Sie werden nie darüber hinwegkommen, wird ihr klar, keiner von beiden. Sie werden nur lernen, damit zu leben. Damit umzugehen, ein Stück nach dem anderen. So ist es, sich ein Leben mit jemandem aufzubauen. Wie seltsam das ist und wie schwierig. Wann wird es aufhören, schwierig zu sein? Niemals, aber tu es trotzdem. Ruth wird müde, doch sie will diesen Moment noch nicht vergehen lassen.

Ruth ist nicht einfach, wer will schon einfach, er ist auch nicht einfach. Jemand anderes wäre einfacher, das wird sie ihm morgen sagen, warten, bis er gefrühstückt und Kaffee getrunken hat, ja, unbedingt Kaffee, dann wird sie es ihm sagen. Hast du es leicht haben wollen? Ja? Denn ich wollte es interessant, und interessant können wir immer noch sein, oder? Sie haben einen Waffenstillstand erzielt, keine Lösung, und morgen werden sie von vorn anfangen und bessere Antworten finden und andere Wahrheiten, einen Weg oder eine Schneise, es ist nicht alles verloren, es ist nicht zu spät, sie haben noch Zeit.

Was war die Frage?

Ist es das, was du willst?

Atem in der Dunkelheit, sanft, Hoffnung und Liebe und Güte und Akzeptanz. Ist es das, was du willst? Im Dunkeln, aber auch bei Licht. Ist es das, was du willst?

Ja, denkt sie. Ja, das ist es. Ja.

1:15 Uhr

Keine Mädchen, die sich küssen. »Könntest du trotzdem mit mir zusammen sein?«, hatte Alice zum Schluss gefragt, »auch wenn ich keinen Sex haben will?« Und Pen hatte nicht direkt geantwortet, es sollte ja nicht so aussehen, als ob sie Alice nur für das Eine wollte. Aber Pen mag Mädchen, sie will richtig mit einem Mädchen schlafen, und an dieser Wahrheit hält sie innerlich fest.

Pen überlegt, ob Alice auch das Gefühl hat, dass ihr Anderssein gefährlich ist. Sie erinnert sich daran, wie ihre Eltern über sie gesprochen haben und Worte wie *überempfindlich* und *Syndrom* und *Diagnose* benutzten. Ihre Mutter hatte sie alle Tests machen lassen, hatte nachgehakt und Druck gemacht und sich vom Hausarzt und der Schuldirektorin als schwierig bezeichnen lassen müssen, bis sie sagte, sie könne jetzt verstehen, was Pen durchmache. Manchmal vergaß Sandy, was los war, und versuchte, Pens Gesicht anzufassen, um sich zu vergewissern, dass sie auch wirklich da war, und wenn Pen dann zurückwich, schüttelte er den Kopf. Und dann waren da die Streitereien und das Türenknallen und Pens Geschrei und die Sache bei Lauren und die Rasierklinge, und Claire, die schluchzte, und Sandy, der in seinem Auto saß und den Kopf aufs Lenkrad legte und weinte.

Und jetzt wohnen sie hier, und Pen geht auf eine normale Schule, wo sie nicht normal ist, aber sie selbst, und ihre Mutter ist auch sie selbst, und ihre Schwester ist richtig gut in Kunst, kann aber nicht ohne Nachtlicht schlafen und ist so gestresst von der Schule und den Besuchen bei ihrem Vater, dass sie davon manchmal kotzen muss. Pens Mutter sagt, sie wird sich nie wieder verlieben, und lacht dabei gackernd, aber sie weint auch am Telefon mit ihrer besten Freundin Lisa, die gerade ein Baby gekriegt hat und sich Sorgen macht, dass sie alt ist, weil sie über sechzig sein wird, wenn das Kind-immer-noch-zur-Schule-geht-um-Himmels-willen. Und Alice, das beliebteste Mädchen der Klasse, ist Ace.

Wenn es kein Normal gibt, ist das hier normal.

Pen denkt daran, dass Alice unten auf dem Sofa liegt, an die Laken und die Bettdecke, an die Mulde in der Mitte des Polsters, das Leuchten der Uhr am DVD-Player, das Kühlschrankgeräusch, das man nachts hört, das Ticken der abkühlenden Heizkörper, vielleicht ein Auto auf der Straße, das an der Ampel anhält. Aber vielleicht schläft Alice auch schon, und ihr Atem geht leicht und gleichmäßig. Das hofft Pen, sie hofft, dass Alice sanft und tief schläft. Hat sie für Alice das Richtige gesagt und getan? Morgen wird sie sich bessere Worte überlegen, morgen werden die Worte kommen, morgen wird sie zuhören.

Pen dreht sich auf die Seite, schließt die Augen und lässt die Hand zwischen ihre Beine gleiten, sie drückt das Gesicht ins Kissen. Und denkt an das, was sie nicht gesagt hat. Daran, dass sie am liebsten geschrien hätte, »Ich wollte dich einfach lieben, wie andere Leute auch«. Aber ihre Mum hat recht, und für den Moment ist es genug, dass Pen nicht allein ist, dass ihre beste Freundin hier ist, und es wird andere Arten von Liebe geben. Pens Schultern entspannen sich ein bisschen. Morgen. Pen weiß nicht, was morgen sein wird, aber das Heute war genug. Sie flüstert ein Wort, *libera,* samtige, hoffnungsvolle Silben.

Pen fängt an, sich zu reiben. Durch den dünnen Stoff des Schlafanzugs spürt sie die Wärme ihrer Finger, während sie sich berührt. Zuerst behutsam. Der Stoff bauscht sich, und sie schiebt die Hand unter den Bund. Ihr Herz schlägt ein bisschen schneller, und so fühlt es sich immer an, so viele Dinge, an die sie denken muss, such dir eine Sache aus, konzentrier dich darauf. Pen spürt ihre glatte Handfläche, bewegt sie weiter nach unten, spürt die Feuchtigkeit an den Fingerspitzen. Tastet sich mit dem Mittelfinger vor. Bewegt sich kreisend. Direkt, nichtdirekt, okay, Pen. Du weißt, wie das geht. Pen spürt die Feuchtigkeit, als sie einen Finger in sich hineinschiebt. Der Druck des zweiten, jetzt zwei in ihr, die sich drehen und winden. Das ist ihr Körper. Ihre Lust. Ihr Verlangen. Das alles gehört ihr. Sie spürt es zuerst in den Fingern, wie sich die Muskeln zusammenziehen, dann erfasst es ihren ganzen Körper.

Sie ist hier.

DANKSAGUNG

Simon Prosser hat vom ersten Moment an an dieses Buch geglaubt. Für seine Begeisterung und seine Großzügigkeit bin ich ihm aufrichtig dankbar, ebenso Hermione Thompson, Anna Ridley, Leah Boulton und allen anderen bei Hamish Hamilton. Karolina Stutton und Molly Atlas danke ich für ihre Freundschaft und die fachkundige Beratung, ebenso dem gesamten Team bei Curtis Brown. Für die Einblicke in das Schreiben über Autismus danke ich Jody O'Neill und Eleanor Walsh. Ich begann die Arbeit an diesem Buch während meiner Zeit als Writer in Residence im National Maternity Hospital und möchte allen dort meinen Dank aussprechen. Als ich während der Covid-Pandemie meine Arbeit an der Uni wieder aufnahm, war ich ganz besonders dankbar für meine tollen Kolleginnen und Kollegen und die Studierenden an der School of English, Drama and Film am University College Dublin.

Mein tief empfundener Dank gilt meiner Familie aus Freunden. Für besondere Schreibtipps geht ein spezieller Dank an John Butler, Anna Carey, Alex Marrable, Tony Roche und Pádraic Whyte.

Ich danke meiner Schwester Vanessa für die Freude, Weisheit und Kraft, die sie mir schenkt. Und meinen

Eltern, Melanie und Richard, für alles, was sie mir gegeben haben, und dafür, dass sie so wunderbar sind, wie sie sind.

Auch dieses Buch ist für Ronan. Für immer.

ZITIERT WURDE AUS:

Barrett Browning, Elizabeth: »How Do I Love Thee?«, übersetzt von Cornelia Röser.

Barrett Browning, Elizabeth: »Of Writing Many Books There Is No End!«, übersetzt von Cornelia Röser.

Dickinson, Emily. »Begräbnis fühlt' ich im Gehirn«. Lieder.net, übersetzt von Bertram Kottmann, www.lieder.net/lieder/get_text.html?TextId=110373. (zuletzt abgerufen: 09. Januar 2024).

Eliot, George: »Count That Day Lost«, übersetzt von Cornelia Röser.

Rossetti, Christina: »Goblin Market«, übersetzt von Cornelia Röser.

Die Originalausgabe erschien 2022 unter dem Titel »Ruth & Pen«
bei Hamish Hamilton, London.

Der Verlag dankt Literature Ireland für die Förderung
der Übersetzung.

LITERATURE IRELAND
Promoting and Translating Irish Writing

MIX
Papier | Fördert gute Waldnutzung
FSC® C104608

Penguin Random House Verlagsgruppe FSC® N001967

1. Auflage
Deutsche Erstausgabe Juni 2024
btb Verlag in der Penguin Random House Verlagsgruppe GmbH,
Neumarkter Str. 28, 81673 München

Umschlaggestaltung: Semper Smile nach einem Entwurf von
Penguin Random House UK unter Verwendung eines Motivs von
© Trunk Archive/Takuya Uchiyama
Satz: Uhl + Massopust, Aalen
Druck und Einband: GGP Media GmbH, Pößneck
MSP · Herstellung: sc
Printed in Germany
ISBN 978-3-442-77310-7

www.btb-verlag.de
www.facebook.com/penguinbuecher

David James Poissant

Sommerhaus am See

Roman

384 Seiten, 978-3-442-77263-6
Aus dem Amerikanischen von Sibylle Schmidt

»David Poissant ist ein begnadeter Chronist der feinen Risse, die durch eine Familie gehen.«
JENNY OFFILL

Kraftvoll und mit feinem Gespür für das Zwischenmenschliche erzählt David Poissant von den Verwerfungen innerhalb einer Familie: von seelischen Verwundungen, sorgsam gehüteten Geheimnissen, von Untreue, Alkoholsucht, Homosexualität, Rivalität und Eifersucht, aber auch von der Kraft der Versöhnung.

»Sechs Figuren, sechs persönliche Geschichten und Abgründe, sechs Arten, die Ereignisse der Vergangenheit und Gegenwart zu sehen - das ist eine erzählerische Meisterleistung.«
NEW YORK JOURNAL OF BOOKS

btb